もふもふとむくむくと異世界漂流生活

7

しまねこ
Shimaneko
Illust. れんた

Mofumofu to Mukumuku to
Isekai hyouryuseikatsu

CONTENTS

Mofumofu to Mukumuku to Isekai hyouryuseikatsu

CHARACTERS

シャムエル
（シャムエルディライティア）

ケンたちを転生させた大
雑把な創造主。
リスもどきの姿は仮の姿。

ケン

元サラリーマンのお人好
しな青年。
面倒見がよく従魔たちに
慕われているが、ヘタレ
な所もある。

ハスフェル
（ハスフェルダイルキッシュ）

闘神の化身。
この世界の警備担当。
身長２メートル近くある
超マッチョなイケオジ。

ニニ

ケンの愛猫。
一緒に異世界転生を果
たし、魔獣のレッドリンク
スになった。

マックス

ケンの愛犬。
一緒に異世界転生を果
たし、魔獣のヘルハウンド
になった。

グレイ
（グレイリーダスティン）

水の神様。
人の姿を作ってやってくる。

シルヴァ
（シルヴァスワイヤー）

風の神様。
人の姿を作ってやってくる。

ギイ
（ギーベルトアンティス）

天秤と調停の神様の化身。
普段はハスフェルに似た
見た目だが様々な姿に
変化できる。

オンハルト
（オンハルトロッシェ）

装飾と鍛冶の神様。
人の姿を作ってやってくる。

エリゴール
（エリゴールバイソン）

炎の神様。
人の姿を作ってやってくる。

レオ
（レオナルドエンゲッティ）

大地の神様。
人の姿を作ってやってくる。

ランドル

テイマーの上位冒険者。かわいくて甘いもの好き。

クーヘン

クライン族の青年。
ケンに弟子入りして魔獣使いになった。

シュレム

怒りの神様。
小人の姿をとっている。
怒らせなければ無害な存在。

アクアゴールド

アクアやサクラ、スライムたちが金色合成した姿。いつでも分離可能。

マギラス

ケンの料理の師匠。
ハスフェルとギイの元旅仲間。現在は高級料理店店主。

バッカス

ドワーフの上位冒険者。ランドルの相棒。

ラパン

ケンにテイムされたブラウンホーンラビット。ふわふわな毛並みを持つ。

セルパン

ケンにテイムされたグリーンビッグパイソン。毒持ちの蛇の最上位種。

ファルコ

ケンにテイムされたオオタカ。背中に乗ることもできる。

コニー

ケンにテイムされたレッドダブルホーンラビット。
垂れ耳のウサギ。

プティラ

ケンにテイムされたブラックミニラプトル。羽毛のある恐竜。

アヴィ
（アヴィオン）

ケンにテイムされたモモンガ。
普段はケンの腕やマックスの首輪周りにしがみついている。

ヒルシュ

ケンがテイムしたエルク（鹿）。アルビノで立派な角を持つ。

フォール

ケンにテイムされたレッドクロージャガー。最強目覚まし係。

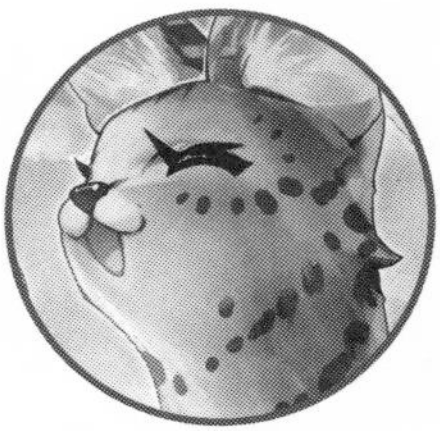

ソレイユ

ケンにテイムされたレッドグラスサーバル。最強目覚まし係。

ローザ
ケンがテイムしたモモイロインコ。ファルコ、プティラと共に「お空部隊」を結成。

エリー
（エリキウス）
ケンがテイムしたハリネズミ。防御が得意。ケンの鞄の外ポケットにいる。

クロッシェ
ケンがテイムした超レアスライム。国の懸賞金がかかっている。

タロン
ケット・シーの幻獣。普段は猫のふりをして過ごしている。

メイプル
ケンがテイムしたセキセイインコ。ファルコ、プティラと共に「お空部隊」を結成。

ブラン
（ブランシュ）
ケンがテイムしたキバタン。ファルコ、プティラと共に「お空部隊」を結成。

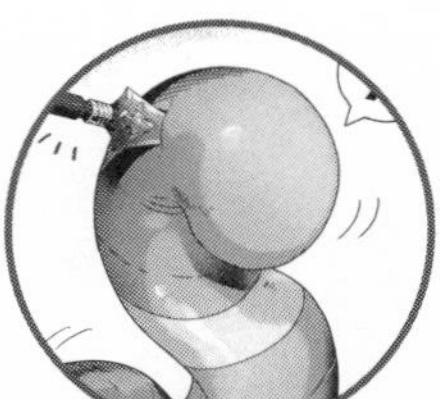

ウェルミス
イケボな巨大ミミズ。大地の神レオの眷属。

フランマ
カーバンクルの幻獣。最強の炎の魔法の使い手。

ベリー
ケンタウロス。賢者の精霊と呼ばれており、様々な魔法が使える。

STORY

飛び地から戻ってきたケンたちは、カデリーの街へと向かう。

故郷の味をたくさん見つけて大興奮のケンは、買い物に夢中になった。

一段落して街を出ると、大地の神の眷属ウェルミスから苗木の移植を改めて頼まれる。

マギラスに飛び地のリンゴとブドウを渡す代わりにレシピをもらったり、モンスター〝苔食い〟を討伐しつつ万能薬の材料オレンジヒカリゴケを集めたり、なんだかんだ寄り道しながらケンたちは再度飛び地へ行くと、上位冒険者の二人組ランドル・バッカスと鉢合わせる。

ランドルがテイマーだと分かりケンはテイムの仕方をレクチャーし、また狩りの場所を教えあい、たちまち仲良くなった。

インコやオウムをテイムしながら、レアなジェムモンスターを狩りつくし上々の成果をあげて、ランドルたちと合流する。

ランドルはダチョウをテイムしており次の早駆け祭りに参加しようと考えているのを聞いて、ケンたちは一緒に競い合おうと意気投合したのであった。

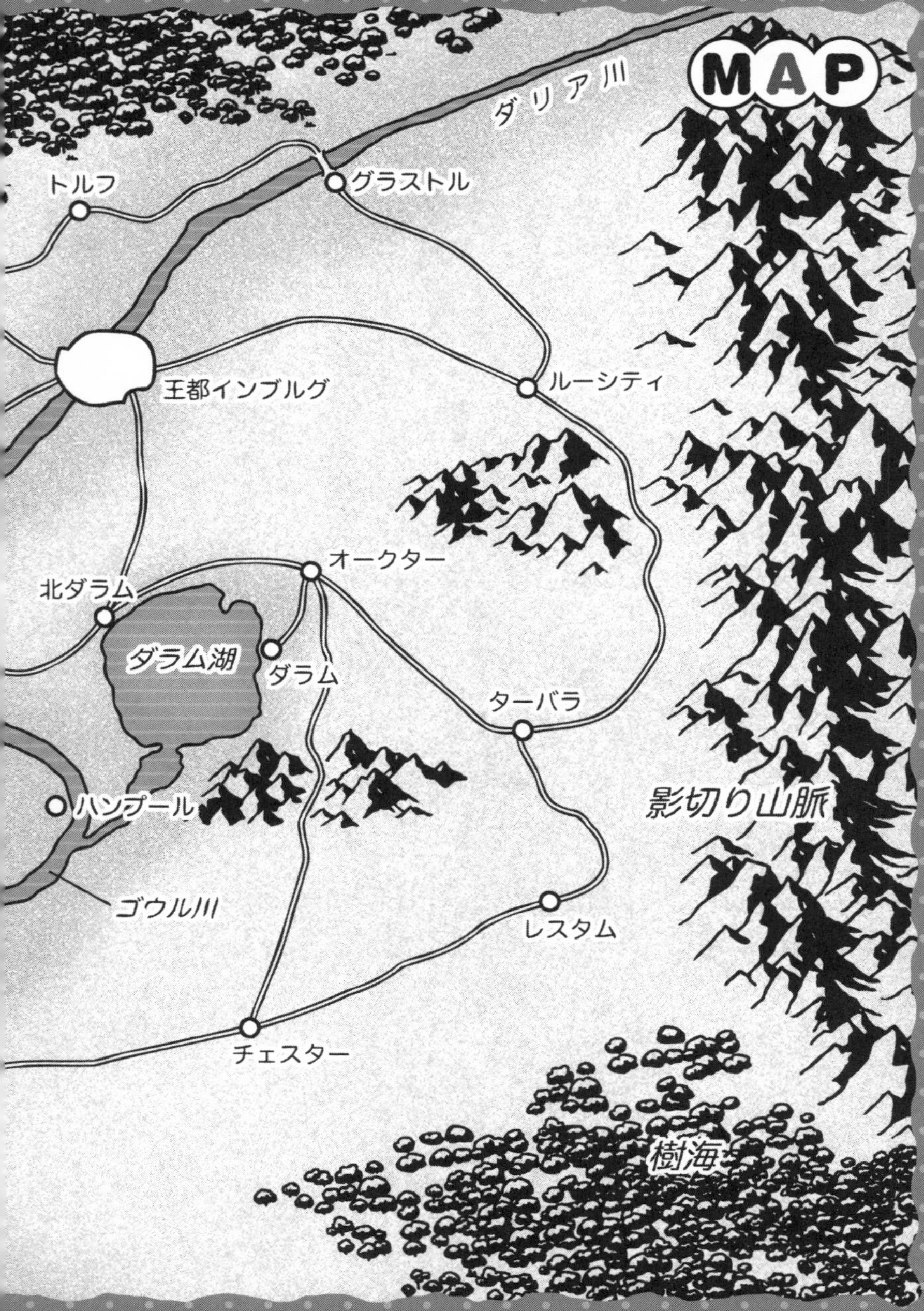
MAP
ダリア川
トルフ
グラストル
王都インブルグ
ルーシティ
オークター
北ダラム
ダラム湖
ダラム
ターバラ
ハンプール
影切り山脈
ゴウル川
レスタム
チェスター
樹海

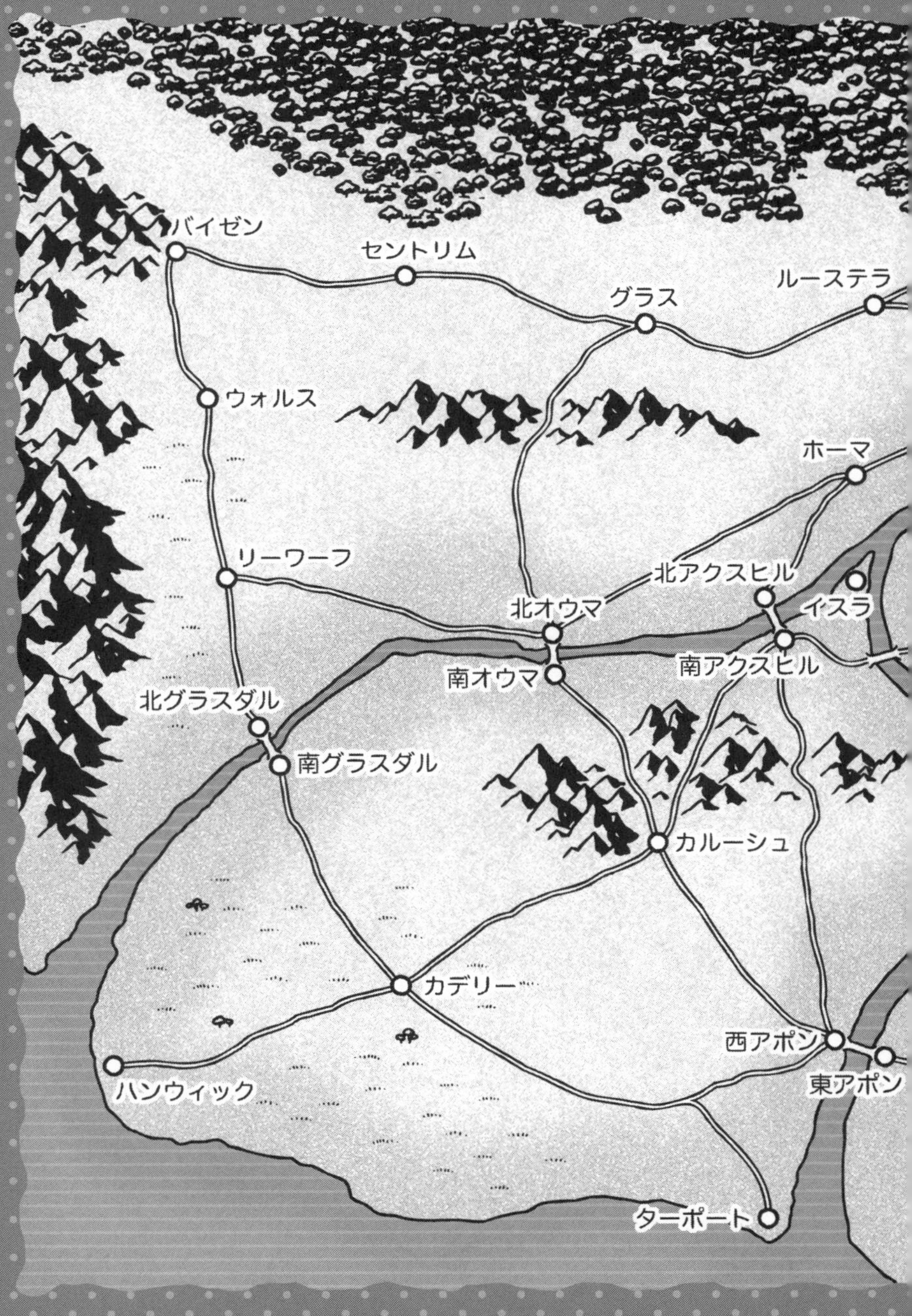
バイゼン
セントリム
ルーステラ
グラス
ウォルス
ホーマ
リーワーフ
北アクスヒル
イスラ
北オウマ
南オウマ
南アクスヒル
北グラスダル
南グラスダル
カルーシュ
カデリー
西アポン
東アポン
ハンウィック
ターポート

第76話　西アポンにて

すっかり日が暮れて真っ暗な中を無事に西アポンの街へ到着した俺達は、まずは宿の確保と従魔登録の為《ため》に冒険者ギルドへ向かった。

しかしその前にギルドマスターのレオンさんに見つかってしまい、そのまま嬉々《きき》として別室に連行された。

だけど飛び地で集めたジェムや素材は整理が出来ていないので、前回と同じ数で割引きジェムを大量に買い取ってもらった。

それが終わってから、それぞれ担当窓口で従魔登録と宿泊申し込みの書類を貰《もら》う。

「ええと、新しい子はエリーとローザ、ブランにメイプルだな」

間違えないように、点呼を取って確認しながら書き込んでいく。

するとモモイロインコのローザが、俺の手元に下りて来てペンの軸を齧《かじ》りだした。

「字が書けないから、やめてください」

笑って左手で顔を押さえてやると、甘えるように押さえた指を大きな嘴《くちばし》で甘噛《あまが》みし始めた。

「全く、仕方ないなあ」

手を止めてローザを撫《な》でてやるとブランとメイプルまで下りてきてしまい、ますます書類を書けなくなってしまった。

「全く、お前達の登録をしているんだぞ」

笑ってローザを捕まえたところで、話しかけられて顔を上げる。

「可愛《かわい》いですね。あの、触らせていただいてもいいですか？」

どうやら鳥好きらしい受付のお姉さん。握った両手がプルプルと震えている。

「ええ、良いですよ」

ローザを目の前に置いてやると、これ以上ないくらいの笑顔になった。

「初めまして、少しだけ触らせてね」

優しい声でそう言い、ローザの背中の辺りをそっと撫でた。

「うわあ……」

ため息のような声が漏れる。

「可愛い、ああ、なんて可愛いのかしら」

小さな声で延々と可愛いと呟《つぶや》きながら何度も背中を撫で、嫌がられていないのを確認してからは頭や目の横の辺りを指先でくすぐるみたいにして撫で始めた。

ローザも満更ではないらしく、目を細めて頬の羽根を膨らませてご機嫌だ。

それを見たブランとメイプルが、自分達も撫でろとばかりに突撃して構ってくれアピールをしたものだから、彼女は笑み崩れて三羽を交互に撫で回していた。

全員、もう書類を全部書き終えているんだけど、彼女の幸せそうな様子があまりに面白くて黙って見ていたら、気付いた別の人が来て書類をまとめて持って行ってくれたよ。

お姉さん、後で叱られてないといいけどね。

部屋の鍵を受け取りギルドの隣にある宿泊所へ向かう。

「夕食が早かったから小腹が空いてきたな。苗木は俺達が植えに行って来るから、ケンはその間に宿で何か作っていてくれるか」

だけど宿泊所に入る前に、足を止めたハスフェルがそう言って俺を振り返った。

ちなみにウェルミスさんから預かった新種の苗木は、小振りな籠にまとめて入れてシリウスの首輪にぶら下げられている。

「確かに俺も小腹が空いているな。じゃあ、それでいこう」

笑った三人は、俺に手を振って街の外へ出て行った。

「さて、何を作ろうかな?」

部屋に入って明かりをつけた俺は、まずは防具を全部脱いで身軽になり、サクラに綺麗にしてもらった。

「そうだ。激うまジャムを入れた、おからのパンケーキにしよう」

材料と道具を取り出して、まずはおからパンケーキの種を大きめのボウルに大量に作る。

別のボウルに出来上がった種を適当に半分くらい取り、片方にはマギラス師匠の激うまジャムを入れる。これで二種類の種が出来たよ。

フライパンを温めてバターを溶かし、そこに作った種を流し入れ、蓋をしてもう少し火を弱めたらしばらくそのまま待つ。

いつの間にか現れたシャムエル様が大きなお皿を抱えて待ち構えているんだけど、また皿がデカくなっているぞ、おい。

そして、キラキラの目でフライパンを見つめているシャムエル様の尻尾は、興奮のあまりいつもの三倍サイズになっている。

こっそり手を伸ばしてもふもふの尻尾を突っついたら、嫌そうに俺の手を払って慌てたように尻尾のお手入れを始めた。おからが指先についていたみたいだ。ごめんよ。


「さて、そろそろかな?」

そう呟きながら蓋を開け、パンケーキをフライ返しでそっとひっくり返す。

「おお、焼き加減バッチリ！」

綺麗な薄茶色に焼けたパンケーキを見てそう呟くと、お皿を持ったシャムエル様がステップを踏み始めた。

「あ、じ、み！　あ、じ、み！　あ〜〜〜〜〜〜〜〜〜〜〜〜〜〜〜っじみ！　ジャジャン！」

久々の味見ダンスは、キレッキレのハイスピードステップだ。最後にもの凄《すご》い勢いで何度も回転してピタリと止まる。

「おお、これは見事だ」

笑って拍手してやると、嬉《うれ》しそうな顔になった。

「上手《うま》く踊るには、やっぱり日々の練習が欠かせないよね」

満面の笑みで、そんな事を言いながらお皿を差し出されて思わず笑ったね。

「そっか、神様でも練習するんだ。じゃあこれからも楽しみにしているから頑張ってください」

そう言い、もう一度パンケーキをひっくり返した。

「よし、もう焼けたな。これはジャム入りだからそのままでどうぞ」

差し出されたお皿にのせてやり、豆乳オーレを手早く作って出てきた蕎麦《そば》ちょこにたっぷり入れてやる。

目を輝かせたシャムエル様は、自分の前に置かれたパンケーキを見て歓喜の声を上げた。

「うわあ、一枚丸ごと！」

「先に食ってみてくれよ。感想を聞きたい」

どうやら俺を待ってくれているみたいなので、次の準備をしながらそう言ってやる。

嬉しそうに頷《うなず》いたシャムエル様は、早速パンケーキに齧り付いた。

「ふわふわもっちり甘くて美味しい！　これ最高！　何も付けなくても美味しいね！」

もぐもぐしながら、尻尾を振り回して嬉しい事を言ってくれる。

「シャムエル様のお墨付きをいただけたのなら合格だな」

次々にジャム入りを焼いて、出来上がった分からお皿ごとサクラに預けていく。

それが終われば今度は普通のおからパンケーキだ。これも焼けた分からサクラに預けておく。

「よし、これで終わりだな」

コンロの火を落としたところで、タイミングよく三人が帰って来た。

扉近くにいたアクアが、俺の顔を見てから鍵を開けてくれる。

「おかえり。上手くいったか？」

振り返ると、ドヤ顔の三人が揃《そろ》って大きく頷いていたよ。

「ご苦労さん。おからパンケーキが焼けているけどこれで良いか？」

「お願いします！」

嬉しそうな三人の声が重なる。

「おう、じゃあちょっと待ってくれよな」

笑ってそう言い、まずはジャム入りのパンケーキのお皿を取り出し、用意しておいた豆乳オーレと一緒に渡してやる。

「これはリンゴとブドウのジャム入りパンケーキだから少し甘め。もう一種類あるから先にどうぞ」

「これは美味《うま》そうだ。では、いただきます」

それぞれに手を合わせて食べ始める。

用意した四枚のお皿に、直径約10センチに焼いた普通のおからパンケーキを段々に重ねていく。

以前店の賄いで冗談半分に作ったら、大受けして何故《なぜ》か店の隠しメニューになった一品だ。

店では三段だったんだけど、あいつらならこれくらいは欲しいだろうと無理やり六段重ねにしてやる。

六段パンケーキの上にサイコロに切ったバター、蜂蜜は隙間に染み込んで垂れて落ちるぐらいにたっぷりかけてやる。それから自分の分の豆乳オーレと一緒に、スライム達が用意してくれた簡易祭壇に並べる。

「段々おからパンケーキと、新作の、リンゴとブドウのジャム入りおからパンケーキです。こっちのは甘いから、シロップ無しでどうぞ」

収めの手が俺の頭をしっかりと撫でてから、それぞれのパンケーキを撫でて、最後にOKマークを作ってから消えて行った。どうやら、新作も気に入ってくれたみたいだ。

皿を持って席に戻ると、シャムエル様が空のお皿を手に目を輝かせて俺を見上げていた。

「あはは、もう食ったのかよ。もちろんこっちもあるからちょっと待って。サクラ、さっきの最後のお皿を出してくれるか」

「はあい、これだね」

サクラが出してくれたお皿には、直径3センチくらいの超ミニサイズパンケーキが並んでいる。

「さて、何枚重なるかな？」

シャムエル様のお皿に、その超ミニパンケーキを積み重ねていく。

十枚まで積み、バターの上から蜂蜜をたっぷりとかけてやった。

「ふおお〜〜〜！」

これまた初めて見るステップを踏みながら飛び跳ねたシャムエル様は、積み上がったパンケーキに、やっぱり顔から突撃していった。

「ふおお〜！　段々パンケーキ最高〜！」

何やら奇声を上げながら、斜めに倒れたパンケーキを上から剝がして、両手で持って齧り始めた。

感激のあまり、興奮していつもの三倍近い大きさになった尻尾をバシバシと振り回している。

こっそりもふもふの尻尾を撫でたが、パンケーキに夢中のシャムエル様は全く気付いていない。

笑った俺は、一口サイズに切り分けたパンケーキを右手のフォークで食べながら、左手で延々ともふもふの尻尾を満喫したのだった。


「ふああ、いやあもう最高だったね。段々パンケーキ最高！」

完食したシャムエル様は、最後に残った豆乳オーレを一気飲みした後、小さなゲップと一緒に笑ってそう言ってくれた。

「そんなに気に入ったのなら、また作ってやるよ」

もう元の大きさに戻った尻尾を突っつくと、態《わざ》とらしく尻尾の先で指を叩《たた》かれた。

シャムエル様の尻尾を堂々と触りたければ、食い物で釣ればいいのか。よし、またやろう。

俺の密かな決意に気付かないシャムエル様は、また作ってね！　なんて言いながらまた尻尾のお手入れを始めた。


笑顔の三人がそれぞれの部屋に戻るのを見送り、扉の鍵を閉めた俺も、もう休む事にした。

ベッドには、既にマックスとニニが待機している。

「それじゃあ今夜もよろしくお願いしま～す！」

靴と靴下を脱いだ俺が二匹の隙間に潜り込む。背中側には巨大化したラパンとコニーが収まり、タッチの差でタロンが俺の腕の間に潜り込んで来た。

フランマはベリーのところへ行き、ソレイユとフォールは俺の顔の横に収まる。お空部隊は椅子の背もたれに仲良くぎゅうぎゅう詰めに並んでいる。

「それじゃあ消しますね。おやすみなさい」

ベリーの声がして、部屋の明かりが全部まとめて一瞬で消える。

「ああ、ありがとうな。それじゃあおやすみ」

小さな欠伸《あくび》を一つした俺は、そう言って目を閉じる。

柔らかなもふもふに埋もれて、いつものごとくあっという間に眠りの国へ旅立って行った。

もふもふの癒し効果、相変わらず凄え。


翌朝、いつものように従魔達総出のモーニングコールに起こされた俺は、眠い目をこすりつつ何とか起きて身支度をした。はあ、眠いよ〜〜。

待っていてくれた三人と一緒にまずは広場へ向かい、それぞれ好きに屋台で食事をした。

「出発前に、ちょっとマギラスの所へ寄って行くぞ」

ハスフェルの言葉に、全員揃って師匠の店に向かう。

だけど到着した店はまだ開店時間ではないので、扉は閉じたままだ。

「ええ、店は閉まっているけど、どうするんだ？」

思わずそう呟いたら、ハスフェルとギイが厩舎《きゅうしゃ》横にあった従業員用と書かれた扉を指差している。

「じゃあ、お前らはまたここにいてくれるか」

マックス達にそう言って、勝手に厩舎の扉を開いて中に入る。

「あれ、いらっしゃいませ！」

声をかけられて驚いて振り返ると、以前もお世話になった厩舎担当のスタッフさん達が、揃って驚いたように俺達を見ていた。

「ああ、勝手に入って申し訳ありません！」

「店長から聞いていますよ。そろそろお越しになるだろうって」

「じゃあ、この子達はお預かりしますね……あれ？　増えていますね。では、鳥達はここへどうぞ」

笑顔のスタッフさんが大きな止まり木を持ってきてくれたので、お空部隊は全員そこに留まらせてもらう。

「うわあ、ムギュムギュでメッチャ可愛い」

俺の叫びにスタッフさん達も全員揃って全力で同意してくれたよ。

「じゃあ、此処で大人しく待っていてくれよな」

マックスとニニを撫でてそう言い、他の従魔達も順番に撫でてやる。

「ああ、忘れる所だった。この子もお願いします」

行きかけたところで気が付き、鞄《かばん》のポケットに収まっていたハリネズミのエリーもスタッフさんに預け、俺達は建物の中に入っていった。

事務所にいたマギラス師匠は、挨拶をした後、ハスフェルとギイと一緒に楽しそうに話をしながらどこかへ行ってしまった。

置いていかれた俺とオンハルトの爺さんが事務所の隅で大人しく待っている間に、スタッフさんからあの激うまリンゴで作ったドライフルーツのチョコ掛けを試食でいただいたんだけど、これがもうびっくりするくらいに美味《おい》しかった。プロって凄い！

お皿ごと渡してくれたので、オンハルトの爺さんと仲良く半分こして綺麗に完食した。

食べ終わってから、もしかしてハスフェル達の分もあったのかと二人で慌てたけど、顔を見合わせてにっこり笑って頷き合い、笑顔でスタッフさんにお皿を返した。

よし、これにて証拠隠滅だ。


「待たせたな」

空になったお皿をスタッフさんに返したまさにその時、ハスフェルとギイがマギラス師匠と一緒に戻って来た。

「お、おう！　早かったな」

「おかえり、早かったな！」

二人揃って妙な早口で同時に喋《しゃべ》る。

そんな俺達を見てにんまりと笑ったハスフェルが、丸太みたいな腕でがっしりと俺を捕まえた。

「で、俺達がいない間に、何を食ったんだ？」

「ナ、ナンノコトダカワカリマセ～ン」

答えた台詞《せりふ》はまるっきり棒読み。これじゃあ何か食ったって白状しているようなものだ。

それを聞いてもう一度にんまりと笑ったハスフェルが、ゆっくりと俺の口元を突っついた。

「残念だけど、ここ、に、チョ、コ！」

それを聞いた瞬間、俺とハスフェルは堪《こら》えきれずに同時に吹き出した。

「ごめんなさい。激うまドライフルーツの試食を貰ったけど、オンハルトの爺さんと二人で完食しちゃいました！」

呆気《あっけ》なく白状した俺に、事務所にいたスタッフさん達が吹き出す。

「美味かったろう？　ハスフェルにたっぷり渡しておいたからな」

「何だよ、ハスフェル達も食ったのかよ！」

笑った師匠の言葉に、俺とオンハルトの爺さんは揃って二人を振り返った。

「それなら、これは俺達が貰って良いよな？」

そう言いながらハスフェルが取り出したのは、あの激うまブドウの超大粒干しブドウだ。

「ああ、何だよそれ！　そんなの俺達食っていない！」

「全くだ！　お前らだけずるいぞ！」

俺とオンハルトの爺さんの叫びが重なる。

「俺達は、ちゃんとお前らの分をわざわざ残して持ってきてやったのに」

「そうだよな。俺達に内緒で、お前らだけ食っていたなんて。もう俺、傷ついちゃったよ」

わざとらしく泣く振りをしているギイだったが、その顔は完全に笑っている。

「ギイ、顔と言葉が連動してないぞ？」

呆《あき》れたようにそう言い、また全員揃って吹き出し大爆笑になった。


すっかり綺麗にしてもらった従魔達を連れて、師匠とスタッフさん達に見送られて店をあとにした俺達は改めてギルドへ向かった。

ハスフェル達によると、前回の肉の礼だと言って、師匠とスタッフさん達から大量の料理やリンゴの砂糖漬けなどの甘味を始め、各種肉の燻製《くんせい》や味噌漬けなど、下ごしらえ済みの食材を大量に貰ったらしい。

それでお礼代わりに、前回と同じ数でギルドにお願いしてまた肉を届けてもらう事にした。お礼のお礼……これ、エンドレスになるやつだな。

「それにしても、師匠は今日俺達が来るのをどうやって知ったんだ？」

俺の言葉に、ハスフェル達が笑って頷く。

「今でもマギラスと俺達には、一方通行だが連絡出来る手段があるんだよ」

「それで、渡したいものがあるから近々来てくれって言われたんだ」

「だから、今日行く事を知らせておいたのさ」

笑った二人の言葉に、何となく納得した。

師匠がクーヘンと同じで、店を持ったが冒険者をやめた訳ではなく、だからこそ彼らもその連絡手段を解除せずに今でもそのままにしているのだろう。

「冒険者仲間って、良いな」

笑ってそう言った俺に、二人は嬉しそうに何度も頷いていたのだった。


「さてと、それじゃあ次はハンプールだな」

ギルドの建物を出たところで思い切り伸びをしながらそう呟くと、三人が笑って胸を張って俺を見た。

「おう、今度こそ負けないからな」

「何を言ってる、勝つのは俺だぞ」

「俺も負けんぞ」

「こっちこそ。二連覇してみせるからな。覚悟しろよ」

顔を見合わせた俺達は、ニンマリと笑って声を揃えてこう言って拳をぶつけ合った。

「さあ、秋の早駆け祭りのハンプールへ行くぞ！」ってね。

第77話　大騒ぎ再びとクーヘンのペンダント

「おかえりなさい！」

「おかえりなさい。もう秋の早駆け祭りの参加申し込みは始まっていますよ」

ハンプールの城門にいた兵士達に、口々におかえりと言われて笑うしかない。とにかく、街を挙げての大歓迎状態だ。

この世界に来てからずっと、思いつくままにあちこち漂流生活をしてきたけど、帰る場所があるのは良い事なのかもしれないと、そう思わせてくれる光景だった。


冒険者ギルドでも、そこにいた冒険者達が全員揃って笑顔と拍手で出迎えてくれた。

「ようやくのお越しだね。待っていたよ」

満面の笑みのエルさんの言葉に手を上げた俺達は、苦笑いしてカウンターに並んで座った。

「ランドルから聞いたよ。オンハルトが彼と組むんだってね。彼の乗っている従魔を見て、もう街中大騒ぎだったんだよ」

「ええ、そうなんですよ、飛び地で知り合いましてね」

笑ったオンハルトの爺さんの言葉に、エルさんも笑顔で頷く。

「強敵現る！　だね。もう楽しみで仕方がないよ」

前回はあの馬鹿二人と俺達の全面対決だったけど、今回は俺の二連覇か、それ以外の誰が一位を取るかで盛り上がると思っていたところに、予想外の新たなる挑戦者現る！　だからな。そりゃあ大騒ぎにもなるだろう。

前回の大騒ぎを思い出して遠い目になる俺を見て、苦笑いしたエルさんは頭を下げた。

「それでランドルにも言ったんだけど、もう既に街中が大騒ぎ状態でね。出来ればレースが始まるまで宿泊所からは出ない方がいいと思うよ。クーヘンも、君達が来てくれたら一緒に宿泊所に泊まってもらうように言ってあるからね」

予想通りの言葉に、俺は大きなため息を吐《つ》いてハスフェル達を振り返った。

「どうする？　だけど今からレース開始まで半月近く宿泊所に閉じ込められるなんて、俺はごめんだぞ」

「それは俺も嫌だ」

ハスフェルとギイが同時に答え、オンハルトの爺さんも隣で頷いている。

「やっぱりそうなるよね。実はランドルも同じ事を言っていたよ」

苦笑いするエルさんを見て、俺達は顔を見合わせる。

「それなら前回みたいにまた郊外へ出るか。それならランドルさんも一緒に行って、クーヘンは姿を変えて先に戻ってもらえばいい」

「それが最善策だろうな。じゃあエル、前回同様食材の調達をお願いしたい。それが終われば、俺達はクーヘンとランドル達と一緒にまた郊外へ出るよ。祭りの開始前に戻ってくれば問題あるまい？」

「了解。そっちはすぐに商人ギルド経由で手配するよ。それじゃあ申し訳ないけど、前回同様郊外へ避難って事でお願いするよ」

顔を見合わせた俺達は、揃って大きなため息を吐いたのだった。


「ケン、おかえりなさい！　待っていましたよ！」

その時、クーヘンがギルドに駆け込んで来た。

「クーヘン！　ただいま！」

振り返った俺達は、駆け寄って来たクーヘンと笑顔で拳をぶつけ合った。

「もう、参加申し込みはしたんですか？」

「今からだよ。クーヘンは？」

「貴方達が来るのを待っていたんです。エル。私にも参加申込書をお願いします」

嬉しそうにそう言って俺の隣に座る。

「ああ、来たんですね。待っていましたよ」

その時、後ろからランドルさんの声が聞こえて、また振り返る。笑って手を上げたランドルさんは、オンハルトの爺さんの隣に座った。

「チーム名を決めていなかったが、何か案があるか？」

「ううん、どうしましょう」

顔を見合わせて考え込む二人。

「おっさん二人に従魔はダチョウとエルク……あ、チーム脚線美！　とかどうだ？」

手を打った俺の言葉に二人が同時に吹き出す。

「素晴らしい。ではそれをいただくとしましょう」

ランドルさんも笑って頷き、申込書に、チーム脚線美！　と書いた。

「俺達ではなく、従魔達の脚線美か。これは良い。ケンは名付けが得意なんだな」

チーム名を書いたオンハルトの爺さんも大笑いしている。

参加料の金貨二枚をそれぞれ払い、無事に参加申し込みは終了した。


一旦ランドルさんとは別れて、商人ギルドの人達が来るまでの間に俺達はクーヘンの店へ行ってジェムの委託の追加をする事にした。

定番から高価なジェムまで、売れに売れて在庫がほぼ壊滅らしい。よし、また大量に置いて来よう。

「ところで、他の方々はどうされたんですか？」

店へ戻る道すがら、クーヘンが心配そうにオンハルトの爺さんを見る。

「ああ、彼らはそれぞれの仕事に戻ったよ。また気が向けば顔を出すかもな」

笑顔でそう言いエラフィをそっと撫でた。

「そうなんですね。それにしても凄い。こんな間近でエルクの亜種を見たのは、私も初めてです。こっちの子は真っ白で、とても綺麗ですね」

小柄なクーヘンからすれば、エラフィやヒルシュは尚《なお》の事大きく見えるだろう。ドヤ顔のヒルシユを俺も笑って撫でてやった。

「凄い。空の袋がこれだけあるって事は、それだけジェムが売れているって事だもんな」

俺の呟きに、同じく袋を手にした三人も苦笑いしている。

店の地下でジェムの整理をしている間中、俺は、貰ったあのペンダントを無くした事をどう言って謝ろうか必死になって考えていたのだった。


「とりあえず、追加はこんなもんかな？」

後でリストを見たクーヘンが、低額から超高額まで揃った大量のジェムに卒倒するかもしれないけど、まあいいよな。

作業が終わった頃、足音がしてクーヘンが倉庫に入って来た。

「お疲れ様です。ギルドから連絡で、もう少し時間がかかるそうです。義姉《ねえ》さんがポトフを用意していますので、先に食事にしましょう」

クーヘンに金庫を閉じてもらって、ひとまず皆でリビングへ向かった。

「ああ、マーサさん。お久しぶりです」

「相変わらず元気そうだね。会えて嬉しいよ」

リビングにはお兄さん一家だけではなく、笑顔のマーサさんも待っていて、挨拶を交わしてから席についた。

大鍋いっぱいに用意してくれた、ぶつ切りベーコンと大きなソーセージ入りのポトフも、焼き立てのパンも最高に美味しかった。

食事中は、街を出てから何処《どこ》へ行ったかの話で盛り上がり、俺が地下迷宮で何度も死にかけた話をしたら、全員が目をまん丸にしていた。

「それでさあ……実は俺、クーヘンに謝らなきゃいけない事があるんだ」

ビールを一息に飲み干してから、クーヘンに向き直った。

「ええ、一体何事ですか？」

驚いたクーヘンが、グラスを置いて俺の方に向き直ってくれる。

「ええと……ほら、この前クーヘンが作ったペンダントを貰っただろう？」

頷くクーヘンに、俺は深々と頭を下げた。

「そのペンダント、地下迷宮の何処かで落としたらしく、気が付いたら無くなっていたんだ……せっかく作ってもらったのに、本当に申し訳ない！」

驚くクーヘンに俺は、地面を踏み抜いて水路に落ちた、あの地下迷宮での災難の一部始終を簡単に報告した。

「よ……よく生きていたね。貴方の強運を称《たた》えて乾杯するよ」

半ば呆然とマーサさんがそう言い、飲みかけていたワイングラスを捧げてくれた。

「ケン、どうか気にしないでください」

小さく頷いたクーヘンが、笑顔で俺の顔を見つめて口を開いた。

「贈り物が無くなる時は、厄災を取り除いてくれた時だと言われています。私が作ったあの拙《つたな》いペンダントが本当に貴方の命をわずかでも守れたのだとしたら、私は……過去の自分の仕事を誇る事が出来ます……ありがとうございます」

何故か突然涙をこぼしたクーヘンが、そう言って机に突っ伏す。

「ええ、どうしたんだよクーヘン！」

肩が震えていて、しゃくり上げるような乱れた息が聞こえて来た。

何故クーヘンが泣くのか分からなくて戸惑っていると、ルーカスさんとネルケさん、マーサさんまでが立ち上がり、揃って俺に向かって深々と頭を下げたのだ。

「ケンさん、ありがとうございます！」

「あ、ありがとうございます！」

「本当にありがとうございます！」

「あの、待ってください。一体どうして、貰った物を無くした俺がお礼を言われるんですか？」

三人は顔を見合わせて頷き合った後、俺に向き直ったルーカスさんが口を開いた。

「実は、クーヘンも以前は郷《さと》で細工師として頑張っていました。若い職人達の中では一歩抜きん出た存在で、定番の品はかなり良い物を作っておりました。ですがある時、とある珍しい素材で自由に作品を作らせてみたところ、彼は全く出来なかったのです」

お兄さんの言葉にネルケさんも横で頷いている。

「彼は、決められた工程通りに決められた物を作るのは巧《うま》かったのですが、自分独自のデザインを考えて一から作る事が全く出来なかったのです。頭の中に考えはあるようなのですが、出来ない事に彼は苛立《いらだ》ち散々苦労した挙げ句、最後には見るからに中途半端な物を作って出来上がりだと言ったんです。それで……指導役の職人が彼を酷《ひど》く叱りました。ですが、挫《くじ》けかけていた彼にはそれがとどめになったらしく、その時以来彼は工房に立たなくなりました」

驚いてクーヘンを見たが、彼は机に突っ伏したままだ。

「その半年後、彼は誰にも何も言わず郷を出奔しました。数年後にマーサさんからクーヘンを見つけたと知らせを受けた時には、どれだけ安堵《あんど》したか……」

お兄さん夫妻の横では、涙ぐんだマーサさんまでが何度も頷いているのを見て、俺は天井を見上げた。

うわあ、クーヘンの辛《つら》い過去を聞いちゃったよ。

彼は細工師の仕事に挫折して、それで外の世界へ出たのか。

なんと言って慰めようか戸惑いつつ振り返るといつの間にかクーヘンは泣き止《や》んでいて、赤い目をしつつも、しっかりと顔を上げて俺を見ていた。

「ええ、当時の私は自分に出来ない事があるというのが、どうしても認められませんでした。それを認めてしまったら、自分にはもう何の価値も無くなってしまうのだと。だから……逃げたんです。自分が認められない現実から」

自嘲気味なその言葉に、俺は必死になって首を振った。

「心配かけて申し訳ありません、もう大丈夫ですよ。家出して放浪の旅をするうちに、私は自分がやるべき事を見出《みい》だしたんです」

驚く俺にクーヘンは、今度は笑ってゆっくりと頷いた。

「ある時、立ち寄った装飾品の専門店で、懐かしい、郷の髪飾りが売られているのを見つけました。とんでもなく安い値段が付いていていました。その店の主人は、これは中古で手に入れた品物だが、作者も出どころも分からない安物だと、そう言って馬鹿にしたんです。郷一番の細工師の作品を！」

突然、大きな声でそう叫んで拳を握ったクーヘンの言葉に全員の視線が集まる。

「その時に決心したんです。残念ながら自分に物を作る才能は無かったけれど、外の世界に出た今なら、大きな人間達と対等に渡り合えるだけの度胸がある。だから郷の細工物を必ず世界中の人達に見せてやるのだと、クライン族にはこれだけの物が作れる高い技術があるのだと、思い知らせてやるのだと！」

強い決意を秘めたその言葉に、俺は真顔になる。

「その後マーサさんの所に転がり込み、まあ色々あってまたひとり旅を続けるうちに、こいつに出会ったんです」

小さく笑って、胸元に潜り込んでいたスライムのドロップをそっと撫でた。

「その後に俺達と出会ったんだな。それで、実際にこんな立派な店を持てたんだから本当に凄いよ」

「ケンに以前差し上げたあれは、自分には何だって出来ると無邪気に信じていた頃の作品です。私にとっては……未熟な自分の象徴でもありました」

また自嘲気味にそんな事を言うから、俺はまた何度も首を振った。

だって、あれにはとても綺麗な想いが詰まっているって、シャムエル様が言ってくれた作品だぞ。

「ですから、あれが偶然とは言え貴方が命に関わるほどの災難にあった際に失くしたと聞き、本当に嬉しかったんです。おかげでようやく……私は出来ないという事実から逃げた過去の自分を許す事が出来ました。貴方は単に貰った物を無くした報告をしてくださったのでしょうが……」

そこでクーヘンは言葉を切ってお兄さん達を振り返った。

ルーカスさんが大きく頷く。

「ケンさん。貴方はご存知なかったのでしょうが、貴方がそうやってわざわざ訪ねてきてくださり無事な姿を見せてくださった。これは我々クライン族の間では、最高の感謝を示す行為になるんです。お守りのおかげでこうして無事に生きていると、それを作り手に見せてくださった事で、無くなった品は昇華します。どうかもう失くした物を惜しまないでください。あのペンダントは立派に役目を果たしたのですから」

驚きのあまり、俺はすぐに反応出来なかった。

ルーカスさんの言う通りだ。俺は単にクーヘンに直接、貰った物を無くした事を謝りたかっただけなのに、それがまさかクライン族の間では最高の感謝を示す行為だったなんて。そしてその行為そのものが、クーヘンの傷付いた過去を癒したなんて。

目を潤ませてそんな事を言われたら、俺までちょっと視界が歪《ゆが》んできたよ。

「あれは気に入っていたからさ。それに、すぐ失くした事に気付けなかったから、本当に申し訳なかったんだ。だけどこれで安心したよ」

あえて軽い口調でそう言い、握った拳をクーヘンの目の前に突き出す。クーヘンが拳をぶつけ返し、俺達は泣きながら笑い合った。

黙って見ていたハスフェル達が揃って拍手をしてくれ、その場は温かな笑いに包まれたのだった。

「今度は買うから、俺でも身に付けられそうな物って何かあるか？」

「駄目ですよ、贈り物にしないとお守りになりません。もう一つ、以前私が作ったドラゴンのペンダントがありますから、今度はそれを贈らせてください」

「ええ、貰ってばかりで駄目だって」

「良いんですよ。これはお守りなんですから！」

ようやく落ち着いたクーヘンと俺は、さっきから延々とこのやりとりを繰り返している。

お金を払いたい俺と、贈るんだと言って聞かないクーヘン。とうとう見兼ねたギイが仲裁に入ってくれた。

『ケン、せっかくの好意なんだからそれは貰っておけ。代わりにアンモナイトの貝殻を交換で贈るのはどうだ？』

念話で届いた提案にこっそり頷く。

「分かった。じゃあ、そのペンダントを見せてもらえるか」

「もちろんです。では取ってきますね」

笑顔で立ち上がったクーヘンがそう言い、部屋を出て行きすぐに戻って来た。

「今見ると、これも拙い作で恥ずかしいですが、貰っていただけますか」

クーヘンが持って来た箱の中にあったのは、平らな円形の輪の中に横向きのドラゴンが切り絵のように彫られたペンダントだった。

それは平らなのに微妙な線の太さで立体に見える見事な作品だった。

シャムエル様も笑顔で頷いてくれたので、俺は貰ったペンダントを革紐《かわひも》に通して結んで首に掛けた。笑顔になったクーヘンに、俺も頷く。

「素敵なペンダントをありがとう。じゃあこれは新しいお守りとして貰って行くよ。それで、俺からも贈り物をさせてくれるか」

何でもない事のようにそう言うと、安堵のため息を吐いたクーヘンが嬉しそうに頷いた。

「分かりました。贈り物の交換ですね」

「よし、じゃあそれで商談成立だな」

笑った俺が差し出した手を、苦笑いしたクーヘンがしっかりと握り返す。

「それで、何をくださるんですか？」

興味津々のクーヘンの言葉にどれを渡すか考えていると、頭の中にベリーの声が聞こえた。

『これをあげてください。真珠層が一番分厚いアンモナイトですよ。渡しましたから、どうぞ』

揺らぎがすぐ近くに来て、一瞬鞄に触れてすぐに離れる。

『ありがとう、じゃあそうするよ』

お礼を言って鞄に手を入れ、アクアが出してくれたアンモナイトを引っ張り出した。

それは直径50センチ程のサザエみたいな円錐《えんすい》形の巻き貝で、かなり個性的な形だ。

「はい、死にかけた地下迷宮で手に入れた一品だよ」

誤魔化すように笑って机にそれを置く。

白っぽい貝の外側部分は渦巻状にゴツゴツとした短い突起があり、まるで岩の塊みたいだ。

「岩……ではありませんね。何ですかこれは？」

不思議そうなクーヘンがそう言って、机の上に置いたアンモナイトを見る。

しかし後ろにいたルーカスさんは、俺がそれを取り出した瞬間から目を見開き、言葉もなく固まっていたのだ。

「ケンさん……まさか、それは……」

ようやく絞り出すようにそう言って、よろめくようにして机に駆け寄る。

「兄さん、どうしたんですか？」

驚いたクーヘンが、駆け寄って来たルーカスさんを慌てて支える。

「交換だからな。もう、これを貰ったんだからそれはクーヘンの物だよ」

お兄さんが何か言うより先に、そう言ってペンダントを胸当ての中に入れる。

「ありがとうな、今度は無くさないようにするよ」

笑ってそう言うと、クーヘンも笑顔になった。

「大丈夫ですよ。もしもまた無くしたら、また新しいのを差し上げますよ。何度でもね」

笑って互いに拳をぶつけ合う。

「ケンさん！　いけません。こんな、こんな立派な物をいただくなんて！」

その叫びに、クーヘンが不思議そうに振り返る。

ルーカスさんが黙って岩の塊を持ち上げて口の内側部分を見せる。突然現れた虹色の輝きに全員が絶句する。

自分で出して言うのも何だが、ちょっとやり過ぎたかも……。

「ケン……これはさすがに駄目ですよ……」

呆然とするクーヘンの背中を叩いて俺は苦笑いして首を振った。

「いいからこれは貰ってくれ。でもって、これ以外にも凄いのが山ほどあるんだけどさ。引き取ってもらえるか？」

「凄いのって、ジェムですか？」

「いや、委託のジェムは地下の倉庫にまとめて置いてきたから、後で確認しておいてくれ。こっちは素材。どれも装飾品の素材になるって聞いたからさ」

『なあ、例の素材ってどこまでなら出して良い？』

この世界の一般常識をまだイマイチ理解していない俺は、ハスフェルに素直に助けを求めた。

『飛び地で手に入れたアイテムなら、そうだな……カメレオンロングホーンビートルとカメレオンシケイダ、後は、カメレオンスキャラブ辺りかな』

『了解。じゃあそれでいくよ』

念話で応えて、クーヘンに向き直る。

「ええと、まずはこれかな」

そう言って、鞄からカメレオンロングホーンビートルの触覚を二本と、前羽も二枚取り出す。これで一匹分だ。

血相を変えたクーヘンとルーカスさんが、取り出したアイテムを揃って覗《のぞ》き込んだ。

「ケン、これを何処で、何処で手に入れたんですか！」

「これは素晴らしい。傷が一つも無い」

「まさかこれ程の素材があるなんて……」

「とても値段が付けられません。これは素晴らしい」

真顔の二人の会話を聞いて、次を出せなくなってしまった。

「いや、それで装飾品を作れるかと思ったんだけど……」

「それはもちろん出来ますが、とんでもない値段になるこれを丸ごと買い取る事なんて無理ですよ」

おお、まさかの買い取り拒否。ううん、これは困ったぞ。

しばし考えて、一つの案を思いついた。

「ちなみに、他にこんなのも有るんだよな」

そう言って、カメレオンシケイダの透明な翅《はね》と、カメレオンスキャラブの前羽もそれぞれ一匹分を取り出して並べた。

二人だけでなく、後ろで見ていたヘイル君とマーサさんも息をのむ。

「有り得ない……一体どうやって手に入れたんですか……」

マーサさんの言葉に、わざとらしく笑って肩を竦めた。

「飛び地を見つけたんですよ。まあ、ちょっと本気で死にかけましたがね。おかげでこれらのアイテムを大量に確保したんです」

少々含んだ言い方だったが、元冒険者のマーサさんにはそれだけで意味が通じたらしい。

感心したように何か呟き、いきなり俺達に向かって深々と頭を下げた。

「あの、頭を上げてくださいって。これらは俺達が持っていても何の意味もないただの素材です。ですが、貴方達ならこの素材の価値はお分かりですよね？」

ついでに、平たいアンモナイトも一つ取り出して並べる。うん、小さめだな。

「どれ一つとっても、我々職人にとっては……一生一度でいいから手にしてみたい素材です」

素材を呆然と見つめるルーカスさんの言葉に、ヘイル君やクーヘンも何度も頷いている。

「ですが、我々には到底手が出る素材ではありませんよ」

どうやら、どれか一つでもかなりの高額になるらしい。やっぱりここは、さっき思いついた案で行くべきだな。

「ではこうしましょう。これらの素材はクーヘンに委託で預けます。素材ですからもちろんそのまま売っていただいても構いませんが、出来たら職人さん達に渡して、それで何か作ってもらってください。王都でなら売れるでしょうから、売れた分はジェムの契約と同じ割合で俺の口座に振り込んでください。どうですか？」

正直言って貰い過ぎだと思うけど、タダで使ってくれって言っても絶対断られそうなので逆に敢《あ》えてこう提案してみたのだ。

「よろしいのですか！」

予想通り、目を輝かせて食いついて来た彼らに、俺は笑って親指を立てた拳を突き出した。

「契約成立だね。どうか良い物を作ってもらってください」

深々と揃って頭を下げてくれた後、大きな布を持って来て丁寧にそれらを包み始めた。

「だから山ほどあるんだって。どれくらい預けたらいい？」

その言葉に、またしても全員揃って固まったよ。だからいっぱいあるって言ったのに。

それで相談の結果アンモナイトは十個、あとはそれぞれ二十匹分を預ける事になった。

ううん、もっと減らす予定だったんだけどなあ。

でも、机の上に並べた素材の山を前に狂喜乱舞するルーカスさん達の様子を見て、まあ、これで良かったのかと納得もしたよ。

その後、準備が出来たとの連絡が来て、俺達はギルドへ戻ったのだった。

第78話　今回の問題点と野外生活の開始

「ああ、来たね。こっちこっち」

ギルドマスターのエルさん直々に案内された俺は、ソファーとテーブルしかない部屋を見て首を傾《かし》げた。

あれ？　商人ギルドのアルバンさん達は？

「まあ座って。アルバン達は隣の部屋にいる。実は、またちょっと困った事になっていてね」

俺達と向き合う席に座ったエルさんが口を開いた。

大きなソファーに並んで座ったハスフェル達三人を見て、首を傾げつつ俺も空いた椅子に座る。

「前回のあの馬鹿どもに、弟分がいたのを覚えているかい？」

「弟分？　ああ、前日の一周戦に出ていた二人か」

「あの馬鹿どもが逮捕された後、当然だが彼らにも捜査の手は伸びたんだが、最終的に彼らは罰金だけで終わったらしい」

「ちなみにあの馬鹿どもは？」

「余罪が山ほどあったって言っただろう。はっきり言って殺人以外は全部やっていたんじゃあないかな。それで少し前に罰金と禁固刑の上に強制労働の判決が確定したよ。だけど当然彼らに罰金を払う金なんてない。それでその分さらに強制労働期間が追加されて、ほぼ終身刑確定。今はターバラの東の山岳地帯にある刑務所に収監されていて、強制労働で東の山側の森を開拓中だよ」

おおう、この世界の犯罪者には罰として強制労働があるんだ。怖っ。

「まあ、あの馬鹿どもはそんな事情でここにはいない。彼らを応援していた商会も解体された。そうなると、残された弟分達の居場所は当然だがなくなる」

「まあそうなるだろうな」

若干、後味の悪い気分になるが、これはどう考えても彼らの自業自得だろう。

「ところが彼らはこう考えたらしい。あの魔獣使い達が来なければこんな事にはならなかったのに。俺達の平和な生活を脅かしやがって。ってね」

「はあ？　どこをどう取ったらそんな考え方になるんだよ？」

……叫んだ俺は間違ってないよな？

「本当にその通りなんだけど、残念ながら彼らはそう考えなかったようだね」

これ以上ないくらいの大きなため息を吐いた俺は、嫌そうにエルさんを見た。

成る程ね。わざわざ別室に連れてきたのは、この話をする為か。

「ちなみに、どうちょっと困った事になっているのか聞いていい？」

「つまり、自分達には復讐する権利があるとほざいているらしい」

それを聞いた俺達は、揃って苦虫を噛み潰したような顔になった。

「今のところ、酒場で騒いでそう言っている程度で、具体的に何かする訳じゃあないんだけど、彼らが昨日三周戦の参加申し込みをしたものだからね。さすがにこちらとしても見て見ぬ振りは出来なくなったんだよ」

「勘弁してくれ〜。もう騒ぎはごめんだって」

机に突っ伏す俺を見て、苦笑いしたエルさんが謝ってくれた。

「じゃあ、今回はその弟分二人と一緒に走る事になる訳か」

腕を組んだハスフェルの言葉に、エルさんがこれも嫌そうに頷く。

「彼らが乗る馬が、本気の従魔達とは比べ物にならないのは、彼らだって分かっているはずだ。それなのにあえて三周戦に参加して来たって事は……」

「何か策があるんだろうな」

「そう考えるのが普通だよね。一応こちらとしても色々と裏では動いて調べてもらってはいるんだけど、どうにもまだよく分からないんだ」

せっかく今回は楽しく走れると思って楽しみにしていたのに、どうやらまた一波乱ありそうで、もう本気で泣きたくなってきたよ。

「ただ、ギルドとしても黙って見ているつもりはないよ。アルバンや船舶ギルドのシルトとも相談しているんだが、もしも本当に彼らが何か企んでいるのなら、我々の手で祭り当日までに彼らの尻尾を摑《つか》み、レースへの参加申し込み自体を取り消すつもりだよ。せっかくの街を挙げてのお祭りを馬鹿の逆恨み如《ごと》きで台無しにされてたまるか！　ってね」

真顔のエルさんの宣言に、俺だけじゃなくハスフェル達までビビっている。

だけどそうだよな。この早駆け祭りは、ハンプールの街の代名詞みたいなもので、それを取り仕切っているギルドマスター達が、祭りの花形である三周戦において何か企んでいる奴《やつ》がいるかもなんて情報を聞いた日には、全力で潰しにかかるのは当然だろう。

それに、やっぱり勝負は正々堂々でないと面白くないよな。

「世の中にはやってもいい事と、絶対にやってはいけない事があるんですよ。どうやら彼らはその境界線を理解していないようなので、我々がそれをみっちりと教えてやりますよ」

エルさん……その笑みが怖いです。

「つまり、その大掃除に俺達は……邪魔？」

控えめな俺の質問に、エルさんは堪える間もなく吹き出した。

「邪魔とまでは言いませんがね。皆様を祭り直前までまとめて郊外へ逃すのは、確かにその意味もあります」

おお……俺は冗談半分で言ったんだが、認めたぞ。

無言でドン引く俺達。

「まあ、そんな訳。大掃除は我々に任せてくれていいからね」

にっこり笑ったエルさんの言葉に、俺達は壊れたおもちゃみたいに揃って頷いていたのだった。

うん、当事者から切なるお願いです。

頼むから、平和で楽しい安全なレースになるように頑張ってください！


「聞いたか？　ちょっとした問題点」

隣の部屋に移動して、待っていたアルバンさんと笑顔で握手を交わした後に小さな声でそう聞かれて、俺はもうこれ以上ないくらいの大きなため息を吐いた。

「聞きました、あの馬鹿の弟分でしょう？」

苦笑いして頷いたアルバンさんは、机の上に並んだ食材を見て大きなため息を吐いた。

「まあ、所詮は小物が騒いでいるだけだよ。あの馬鹿の置き土産の後始末は、我々の責任において善処する。申し訳ないんだが、ケン達はしばらく知らん振りをしていてくれ」

そう言って笑ったアルバンさんだけど、これまた目が笑っていない。マジで怖い！

覚えておこう、世の中には絶対に怒らせては駄目な人っているんだよな。

そのあとは気を取り直して、次々に紹介される新鮮な食材を色々と購入させてもらった。

その際に、こっそり師匠から貰ったレシピ本を見ながら注文していたらスタッフさんに気付かれてしまい、結局一緒にレシピ本を見ながら選んだ結果、書かれている料理に必要な食材と調味料がほぼ全部手に入った！

しかも、お菓子のレシピを見たスタッフさんがめっちゃ張り切ってくれて、俺が持っていない材料と道具をありったけ取り揃えてくれた。

受け取った材料の上では、シャムエル様が目をキラキラさせながら俺の事を見つめている。新たなお菓子への期待度とプレッシャーがハンパないっす。

ちなみにスタッフさん一押しアイテムは、最新式バイゼン製の簡易オーブン。

既存品よりも庫内が大きくて広く、温度の管理も簡単になったらしい。二台まとめて購入したよ！

そんな感じで、どんどん届けられる大量の食材や調理道具を、俺はせっせと鞄に詰め込んでいった。

今回嬉しかったのが、新鮮な白身の魚やちりめんじゃこが手に入った事。

しかも魚を捌《さば》くのはあまり得意じゃないと白状したら、面倒な下処理を全部やって綺麗な切り身にしてくれたよ。セレブ買い、凄え。

「それでは失礼します。また何かありましたらいつでもお呼びください」

アルバンさんとスタッフさん達が満面の笑みでそう言って帰っていき、それと入れ違いにホテルハンプールから大量のデリバリーが届けられた。前回俺が頼んでいた料理と量を参考にして、クーヘンが注文してくれていたんだって。

おかげで、無くなっていたあの激うまビーフシチューもまた大量に確保されたよ。


「ところで、クーヘンの店は奴らの標的になりかねないと思うんだけど、大丈夫なのか？」

夕食を食べながら心配になってそう尋ねたが、笑ったクーヘンは自慢気に胸を張った。

「大丈夫ですよ。逆にこっちに手を出してくれれば奴らを捕まえる口実になります。ギルドや軍部ともしっかりと連携して、考えうる限り最高の警備体制を敷いています。それに従魔達もいてくれますので、どうぞご心配なく」

あの店にある在庫の総額を考えればこれは当然の対応だろう。どうやら店の防犯対策はしっかり取れているようで安心したよ。

明日は、クーヘンやランドルさん達も誘って俺の部屋で朝食を食べてから、一緒に郊外へ出る事に決まったところでその夜は解散となり、部屋に戻る彼らを見送った。

「はあ〜もうマジで騒動はごめんだよ。俺は平穏無事がいいんだって」

ニニのもふもふな腹毛に顔を埋めてそう叫んだ俺は、もう一度大きなため息を吐いたのだった。


「うああ、冷たいけど目が覚める！」

翌朝、いつものように従魔達に起こされた俺は、眠い目をこすりつつ顔を洗って思わず声を上げた。

「ご主人綺麗にするね〜！」

声と同時にサクラが跳ね飛んできて、一瞬で俺を包んで綺麗にしてくれる。

「ありがとうな。ほら行っておいで」

サクラをおにぎりにしてから水槽に放り込んでやり、他のスライム達も同じようにしてから、水浴びチームと交代して部屋に戻った。

手早く装備を整えていると、ハスフェルから念話が届いた。

『おはようさん。もう起きてるか？』

『おはよう。今準備中だよ。来てくれていいぞ』

『了解、じゃあランドル達も誘って一緒に行くよ』

笑う声と共にハスフェルの気配が消える。剣帯を装着すれば準備完了だ。

「ベリー達は、腹減ってないか？」

「ええ、貴方がまだ寝ている間に、シャムエル様から出していただきました」

「寝起きが悪くてすみませんねえ」

ベリーにそう言われて、顔を見合わせて大笑いになった。


「おはようございます」

「おはようございます。お待たせして申し訳ない」

全員揃って入って来たのを見て慌てて謝ると、ランドルさん達は笑って首を振った。

「お気になさらず。誰でも苦手な事ってありますからね」

妙に優しい笑顔のランドルさんの言葉に、ハスフェル達が揃って吹き出す……お前ら、ランドルさんに何を言ったんだ？

手持ちの作り置きで簡単に食事を済ませ、ギルドに鍵を返してから出発した俺達は、街中の注目を集めつつ大通りを進んで城門から街道へと出て、街からかなり離れたところで追いついて来たマーサさんと合流した。

今回も冒険者仕様のマーサさんは、小柄な馬のノワールに乗っている。ちなみにイグアノドンのチョコに乗ったクーヘンは、巨大化した猫族コンビを連れている。他の子達は店の警備を兼ねて留守番なんだって。


「あの大木まで競争するぞ！」

なだらかな平原を進んでいると、ハスフェルが前方を指差しながらそう叫んでギイと並んで止まった。

「クーヘン、行くぞ！」

「ええ、もちろんです！」

俺の呼びかけにクーヘンも嬉しそうに目を輝かせて横に並ぶ。

「オンハルトさん！」

「おう、絶対に勝つぞ！」

目を輝かせたランドルさんがオンハルトの爺さんの隣に並んだ。

その声を聞いて、ドワーフのバッカスさんが慌てたようにダチョウの背から飛び降りる。

「私の後ろに乗りな。この子は強いから二人乗りでも大丈夫だよ」

「世話になります」

マーサさんの言葉に、笑ったバッカスさんがマーサさんの後ろに乗る。

「では、私が号令を！」

マーサさんがそう言って右手を高々と上げる。それを見た俺達は乗っている従魔共々一斉に身構えた。

「スタート！」

大声と共に手が振り下ろされ、遥《はる》か先にある目標の大木に向かって走り出した。

鳥達が一斉に羽ばたいて上空に逃げる。

凄い勢いで走るマックスの背の上で、俺は必死になって手綱にしがみついていた。

大木の横を駆け抜けたのは同時だった。

「これは同着ですね！」

笑ったランドルさんを見て、俺はマックスの頭に座っているシャムエル様の尻尾を突っついた。

「なあ、誰が一位だった？」

「おめでとう。ケンが一位でオンハルトが二位、あとの四人は完全に同着だったね。いやあ皆速い速い」

「よし！　マックス、よくやったぞ」

笑って首を叩いてやると、大興奮状態のマックスは嬉しそうにワンと鳴いた。久々に聞く犬っぽい鳴き方だ。

背後を振り返ると、マーサさん達と猫族軍団がようやく追いついて来たところだった。

どれだけ速かったんだよ。


狩りの前に昼食を食べる事にして、全員従魔から降りる。

「天気も良いし、机だけで良いな」

少し前と違い、吹き抜ける風は確かに秋の気配をのせている。

「何食いたい？」

いつもの机を出しながらそう聞いてやる。

「肉〜！」

ランドルさん達以外が、全員揃ってそう叫んだ。

「分かった、焼いてやるから待て」

苦笑いしたランドルさんとバッカスさんが、少し離れて鞄から携帯食を取り出すのを見て思わず手が止まる。

「ランドルさん、バッカスさんもご一緒しましょうよ」

笑ってそう言うと、揃って俺を振り返った。

「いえ、ご迷惑は掛けられません」

そう言っているけど、二人の目は取り出した大きな肉の塊に釘付《くぎづ》けだ。

「俺が嫌なんですよ。せっかく縁あって一緒のパーティーにいるのに、二人だけ違うものを食っているなんてね」

そう言って返事も聞かずに、取り出した肉の塊をガッツリ分厚く人数分切っていった。

ちなみに、マーサさんにはやや控えめに、俺の分はシャムエル様に取られるのを前提で皆と同じように分厚く切ったぞ。

サイドメニューはホテルハンプールのデリバリーを適当に出しておく。それからいつもの簡易オーブンとパン、おにぎりも出しておく。

手早く肉を叩いて筋を切り、塩胡椒《こしょう》と肉料理用の配合スパイスも振りかけておく。

オニオンスープは、人数分を小鍋に取り分けて温める。

「今から肉を焼くから、その間に自分の分は自分で準備しておく事」

そう言ってお皿を重ねて置くと、ハスフェル達は嬉々として自分の皿の準備を始めた。

「あの、本当によろしいんですか」

ランドルさんとバッカスさんが、俺のところへ駆け寄って来る。

「どうぞ遠慮なく。あ、好き嫌いとか何か食えないものとかありますか？」

「いえ、何でも食いますよ」

揃って答える二人に、俺は机の上を指差した。

「じゃあ大丈夫ですね。ちなみに取った分は残さないように」

二人は顔を見合わせた後、揃って大きく頭を下げた。

「ありがとうございます！　それでは遠慮なく世話になります！」

そう言って笑顔になった二人も、お皿を取って嬉しそうに自分の分の準備を始めた。

「焼いていくか」

そんな彼らの後ろ姿を見て笑った俺は、取り出して並べたコンロに火をつけて、それぞれのフライパンに肉を並べていく。

「ううん、この人数分の肉を一気に焼くのは久しぶりだぞ。焼き過ぎないようにしないとな」

思わずそう呟いて、ゆっくりと焦げ目のついた肉をひっくり返していった。


「そろそろ焼けるぞ。ほら並べ〜〜！」

俺の言葉に、全員が嬉々としてお皿を手に並ぶ。

「これはケンの分だよ。適当に取ったけどこれでいいか？」

先に渡されたお皿は、俺的にはやや多めだけど、野菜中心でいろいろと盛り合わせてくれてある。

しかも俺の席には、おにぎりが並んだお皿とスープのお椀《わん》までが既に並べられている。

何これ、何のご褒美？

「あ、ああ。充分だよ。ありがとうな」

お礼を言って受け取り、全員の皿に肉を取り分けてやる。

それから、いつの間にか用意してくれていた簡易祭壇に、俺の分の料理を一通り並べて手を合わせる。

収めの手が俺の頭を撫でてから、料理を一通り撫でて消えていくのを俺は黙って見送った。

自分の席にお皿を並べて座ったところで、隣に座っていたクーヘンが俺の料理を見ながら笑顔で頷く。

「陰膳《かげぜん》ですか。良い習慣ですね。我々クライン族の間でも、旅に出ている家族の為に陰膳をする事がありますが、ケンはどなたの為に？」

マーサさんも手を止めて笑顔で俺を見ている。

「ああ、シルヴァとグレイ、それからレオとエリゴールの四人の為だよ。いつも俺の料理を喜んで食べてくれたからさ。もう食べてもらえないのが寂しくて、せめて俺の分だけでも捧げてみようかなって思って始めたんだ。こんなのただの自己満足だよ」

照れ臭くなって何でもない事のようにそう言ったんだけど、誰一人笑わなかった。

「きっと彼女達にも届いていますよ。ケンが作ってくれる料理は、本当に美味しいですから」

クーヘンに改まってそんな事を言われてしまい、俺はもういたたまれなくて咳払《せきばら》いをして誤魔化したよ。

「ごちそうさま。昼から肉はどうかと思ったけど、余裕で食えたな」

お茶を飲みながらそう呟いた俺の言葉に、その場にいた全員が笑って何度も頷いていた。

ちなみに今は食後のお茶タイムだ。一応この後狩りに行く予定なので、さすがのハスフェル達もお酒は飲んでいない。

ランドルさんとバッカスさんは、もうこれ以上ないくらいに綺麗に平らげ、二人揃って美味しかったとお礼を言ってくれた。

その後は、アクアに食べ終えたお皿を綺麗にしてもらっているのを見てしきりに感心していた。

「スライムにはそんな事も出来るんですね。キャンディにも出来るでしょうかね？」

透明スライムのキャンディを見ながら、ランドルさんが真剣に考えている。

「出来る？」

小さな声で、机の上で尻尾のお手入れをしているシャムエル様に聞いてみる。

「お皿に付いている汚れだけを、ある程度綺麗に食べるのなら出来るよ」

「もしかして、教えなかったら皿ごと食っちゃう？」

「まあ、お皿にはマナは含まれていないから美味しくはないと思うけど、中に取り込んだら普通は食べちゃうね。だけどテイムしたスライムは主人の言葉が分かるんだから、お皿は返してって言えば、汚れだけ取ってくれるよ」

納得した俺は、ランドルさんを振り返った。

「お皿は食べずに返すように言えば、汚れだけ取って返してくれますよ」

「ええ、それ以外にも濡れた服の水分も取ってくれますよ。中まで染み込んだ汚れは無理ですが、表面についた泥汚れ程度ならそれなりに綺麗になります。旅をするとスライムの有り難みを実感しますよね」

クーヘンも胸元に潜り込んでいたスライムのドロップをそっと撫でて、そう言って嬉しそうに笑っている。ドロップも何だか得意気だ。

「成る程、それじゃあ頑張って俺も色々と教えてみる事にします」

嬉しそうなランドルさんの言葉に、俺も笑顔になりアクアをそっと撫でてやった。


「さて何処へ行くかな。マーサさんもいるのなら、あまり凶暴なジェムモンスターはまずいな」

「そうだな、どうするかな」

「だけど、ピンクジャンパーはなあ……」

振り返ったハスフェルとギイの言葉に、マーサさんが笑って首を振る。

「大丈夫ですよ。何度かクーヘンと一緒に、ジェム集めの為にピンクジャンパーを狩りに行った事がありますから」

そう言って背負っていたリュックを開くと、見覚えのある緑色の小さなウサギがぴょこんと顔を出した。

「へえ、可愛がってもらっているんだな」

手を伸ばして撫でてやると緑のウサギは嬉しそうに目を細めて耳をパタパタさせ、リュックから出て来て机の上に飛び乗り、もっと撫でろとばかりに自己主張を始めた。今の大きさは、30センチくらいでリアルウサギサイズだ。

そっと抱き上げてやり、両手で小さな顔をおにぎりにしてやった。

「きゃ～助けて～！　潰される～！」

嬉しそうにそう言いながら短い手、じゃなくて前脚で顔を隠す振りをする。

何だよこいつ、めっちゃ可愛いぞ。

「うきゅ～～！」

その時、奇妙な呻《うめ》き声が聞こえて俺は驚いて振り返った。ハスフェル達も何事かと振り返る。

右手で口元を覆ったランドルさんが、目をキラッキラに輝かせて俺の手元を見つめていたのだ。

あ、もしかしてこの可愛さ……ランドルさんのツボにハマった？

「あの、その子をテイムした場所がここから近いんですか？」

もの凄い勢いで身を乗り出してそう尋ねてくる。

そう言えばランドルさん、ウサギも欲しいって言っていたな。

「行くか？　ここからなら今日中に行けるぞ」

笑ったハスフェルも俺の手元を見ながらそう答える。

「お願いします！　ウサギの従魔が欲しかったんです」

嬉々としてそう言うランドルさんの言葉で、とりあえず今日の目的地が決まったみたいだ。

手早く机と椅子を片付けて、それぞれの従魔に飛び乗る。

「ではピンクジャンパーのところへ行って、まずはひと運動するか」

ハスフェルの言葉に、俺とクーヘンは苦笑いしていた。ジャンパーはやたら跳ねて突っ込んでくるから、結構大変なんだよなあ。

しかし、嬉しそうなランドルさんを見て俺は笑ってため息を吐いた。

「まあ、ここは後輩の為に一肌脱ぎますか」

小さくそう呟き、走り出したハスフェルの乗るシリウスの後ろについた。


カルーシュ山脈を目指して走り、見覚えのある場所に到着した。

「そうそう。こんな場所なんだよな。ウサギがいるのって」

斜面にボコボコ開いた穴を見ながらそう呟いて、マックスの背中から飛び降りる。

そこでまずマックスとシリウス、それからブラックラプトルのデネブが狩りに出発した。出来る時には、外で自由に狩りをさせてやりたいからな。

残った猫族軍団は、全員巨大化してジェムモンスター狩りに参加する気満々だ。頭上ではお空部隊も巨大化して旋回している。

草食チームは不参加みたいだし、ベリーとフランマは、今は見える範囲にはいないみたいだ。

「まずは戦って一通り殲滅《せんめつ》しましょう、そうすれば巣穴から次が出るまでの時間稼ぎの繋《つな》ぎの子が出て来ますから、それを捕まえれば良いですよ」

「分かりました。ではお願いします！」

俺の言葉に頷いたランドルさんとバッカスさんが一番大きな穴の前に陣取り、俺とクーヘンとマーサさんが手前側、ハスフェル達三人が奥側、猫族軍団はそれぞれ巨大化して全体にばらけて展開している。

「それじゃあ行きますね」

普通の蛇サイズになったセルパンが、そう言ってから巣穴の中にスルスルと入って行った。

しばしの沈黙の後、ほぼ全ての巣穴から緑色の塊が噴き出してきた。

「うわあ、これはデカい！」

嬉々としたランドルさんの声が聞こえる。

直後にこっちにも大きなウサギ達が飛びかかって来て、戦闘が開始された。


ランドルさんの手にあるのは、かなりの業物と思われる黒光りのする長剣で、バッカスさんが持っているのは、幅広で湾曲した形の剣だ。

「あれって確かシミターっていう切れ味抜群のやつだよな。うわあ、さすがは上位冒険者。装備がハンパねえよ」

小さく呟き、俺を蹴ろうとする巨大な緑色のウサギを直前で叩き斬った。


「一面クリアーしたみたいだな」

笑ったハスフェルの言葉に、俺も剣をしまって巣穴を覗き込んだ。

ごく小さな緑色のウサギが出てくるのが見えて、急いでランドルさんを呼んでやる。

「ほら、あれならそのまま摑んで言えばいいから。俺の仲間になれって」

目を輝かせて頷いたランドルさんが、手を伸ばして一番前にいたウサギを摑む。

「俺の仲間になるか？」

顔を寄せて嬉しそうにそう言う。ランドルさん、その笑み……怖いって。

「はい、貴方に従います！」

だけど嬉しそうに返事をしたウサギは、次の瞬間光って一気に大きくなる。可愛い声だったから、どうやら雌みたいだ。

「お前の名前は、クレープだよ。よろしくな、クレープ」

「はい、よろしくお願いします！　ご主人！」

もう一度光ったウサギのクレープは、普通のウサギくらいの大きさになった。

それを見て、俺達は揃って拍手をしたのだった。

「ありがとうございます。いやあ、これは可愛い」

満面の笑みのランドルさんは大事そうに抱き上げたクレープを撫でながら、恐らく無意識なんだろうけど、さっきから何度も同じ言葉を言っているよ。

しかし、むさ苦しいおっさんの笑み崩れた顔ってなかなかに面白いなあ。若干失礼な感想を飲み込んで、ランドルさんの肩を叩く。

「おめでとう。もうテイムの仕方も慣れたものですね」

そう言いながら手を伸ばして腕の中のクレープの頭を撫でてやると、クレープは得意げに鼻をヒクヒクさせた。

「やっぱりウサギの毛ってふわふわだなあ。これは可愛い」

思わずそう言った俺の言葉に、ランドルさんはもうこれ以上ないくらいの満面の笑みで何度も何度も頷いていたよ。分かったかちょっと顔を引き締めような。

それからランドルさんは、マーサさんと自分のピンクジャンパーを見せあって仲良く話をしていた。

うん、やっぱりもふもふは正義だよな。


ランドルさんの後ろ姿を見ていて気が付いた。

「あと一匹テイムすれば五匹だ！　魔獣使いの紋章が持てますよ！」

俺の言葉に、ランドルさんが振り返る。

「ええ、目標は、魔獣使いになる事ですからね」

その言葉に、俺達は満面の笑みになった。

「よかったら協力するぞ。次は何をテイムしたい？」

ハスフェルの言葉に、俺達全員が大きく頷く。

「それなら、戦闘力のある奴が良いんじゃないか？」

「そうだな、それなら何処にする？」

ハスフェル達が相談を始める。こういった情報は彼らの方が詳しいから、目標の選定はお任せしよう。

「いえ、ご迷惑はかけられませんよ」

慌てるランドルさんの背中をバッカスさんが叩く。

「こんな凄い方々とご一緒出来る機会なんてそうはないぞ。せっかくなんだから頑張ってあと一匹でも二匹でも凄いのをテイムしろよ。強い従魔が多くいればソロでも大丈夫だからな。それなら俺も安心して引退出来る」

そうだよと頷きそうになった俺は、最後の言葉に驚いてバッカスさんを見る。

「待ってバッカスさん。今、引退するって言いましたか？」

俺の言葉に、バッカスさんは苦笑いして頷いた。

「ええ、引退するつもりです。元々俺は、父親が残した莫大な借金を返す為に冒険者をしていたんです。そんな時に、似たような境遇だったランドルと出会って意気投合してコンビを組んだんです。おかげで二人とも無事に借金を完済出来ました。それで本当ならそのまま解散だったんですがね……」

「何だか別れ難くて、気付けば出会ってからもう十年以上になります」

ランドルさんの言葉に顔を見合わせて笑った二人は、本当に仲の良いコンビって感じだ。

「ですが少し前にハンプールで大型の店舗付き住宅が売りに出ているという話を聞き、ランドルの力も借りて、俺はそれを買う為の資金集めをする事にしました。かなりの金額だと聞いたのでね。あの飛び地で相当量の貴重なジェムや素材を確保出来たので、目標金額を余裕で超えて二人で大喜びしたんですよ」

バッカスさんの説明を聞いて、俺はクーヘンと思わず顔を見合わせた。

「それって……ハンプールの何処の店舗か聞いていいですか？」

「人伝《ひとづて》に話を聞いただけで、まだ実際には見ていません。早駆け祭りが終わったら商人ギルドで聞いてみるつもりです。なんでも装飾品通りの端に面する場所で、補修が必要ですが厩舎もあるとか」

予想通りの答えが返ってきて、俺とクーヘンとマーサさんは揃って顔を覆った。

「ええ、どうしたんですか？」

驚くバッカスさんに、マーサさんが困ったようにため息を吐いて顔を上げた。

「その店なら、残念ながらもう売れちまったよ」

続いてクーヘンがそっと手を挙げた。

「すみません。その店舗付き住宅は私が買いました」

「ええ！　そんなあ〜」

衝撃を受けるバッカスさんに、慌てたようにマーサさんも手を挙げる。

「ちょっとお待ち。逆に質問だよ。バッカスさんはそこを買ってどんな商売をするつもりだったんだい？」

「俺は、元は武器職人です。なので自分で作った武器の販売や、持ち込みの武器の研ぎや修理など、冒険者相手の商売を考えていました」

「ちなみに、誰かと同居するのかい？　家族は？」

めっちゃ食い気味なマーサさんの質問に、苦笑いしたバッカスさんが首を振る。

「俺は天涯孤独ですよ。ですが、ランドルが泊まる為の部屋は用意するつもりです」

クーヘンが俺達の為に部屋を用意してくれたのと同じだ。やっぱり仲間っていいよな。

「それなら、職人通りのすぐ横にある店舗兼住宅がいいね。倉庫と鍛冶用の炉と広い作業部屋、地下室付きの三階建て。どうだい？」

目を見開くバッカスさんに、マーサさんは胸を張って笑った。

「私はハンプールで不動産屋をやっていてね、特にクライン族やドワーフ達からは絶大な信頼をいただいているよ」

「おお、それは素晴らしい。是非お願いします！」

バッカスさんとマーサさんが、しっかりと握手を交わす。

「あはは、これまた大型物件が売れたようですね。素晴らしい」

嬉しそうにクーヘンが手を叩いて二人に駆け寄り、仲良く話を始めるのを俺達は笑って拍手をしながら眺めていたのだった。

「なるほどなあ。ご縁なんてどこで繋がるか分からないもんだ」

笑った俺はそう呟いてランドルさんを見た。彼も嬉しそうな笑顔で、真剣に話を始めた三人を見ている。

「ランドルさんは、バッカスさんが引退したらソロになるんですね」

「そうですね。寂しい気もしますが、自分の店を持つのは彼の長年の夢だったんです。なので俺も応援していたんです。それにハンプールは、初めて商売をする奴には良い街だって聞きますからね」

「ああ、確かにそうですよ。クーヘンも、商人ギルドにはかなり世話になりましたからね」

「そうなんですね。しかもハンプールで実際に商売をされている方とお知り合いになれるとは、ケンさん、本当に感謝しますよ。あなた達と出会えて本当に良かったです」

「俺もテイマーと知り合えて嬉しいですよ。仲間は多い方が嬉しいですからね。これからもよろしく。ああ、ですけど早駆け祭りでは手加減しませんからね」

「当然です。こちらこそ、手加減しませんからね」

にんまりと笑うランドルさんが拳を突き出して来たので、俺も笑って拳をぶつけた。


「なあ、猫科と犬科どっちがいい？」

「へ、なんの話だ？」

突然のハスフェルの言葉に俺が振り返ると、三人が揃ってこっちを見ていた。

「いや、ケンじゃなくてランドルさんに質問。どっちがいいですか？」

「猫か犬？」

不思議そうなランドルさんの言葉にハスフェルが笑って首を振る。

「猫科か犬科。カルーシュ山脈の奥は、普通は入れない危険地帯なんですが、このメンバーなら問題ありません。貴方の乗っている従魔なら大丈夫ですよ。マーサさんとクーヘンが街へ戻ってから行きましょう」

カルーシュ山脈の奥と聞いて一瞬何か言いかけたマーサさんだったが、ハスフェルの言葉に苦笑いして首を振った。

「ああ、それは確かに私には無理な場所ですね。申し訳ありませんが、それは明日以降にお願いします。それなら今日はどうしますか？」

空を見上げながらのマーサさんの質問に俺も空を見上げる。まだ日が高いので、大物でなければあと一働きくらいは出来そうだ。

「それなら普段使いに出来そうなジェムがいいだろうな。ならばあれか」

「ああ、だけどあれだと……ちょっと無理か？」

「ああ、ケンは無理かもな」

ハスフェルとギイが、また主語のない会話をしている。

「なあ、俺には無理って何だよ」

そう尋ねると、振り返ったハスフェルは予想通りにんまりと笑った。

「まあ、普通は大丈夫なんだが、ケンにはちょっと無理かもな」

「……もしかして、足がいっぱいあってモニョモニョ動く系？」

笑顔で頷かれた瞬間、俺は顔の前でばつ印を作って叫んだ。

「了解！　じゃあ俺は先に今夜泊まる場所へ行って夕食を作る事にする！　皆、何が食べたい？」

驚くマーサさん達に笑ったハスフェルが説明した途端に、全員揃って大爆笑。

だって無理なものは無理なんだって。

丁度マックス達が戻って来てくれたので、綺麗な水場がある草地に全員揃って移動する。

そこで、猫族軍団とファルコとプティラが交代して狩りに出発した。

草食チームとほかのお空部隊が、俺の護衛役として留守番してくれるんだって。

「それじゃあ、夕食をよろしく！」

「了解、頑張って作っておくよ」

笑って走り去る彼らを見送り、俺が水場で手を洗っている間にスライム達にテントを張ってもらう。

「それで、何を作るの？」

机の上では、シャムエル様が目を輝かせている。

「何を作ろうかな」

そう呟きながら取り出したマギラス師匠のレシピ帳を、目を閉じて適当に開く。

「ポークピカタか。これならアレンジも色々出来るな。じゃあこれに決定。副菜は……俺が食べたいからナスの煮びたしと、ちりめんジャガイモを作ろう。あとは生野菜のサラダがあればいいな」

メニューが決まったところで、先にベリーに果物を箱ごと渡しておき、草食チームで食べたい子達にも分けてもらうようにお願いしておく。

それから、生野菜を洗うために水場へ向かった。

冷たい湧き水でレタスをせっせと千切っていると、集まって来たレインボースライム達があっという間に片付けてくれた。よし、またスライム達に任せられる作業が増えたぞ。

次にナスを取り出し、洗ってからヘタを切り落として縦に半分に切り、皮側に斜めに細かく飾り切りを入れる。これは定食屋で仕込みを手伝っていたから得意なんだよ。

「じゃあやってみるね！」

サクラとベータとデルタが、洗ってあったナスを手分けして全部飲み込み、しばらくもごもごした後に完璧に飾り切りされたナスを吐き出した。お見事！

深めのフライパンにたっぷりの油を入れて、ナスを皮の方から焼いていき、その間に合わせ調味料の準備をする。

「そろそろ焼けたかな？」

反対側もひっくり返してしっかりと焼き目を入れたら、さっきの合わせ調味料を全部入れてそのまま中火で軽く煮込み、沸いてきたら落とし蓋をして弱火にしておく。

「だいたい10分くらいかな」

以前シャムエル様に貰った10分砂時計をひっくり返して置き、手早く机の上を片付ける。

「じゃあ、煮込んでいる間に次の準備だ。これ、いつもみたいに皮を剝いて芽を取ったら、大きめの角切りにしてくれるか」

ジャガイモを数えながら少し多めに取り出して机に置くと、側《そば》にいたアルファが一瞬でジャガイモを全部取り込んでしまった。

「こら～仕事の独り占めは駄目だぞ～仲良く～」

笑いながらそう言って突っついてやると、まだ皮の付いたままのジャガイモを大人しく吐き出した。

「ごめんなさい」

ちょっとしょんぼりしてぺしゃんこになってしまったので、笑って両手でおにぎりにして丸く戻してやった。

「アルファはすぐ謝る良い子だな」

「はあい、アルファは良い子だから仲良くしま～す」

すぐに立ち直ってそう言うと、残りのジャガイモを皆と一緒にあっという間に手分けして角切りにしてくれた。

「ありがとうな。じゃあ、切ったらここに入れてくれるか」

たっぷりの水で角切りジャガイモをゆでている間に、ちりめんじゃこをバターで炒める。

隣で煮込んでいるナスの鍋も、焦がさないように時々様子を見ながら同時進行で作業をする。

「ちりめんじゃこからパチパチ音がして来たら、焦がさないように中火にしてカリカリになるまで炒める。お、そろそろかな」

フライパンのコンロの火を一旦止め、ジャガイモをザルに上げて湯切りしたら、さっきのちりめんじゃこを炒めていたフライパンに、ゆでたジャガイモを全部入れる。

「ここからは強火で一気に炒めるぞ！」

そう呟いてコンロの火を強くすると、ジャガイモの水気が完全になくなるまでちりめんじゃこと絡めながら一気に炒めていく。

全体に少し焦げが出るくらいになったら、最後に鍋肌に醤油をまわしかけて軽く炒めたら出来上がりだ。

このままだとご飯のおかずだけど、黒胡椒を軽く振るとビール泥棒になる一品だ。

出来上がったちりめんジャガイモと、ナスの煮浸しをそれぞれ大皿に山盛りにしてサクラに預けておく。

メインの肉は豚ロースをやや厚めに切って、軽く叩いて筋を切ったら肉用スパイスと黒胡椒を振っておく。

「アクア、玉子を十個割ってくれるか」

大きめのボウルを取り出して渡すと、最初に教えた通りにちゃんと一個ずつ小皿に割ってからボウルに入れている。本当にうちのスライム達は優秀だよ。

溶き卵に粉チーズをたっぷり振り入れて、箸で手早くかき混ぜる。

「皆、手伝ってくれるか」

俺の呼びかけに、ソフトボールサイズのスライム達がワラワラと集まってくる。

「焼くから、この肉に小麦粉をまぶして、溶き卵をつけたのを渡してくれるか」

準備はスライム達に任せて、コンロに大きめのフライパンを三個並べて同時に焼いていく。

まずは定番のポークピカタだ。

流れ作業で焼けた分から、お皿に並べてサクラにどんどん預けていく。

用意した分が無くなったところで、今度は薄切り豚ロースの間にとろけるチーズを挟んだダブルチーズも焼いていく。こっちには刻んだパセリを溶き卵に入れておいた。

それから、普通の鶏肉《とりにく》とハイランドチキンの胸肉で定番の粉チーズ味以外に、カレー粉でカレーチキンピカタも作ってみた。どれも美味しそうだ。

フライパンに残っていたかけらを、シャムエル様に渡してやる。

「熱いから気をつけてな。カレーチキンピカタだよ」

「ふわあ。美味しそう！　いっただっきま〜す！」

興奮のあまり、膨らんだ尻尾をブンブンと振り回しながら夢中になってカレーチキンピカタを食べるシャムエル様の尻尾を突っつき、片付けを終えたところで話し声が聞こえて振り返った。

「おかえり、ちょうど準備が出来たところ……って、これまた凄いのをテイムしたんだな！」

思わずそう言ってしまうのも無理はない。

ダチョウのビスケットの足元には、大型犬サイズの狼《おおかみ》のジェムモンスターが甘えるように寄り添っていたのだ。

「ああ、グリーンバタフライの幼虫と戦った後、戻ってくる途中で偶然見つけてな。せっかくだからと俺達も協力して捕まえたんだ。グリーングラスランドウルフの亜種だよ」

顔つきもキリッとしていて、こう言ってはなんだがマックスよりも断然野性味はありそうだ。

しかも、デカくなったらマックスと同レベルらしい。

「へえ、良かったじゃないか。これならソロになっても戦闘力はバッチリだな。それじゃあ、もうカルーシュ山脈へは行かないのか？」

「その話の前に、全員腹ペコだから先に飯にしてもらっても良いか？」

苦笑いするハスフェルの言葉に、笑った俺は頷く。

「了解。じゃあとにかく座ってくれよ」

大喜びで席に座る彼らを見て、俺は準備していた料理を机の上に取り出して並べた。

新作ピカタシリーズが、どれも大好評だったのは言うまでもない。

「いやあ、美味かったよ」

「本当に美味しかったなあ。だけど、こんな食事に慣れたら祭りが終わった後が怖いよ」

バッカスさんとランドルさんは、綺麗に平らげたお皿を返してくれながらそんな事を言って笑っている。

「それだけ綺麗に食べてくれたら作り甲斐があるよ。一緒にいる間だけでも遠慮なく食べてくれよな」

受け取ったお皿をスライム達に綺麗にしてもらいながらそう言って笑うと、同じくお皿を返してくれたマーサさんとクーヘンにまで、またお礼を言われてしまった。

「まあ、余裕がある時は、今みたいに新しいレシピを色々試してみるから、お楽しみに。言っとくけど、何が出るかは俺も知らないよ」

笑ってそう言うと、全員揃っての拍手大喝采になり、ちょっと照れ臭くなって誤魔化すようにデザートの果物を取り出した俺だったよ。

「それで、明日はどうするんだ？」

激うまリンゴを食べながらハスフェル達に尋ねる。

「クーヘンとマーサさんが帰った後に奥地へ行く予定だったんだが、一番の目的だったランドルの為の強い従魔がテイム出来たからな。どうするべきだと思う？」

そう言いながらハスフェルとギイだけでなく、オンハルトの爺さんまでが揃って俺を見ている。

「何故俺に聞くんだ？　あ、芋虫系が出るのなら俺は行かないぞ！」

慌ててそう叫ぶと、三人は揃って首を振った。

「違う違う。あそこは地下迷宮並みに強い、主に猫科と犬科のジェムモンスターが出るんだ。ああ、確か熊も出たな」

当然のようにそう言われて、マジでドン引きしたよ。

「いやあ、俺はちょっと遠慮し……」

「でも、猫科のジェムモンスターならお前は欲しいんじゃあないか？」

俺の言葉を遮るようにして話すハスフェルの、にんまり笑うその笑みが怖いって。

だけど、猫科の猛獣と言われて一気にやる気の天秤《てんびん》が傾く。

「ちなみに、何が出るか聞いていい？」

「たとえば、オーロラグリーンタイガーなんてどうだ？」

「欲しい！　絶対にテイムする！」

「よし、それでこそ冒険者だ！」

即答した俺に何故かドヤ顔のハスフェルがそう言い、ギイとオンハルトの爺さんが笑って拍手している。

それとは対照的に、ランドルさんとバッカスさんは二人揃って真っ青になった。

「いやいや、待ってください！　幾らなんでも無茶が過ぎます。奥地の虎は、そもそも人間が相手に出来るジェムモンスターではありませんよ！」

必死になって顔の前で手を振るランドルさんとバッカスさん。その隣では、クーヘンとマーサさんも揃って固まっている。

「何、そんなに危険なのか？」

「まあ危険ではあるが、この顔ぶれなら大丈夫だよ。心配するな」

平然とした言葉に嫌な予感がしたが、このまま奥地へ行く事が決定された。


そこで今夜は解散になったんだが、机を片付けていてふと手が止まる。

「待てよ。飲み物ってまだ在庫あったっけ？」

慌ててサクラに確認すると、麦茶が少しあるだけでコーヒーも緑茶も全滅。

それで相談の結果、明日の午前中いっぱい飲み物を作って、午後から出発する事になった。

なんでも目的地であるカルーシュ山脈の奥地は超危険地帯なんだが、逆に言えば、猛獣系のジェムモンスターは自分のテリトリーからは一切出てこないので、その範囲に踏み入りさえしなければ出会《でくわ》す危険性はないんだって……本当だろうな？

それでその超危険地帯の手前のいわばテリトリーの外側には、冒険者達が境界線と呼んでいる草原地帯があってそこは安全らしい。だから今回は、その境界線にベースキャンプを張って寝る時の安全を確保しつつ日帰りで狩りをするつもりらしい。本当に、本当に安全なんだろうな？

だけど、どれも超レアなジェムモンスターなので出現する個体数は少ないから、そう簡単には見つからないと聞かされ、俺は無言で少し離れたところで姿隠しの術を使って隠れているベリーとフランマを見た。

『ええ、もちろん探して追い込んであげますのでご心配なく。他にも何か見つけたら念話で教えて差し上げますので、欲しいジェムモンスターがいれば言ってくださいね』

念話で当然のようにそう言われてしまい、俺はソレイユとフォールをテイムした時の事を思い出して遠い目になるのだった。

「有り難いんだけど、戦力過剰もここに極まれりだな」

思わずそう呟いて、肩を竦めた。

第79話　愛しき従魔達

「ううん……暑い……」

その朝、何故か妙に暑苦しくて、俺は珍しく起こされる前に目を覚ました。

「あっつい。もう秋だろうに、何でこんなに暑いんだよ……」

寝ぼけて文句を言いつつ薄目を開けて何とか起き上がろうとしたのだが、何故か全く起き上がれない。しかも手も足も全く動かなくて、ちょっとパニックになる。

「何だこれ？　どういう状況だ？」

寝起きの働かない頭を総動員させて何とか原因を探ろうとして、方法を一つ思いついた。

「シャムエル様……いる？」

しかし返ってきたのは、近くから聞こえる小さな寝息だった。

ううん、困った。シャムエル様はまだ寝ているみたいだ。

「ええと……ベリー、いますか？」

そこでもう一つの頼りになる仲間を呼んでみると、今度はすぐに反応があった。

「おはようございます。起こされる前に自分から起きるなんて珍しいですね」

返事をしてくれたのはいいんだけど、ベリーの声は完全に笑っている。

「なあ、全然動けないんだけど、今どういう状況なのか教えてもらえるか？」

「どういう状況って、見れば分かるでしょう？」

「いやあ、目が全然開かないんだよなあ。それに何故か体も動かないんだよ」

「では、まずは目を開けるところからですね」

完全に面白がっているその声を聞き、諦めた俺はニニの腹毛に埋もれたまま大きな欠伸をした。

それからしばらくして、何とかそれなりに目が開いた。そしてそのままもう一度起き上がろうとして、ようやく動けない理由を理解したよ。

「ソレイユ、フォール。それにタロンまで……お前ら何しているんだよ。俺を押し潰す気か？」

呻くようにそう言うと、俺の上に覆いかぶさるようにして並んで寝ていた巨大化したソレイユとフォールが顔を上げた。タロンもゆっくりと起き上がって欠伸なんかしている。

「おはようご主人。私達のお仕事取っちゃ駄目です。ほら、まだ起きるには早いですよ。寝てください」

そう言って、フォールがデカい手……じゃなくて、前脚で俺の額を押さえつけた。

「いやだから待てって。第一どうしてお前ら揃って巨大化しているんだよ？」

俺の言葉に、それぞれ誤魔化すように笑っている。

何しろほぼニニサイズになった巨大な三匹は、ソレイユとタロンが俺の左右の腕から上半身に、丸くなったフォールが俺の下半身に、それぞれのし掛かって寝ていたのだ。

巨大化した三匹が、俺の手足を完全に下敷きにして体にのし掛かるようにして寝ていたんだから、そりゃあ動けなくて当然だ。

ようやくさっきの状況を理解した俺は、よく寝ている間に潰されなかったなと逆に感心していた。

「ニニは、こんなのに乗られて大丈夫なのか？」

慌てて俺を腹の上に乗せてくれているニニを見ると、顔を上げて嬉しそうに声のないニャーをされたよ。何その破壊力。朝から俺を萌《も》え殺す気か？

手を伸ばして撫でてやろうとしたが、残念ながら完全に痺《しび》れて感覚がなくなっている俺の手は、ぴくりとも動いてくれなかった。

「ああ、駄目だ。めっちゃ痺れてきた」

ため息を吐いて思わずそう呟く。

ようやく解放された手足の感覚が戻ってきたんだけど、正直言ってこっちの方が百倍困る。何しろもう、痺れはジンジンなんて可愛いレベルじゃない。激痛だよ、激痛。痛さのあまり笑いが出そうなレベルだ。

寝転がったまま悶絶《もんぜつ》していると、ニニの腹の上で寝ていたシャムエル様の声が聞こえた。

「ふわあ、おはよう。ケンもそろそろ起きれば？　って、おやおやどうしたんだい？」

俺を見下ろすシャムエル様を涙目で睨《にら》みつけた。

「触るなよ。絶対触るなよ。今触ったら俺は泣くぞ！」

転がったまま見上げたシャムエル様の邪悪な笑みを見て、俺は慌ててそう叫んだ。

「それはつまり、触ってくれって意味だよね？」

笑ってそう言い、そのままニニの腹の一番高い所から俺の右腕に滑り降りて来た。

「駄目だって！　マジで駄目だってば～！」

慌てて叫んだが、時すでに遅し。

シャムエル様が当たったそこから波のように痺れが全身に走り、俺はあまりの衝撃に悲鳴を上げながら撃沈した。

「訳分かんねえよ……何で、夜明け前からこんな事になっているんだよ……」

微かに誰かが俺を呼んでいる声が聞こえたが応える余裕はない。あまりの痛さと衝撃に、俺はそのまま意識を手放したのだった。

ぺしぺしぺしぺし……。

ふみふみふみふみ……。

カリカリカリカリ……。

つんつんつんつん……。

チクチクチクチク……。

ショリショリショリショリ……。

ぺろぺろぺろぺろ……。

スリスリスリスリ……。

こしょこしょこしょこしょ……。

「あれ……モーニングコールチームがまた増えてるぞ……？」

プカリと浮き上がった泡が弾《はじ》けるみたいに不意に目を覚ました俺は、すっかり明るくなったテントを見上げて呟いた。

「あ、起きた。いやあごめんね。まさかあれだけで気絶するとは思わなかったよ。お詫《わ》びに体力回復させておいたけど、体調はどう？」

仰向《あおむ》けに寝ていた俺の額に座ったシャムエル様が、心配そうにそう言って覗き込んで来た。

状況を理解した俺は、俺を覗き込んでいるシャムエル様を見上げてにんまりと笑った。

「よくもやったなあ〜！」

動くようになった手を伸ばして、額にいたシャムエル様を捕まえて腹筋だけで起き上がる。

「キャアタスケテー！」

笑って棒読みの悲鳴を上げるシャムエル様を両手で捕まえて、しっかりとおにぎりにしてやる。

おお、この素晴らしくもふもふな手触り、最高じゃん。

心ゆくまでもふもふしまくっていると、いきなり空気に吹っ飛ばされて仰向けにひっくり返った。

「いい加減にしなさい！」

人の腹の上で仁王立ちになったシャムエル様にそう言われてしまい、苦笑いしてまた腹筋だけで起き上がる。

「ちょっとくらい、いいじゃないか。別に減るもんでなし」

「だ、め、で、す！」

顔の前で大きくばつ印を作りながらそんな事を言われて、俺は笑って横からもふもふの尻尾を突っついてやった。

それから、普段の猫サイズに戻ってスライムベッドの横で並んで俺を見ているソレイユとフォール、それからタロンの三匹を振り返った。

「それで？　お前らはどうして朝からあんな状態になっていたんだ？」

確か寝た時はいつもの大きさだったはずだから、寝ている間に何かあって巨大化したんだろう。

「だって……」

「ねえ……」

しょんぼりしたソレイユとフォールが、泣きそうな小さな声で互いの顔を見合わせてそれだけを言う。明らかに様子が変だ。

「おいおい、本当に一体どうしたんだよ」

慌ててスライムベッドから降りて、ソレイユとフォールを二匹揃って抱き上げてやる。

地面にあぐらをかいて座り、両膝の上に二匹を乗せてやる。タロンが真ん中に乗って来たのでそのまま乗せてやり、とにかく交互に三匹を撫でてやった。

「それで、何があったんだ？」

ようやく落ち着いて喉を鳴らし始めたので、一度深呼吸をしてから出来るだけ優しい声で聞いてやる。

するとと、ソレイユは俺を見上げてとんでもない事を言ったのだ。

「だって……ご主人は虎が欲しいんでしょう？　猫科のジェムモンスター最強の虎なんかが来たら、フォールはともかく、それほど強くない私はもう用無しよね？」

「はあ？　ちょっと待て。どうしてそんな話になるんだ？」

驚いてそう叫ぶと、両手で猫サイズになっているソレイユを抱き上げる。

小さくやや尖《とが》った顔に不釣り合いなほどの大きな耳、そしてキリッとした目。細かな斑点模様の細くてしなやかな体と長い尻尾。

どこを取っても可愛いしか出てこない。

「そんな訳ないだろうが。お前らは俺の側にいてくれるだけで良いんだよ。お前らの一番の仕事は、その可愛さで俺を癒す事なんだぞ」

細い体を抱きしめ、揉《も》みくちゃにしてやる。

「こんなに可愛いソレイユが、用無しに、なんか、なる、訳が、ないだろうが〜！」

小さな顔を両手で挟み込み、言い聞かせるようにはっきりと区切って伝えてやる。

「本当に？　虎が来ても私も必要？」

「当たり前だ〜！　俺の愛を思い知れ〜！」

そう叫んでもう一度全身をくまなく揉みくちゃにしてから、地面に仰向けに押し倒して柔らかな腹に顔をこすり付けた。

「おお、短い腹毛もなかなかだな」

思わずそう呟き、もう一度ニニやタロンとは違う、短いけれど柔らかな腹毛を満喫した。

「ご主人、もうやりすぎです！」

そう叫んだソレイユは、スルリと体をくねらせて俺の腕からすり抜けて逃げていった。だけど、どうやらもうご機嫌は直ったみたいだ。

それを見て安堵のため息を吐いた俺は、笑って肩を回してから大きく伸びをして立ち上がった。

「おおい、もう入ってもいいか？」

見計らったかのように掛けられたハスフェルの言葉に、思わず吹き出して大きな声で返事をした。

「おう、入ってくれていいぞ」

テントの垂れ幕が上げられると、外には全員勢揃いで笑いを堪えた顔で俺を見ていた。

「ええと……」

誤魔化すように左右を見ると、巨大化したソレイユが俺の腕の隙間に後ろから顔を突っ込んできた。もの凄く大きな喉の音付きだ。

「おはよう。顔洗ってくるから座っていてくれるか」

大急ぎで水場へ行って顔を洗い、こっそりサクラに綺麗にしてもらう。

笑ってサクラを突っついた俺はテントに戻って、急いで朝食用のメニューを取り出したのだった。

「あ、コーヒー淹《い》れてくれたんだ」

机の上には、簡易コンロにヤカンがかけられていて湯気を立てている。

その隣ではハスフェルとギイが、二人掛かりで大きめのパーコレーターでコーヒーを淹れている真っ最中だった。

「おう、今飲む分くらいならこれで大丈夫だからな。ほら、お前のカップも出せよ」

「ありがとうな」

カップにコーヒーを注いでくれているハスフェルにお礼を言って、自分のサンドイッチを確保したのだった。

「ええ？　今朝の大騒ぎって皆知っていたのか？」

サンドイッチを食べる手を止めた俺は、思わずそう叫んだ。

「そりゃあれだけ大騒ぎされれば、熟睡していても目を覚ますって」

「全くだよ。何事かと飛び起きたぞ」

呆れたようなハスフェルとギイの言葉に、オンハルトの爺さんとランドルさんとバッカスさんの三人が揃ってうんうんと頷き合っている。

クーヘンとマーサさんも、サンドイッチを食べながら二人揃って大笑いしている。

「ええと、そんなに大騒ぎだった？」

恐る恐る聞いてみると、どうやら最後にシャムエル様が滑り込んできた時の俺の悲鳴で全員飛び起きたらしい。あの時の衝撃を思い出してちょっと遠い目になる。

「慌ててテントに声をかけたんだが反応がなかったからな。心配になって入ってみれば、お前さんが従魔達に囲まれて気絶していたんだ。そりゃあ驚いたぞ」

「全員揃って大騒ぎだったものなあ」

オンハルトの爺さんの言葉に、ギイが笑いながら同意している。

「クーヘンが、ドロップを通じてお前の従魔達から話を聞いてくれて、ようやく原因が判明したんだよ」

ハスフェルの言葉に、また皆が笑う。

「単に痺れただけなら放置しても大丈夫だろうって事で、もう一回寝直したんだからな」

「全く、従魔達と仲が良いのは結構だが、人騒がせにも程があるぞ」

「朝からお騒がせして申し訳ありませんでした〜！」

オンハルトの爺さんに笑いながらそう言われて、俺は大きな声で力一杯謝っておいたよ。


「さてと、それじゃあまずは作るとしたらコーヒーからかな」

食事も終わりすっかり寛ぎモードになりそうだったんだが、何の為に午前中は出かけるのを止めたのか思い出した俺は、そう呟きながら机の上にコンロとヤカンを取り出して並べた。

「それにしても、ケンが寝ていたあのスライムベッドには本当に驚きましたよ。あんなに沢山のスライムをいつの間にテイムしたんですか？」

コーヒーの準備をしていた俺は、そう言われて苦笑いするクーヘンを振り返った。

「シルヴァ達に頼まれて、色違いの子を皆で探し回って集めたんだよ。せっかくだから俺も欲しくなって一緒に集めていたら、こんな数になったんだ」

鞄から次々に飛び出して勢揃いするスライム達を見て、皆笑顔になる。

「成る程。スライムばかり色違いで集めるというのもなかなか楽しそうですね」

目を輝かせるランドルさんの横で、クーヘンも同じく目を輝かせている。

「おう、可愛いから頑張って集めてくれ。言っておくけどスライムの色は各地で違うから、相当な数があるぞ」

「それは楽しそうだ。是非やってみます！」

嬉しそうな二人のその言葉に、頷きかけた俺は慌てて手を挙げた。

「ただし、一つ重要な注意事項があります！」

何事かと驚くクーヘンとランドルさんに向かって、俺は大きなため息を一つ吐いた。

「一日にテイム出来る数なんだけど、従魔の強さに関係なく、テイム出来る数そのものが限られているんだよ。それ以上の数を無理に続けてテイムすると、はっきり言って命に関わる。最悪心臓が止まる。冗談抜きで俺はうっかり死にかけたんだからな」

苦笑いしたハスフェル達が三人揃って大きく頷くのを見て、クーヘンとランドルさんは揃って真顔になった。

「一日に数匹程度なら、続けてテイムしても大丈夫なんですか？」

ランドルさんの質問にシャムエル様が頷いている。

「ああ、一日に数匹程度なら大丈夫だよ。だけど俺でも十匹くらいが上限だと思っている」

俺ならもう少し大丈夫みたいだけど、一応危機感を与えるためにも少なめに言っておく。彼らにもしもの事があったら大変だからな。

「分かりました」

「テイムする際は充分気をつけます」

二人の言葉に俺も大きく頷いた。

「一晩寝ると回復するから、あとは自分の体調を見ながらやるといいよ。頑張って集めると良い事があるかもしれないけど、それが何かは言わずにおくよ。やる前から答えを知るのは面白くないだあれはやっぱり、自分で見つけてこその喜びだもんな。

クーヘンとランドルさんが揃って不思議そうにしているけど、俺達は笑ってそれ以上何も言わなかった。

「良い事があるかもしれない？」

「スライムを集めて？」

ろう？」

午前中は飲み物各種を準備して早めの昼食を食べた俺達は、クーヘンとマーサさんとはここで別れて、そのまま目的地であるカルーシュ山脈の奥地へ向かった。

全員が足の速い従魔に乗っているので、日が暮れる少し前に聞いていた境界線の草原に到着した。

草原の先には、目的地の深い森が広がっている。

「さあ、ここでは何が出るんだろうな？」

小さく呟いた俺は、まずはテントを張るためにマックスの背から飛び降りたのだった。

夕食は、師匠から貰った豚肉の味噌漬け肉を焼いてどんぶりにしてみた。濃い味付け肉と白いご飯は相性抜群で、皆にも大受けだったよ。

その時に、なんとランドルさんは上手に箸で食べていたんだよ。ハスフェル達はスプーンで食べているのに。

聞けばランドルさんの実家はカデリー平原に住む米農家らしくお箸は普段から使っているし、以前は秋の収穫の時期だけは手伝いに帰っていたらしい。

「今では兄弟達にそれぞれ家族が出来て、もう帰らなくても良くなりましたよ」

そう言って、ちょっと寂しそうに笑っていた。

まあ冒険者なんてやっていたら、出会いは少なそうだからなあ……あれ、って事は俺も？

深く考えたら駄目な気がしたので、全部まとめて明後日の方角に力一杯ぶん投げておいたよ。

べ、別に泣いてなんかいないぞ……はあ、味噌漬け丼美味しいなあ。


ぺしぺしぺし……。

ふみふみふみ……。

カリカリカリ……。

つんつんつん……。

チクチクチク……。

こしょこしょこしょ……。

「うん、起きる、よ……」

やっぱりモーニングコールチームのメンバーが増えている。

気にはなったんだけど全然目が開かない俺は、半ば無意識にいつもの返事をしてそのまま気持ちよく二度寝の海へ墜落して行った。


ぺしぺしぺし……。

ふみふみふみ……。

カリカリカリ……。

つんつんつん……。

チクチクチク……。

こしょこしょこしょ……。

「うあい、起きてま、す……」


ザリザリザリ！

ジョリジョリジョリ！

「うぎゃあ〜〜〜！　痛いって！」

突然の最強モーニングコールに、俺は悲鳴を上げて飛び起きた。

「ご主人起きた〜！」

「やっぱり私達が最強よね〜！」

朝から大喜びの猛獣コンビを捕まえた俺は、笑って順番におにぎりにしてやった。

その時に確認したら、増えていた新メンバーはやっぱりお空部隊の子達だったらしい。

つまりお空部隊の誰かが定番モーニングコールチームに入った時は、ソレイユとフォールが最終モーニングコール役に。逆にソレイユとフォールのどちらかが定番モーニングコールチームに入った時は、最終モーニングコール役をお空部隊が担当するんだって。

「何その恐ろしい役割分担」

「ご主人がすぐに起きれば、何の問題もないわよ」

思わず突っ込むとソレイユに突っ込み返されてしまい、俺は声もなく撃沈した。

「おはよう、もう起きてるか？」

テントの外で声が聞こえて、身支度を整えていた俺は慌てて返事をした。

「おはよう。今準備中だ。入ってくれていいぞ」

剣帯を装着すれば、もう準備完了だ。

「顔洗ってくるよ」

ハスフェル達と交代で外に出て水場へ向かう。水源から湧き出る水で顔を洗いサクラに綺麗にしてもらう。

「さて、飯食ったらいよいよ高難易度クエストだな。大丈夫なのかねえ」

自分のテントを見ながら、思わずそう呟く。

「頑張ってね。あそこにいるジェムモンスターはどれも強いから、テイムすればかなりの戦力になるよ」

「そうなんだ。じゃあ虎をテイム出来るよう頑張るよ」

いつの間にか頭の上にいたシャムエル様にそう言われて、乾いた笑いが出る俺だった。

朝食に出した師匠から貰ったサンドイッチは、どれもめっちゃ美味かった。

特に、師匠が作ったオムレッツサンドが激うまだったらしく、シャムエル様は丸ごと一人前をあっという間に平らげて大感激していた。

「これ絶対作って！　美味しかった！」

ぴょんぴょん飛び跳ねながらそんな事を言われてちょっと焦る。

「いや待て。同じレシピでも、火加減一つで出来が劇的に変わる代表格が卵料理なんだよ。俺に師匠と同じレベルを求めるな！」

「ええ、ケンだってオムレッツくらい作れるでしょう？」

不思議そうなシャムエル様の言葉に、俺は首を振る。

「料理しない人から見れば、卵料理なんて簡単そうに見えるだろうけど、違うんだよな。卵料理の火加減は、マジで難しいんだぞ。オムレッツサンドも作ってみるけど、師匠のと違っても、文句言わないでくれよな」

苦笑いしながらそう言うと、ハムカツサンドを齧っていたシャムエル様が食べるのをやめて俺を見た。

「ええ、作ってもらって文句言うような失礼な事しないよ。いつも美味しいお料理をありがとうね。私、この時間がすごく楽しみなんだ」

「あはは、ありがとうな。それじゃあご期待に添えるように頑張って作るよ」

何だか急に照れ臭くなって、誤魔化すようにそう言って俺もオムレツサンドにかぶりついた。

「何これ、めっちゃ美味い！」

「だから美味しいって言ってるじゃない！」

思わずそう叫ぶとシャムエル様に呆れたように言われて、顔を見合わせて揃って吹き出したのだった。

第80話　虎と狼

食後に休憩しながら皆で相談して、この場は一旦撤収する事にした。

「まずは、オーロラグリーンタイガーを探すか。もし先に他のジェムモンスターに出会ったら、それをテイムしても良かろう」

お代わりのコーヒーを飲み干したハスフェルの言葉に俺は頷く。

「そうだな。俺の第一希望は虎だから、それ以外が出たらランドルさんに譲るよ」

「ううん、自信ないですが……」

そう言うランドルさんだけど、シャムエル様は笑顔で頷いているから大丈夫なんだろう。

「俺達も手伝いますから大丈夫ですって。俺の希望のオーロラグリーンタイガーが見つかれば、その時は助太刀よろしくです」

「戦力になりそうなのは、俺の従魔ならマフィンぐらいですかね」

そう言って足元で寛いでいるグリーングラスランドウルフを見る。

「ああ、また可愛らしい名前にしたんですね」

思わずそう言った俺の言葉にランドルさんも笑う。

「良いでしょう。もうここまで来たら従魔達の名前を全部お菓子の名前で統一しますよ。実は甘党なんです」

「いいなそれ。じゃあ今度お菓子も焼いてみるよ」

「是非！　よろしくお願いします！」

ランドルさんとバッカスさんの声が重なり、揃って吹き出したよ。

よし、作ったら確実に食ってくれる人達がいる間にお菓子も作ってみるか。


「何だか、鬱蒼《うっそう》とした森って感じになってきたな」

用心しつつ、俺達は森の中の獣道を進んで行った。

ハスフェルの乗るシリウスを先頭にその後ろをギイの乗るデネブ、その後ろに俺の乗るマックスとランドルさんとバッカスさんの乗るダチョウのビスケットが並び、しんがりはエルクのエラフィに乗るオンハルトの爺さんが務めてくれている。そして俺達の両横を巨大化した肉食の従魔達が守ってくれている。草食チームとスライム達は従魔達の背の上で小さくなっている。もしも戦いになって危険な時は、スライム達ともどもお空部隊の子達が空に逃がす予定だ。

木が茂って視界が悪い為、ファルコが上空から俯瞰《ふかん》して何か見つかれば知らせてくれる事になっている。なんでも、猛禽《もうきん》類の視力はインコ達とは比較にならないくらいに凄いらしく、森の中で動く生き物がいれば見えるんだって。猛禽類の視力、恐るべし。

ちなみに、もしもベリーが何か見つけた時には、ファルコが見つけてくれた事にする予定だ。

『いませんねえ。ちょっと捜索範囲を広げますね』

のんびりしたベリーの念話が伝わった直後に、フランマとベリーの大声が頭の中に響いて、俺は飛び上がった。

『見つけましたよ！　亜種のオーロラグリーンタイガー！』

『これは素晴らしい！　かなり大きいので、少々痛めつけて弱らせてから追い込みます。崖下の草地に泉がありますので、そこで待っていてください！』

返事をする間もなく念話が唐突に途切れ、思わずハスフェルとギイを振り返る。

どうやら今の念話は、彼らにも聞こえていたみたいだ。

その直後に轟《とどろ》くようなもの凄い雄叫《おたけ》びが聞こえて、全員揃って飛び上がった。

争うような大きな物音と時折聞こえるもの凄い唸《うな》り声。それから悲鳴のような鳴き声。

一気に従魔達の緊張が高まり、命じてもいないのに全員揃ってもの凄い勢いで駆け出し、一声吠えたマックスは、森を抜けた先に突然見えた崖の下へ大ジャンプして見事に着地した。

「どわあ〜〜〜〜！」

慣性の法則で前方に吹っ飛びそうになるのをアクアとサクラにホールドしてもらって何とか堪えた。危ねえ！

「あはは、ありがとうな」

足を確保してくれたアクアとサクラにお礼を言い、周りを見回す。

ハスフェル達は平然としているが、ランドルさんとバッカスさんはビスケットの首にしがみついて完全に硬直している。

またもの凄い咆哮《ほうこう》が聞こえて飛び上がったが、その声はさっきよりも何だか弱々しい気がする。

唸り声とバキバキと枝の折れる音がして、崖の上にある森の木がまるで生きているかのように蠢《うごめ》いている。

「あの、もしかしてあれって……」

完全に上ずった声のランドルさんの質問に、答えようとして果たせなかった。

何しろその瞬間に、マックスよりもまだ大きい巨大な一頭の虎が崖の上から飛び降りてきたのだ。

「もう一匹出てきたぞ！」

ハスフェルの大声に俺も目を見開く。彼の言葉通り、二匹目の巨大な影が飛び出してきたところだった。

「何だよあれ！　虎は虎でもサーベルタイガーだぞ！」

俺の叫びと同時に、従魔達が一斉に聞いた事がないようなもの凄い唸り声を上げて身構える。

「おいおい、二匹も同時ってどうするんだよ」

『オーロラグリーンタイガーのすぐ近くに、オーロラサーベルタイガーを見つけましてね。どちらも亜種だし強いですよ。それでせっかくなので二匹を鉢合わせさせて戦わせたんです。二匹共もう息も絶え絶えですから、今ならまとめて確保出来ますよ』

どうやらハスフェル達にも聞こえていたようで、三人が吹き出しかけて誤魔化すように咳払いをしている。

『せっかくの賢者の精霊殿の配慮だ。ありがたくテイムさせてもらえ。いらないならサーベルタイガーは俺が欲しいぞ』

ハスフェルから届いた笑みを含んだ念話に、俺は慌てて首を振った。

「もちろんテイムするぞ！」

「無茶言わないでください！　あんな大きいのをどうやって確保するんですか！」

俺の宣言に、ランドルさんが真っ青になって必死に首を振っている。

「大丈夫だって」

身構えるマックスの背の上で、俺は睨み合う二匹の巨大なジェムモンスターを振り返った。


全身に幾つもの傷を負いつつも睨み合う二匹だったが、みるみるうちにその傷が癒えていくのが見えて目を見開く。

「ジェムモンスターの傷はすぐに回復するんだから、こっそり痛めつけてもらった意味ない！」

すると右肩に座っていたシャムエル様が、笑って俺の頬を叩いた。

「それはちょっと違うね。ほら、ケンが地下迷宮で大怪我《おおけが》した時、万能薬で傷は癒えても失われた血や体力は休まないと戻らなかったでしょう？　それと同じで、今のあのジェムモンスター達も中身は満身創痍《まんしんそうい》状態。もうそろそろ確保は可能だよ」

「成る程、怪我を治すのに持っているマナを大量に使うから、言ってみればマナ不足で弱るってところか」

「まさにそれだよ。素晴らしい。ケンはやっぱり理解が早いね」

手を叩くシャムエル様の言葉に、苦笑いして前を見る。

「ご主人、申し訳ありませんが我らも参加しますので、草食チームと一緒に崖の上にいていただけませんか」

そう言ったマックスを先頭に、軽々とさっきのほぼ垂直の崖を駆け上がって行く従魔達。

ちょっと待て。お前らの身体能力ってどうなっているんだ？

俺がマックスから降りた後、鞍《くら》や手綱をスライム達に引っ剝がしてもらい崖下に飛び降りて行くマックス達。だけどエラフィとヒルシュは、崖の上に残っている。

「もしかして俺達の護衛役？」

笑ったように目を細めてうんうんと頷くエラフィとヒルシュに順番にお礼を言って、鼻先を撫でてやった。

草食チームも巨大化して俺達の周りを固めてくれている。

「頼むよ。だけど絶対に怪我なんかするんじゃないぞ」

祈るように拳を握りしめた俺は、ラパンの横で息を殺して崖下を見つめていた。

お空部隊は、ファルコを筆頭に全員巨大化して上空を旋回している。

崖下では、最大クラスまで巨大化している従魔達による総力戦が開始されようとしていた。

上から見ていると、目標の二匹を取り囲むように左右に展開する従魔達の動きは、見事に統一されていて隙がない。

しかし、互いを倒す事しか頭にない二匹は、周りには目もくれずに何度もやりあっては離れるのを繰り返していた。だけど次第に虎が優勢になってきた。

そして遂に、虎がサーベルタイガーを完全に押さえ付けた。

その瞬間、従魔達が一斉に襲いかかった。

サーベルタイガーを離した虎が、瞬時に目標を変えてニニに襲いかかる。

しかしその直前に、シリウスとマフィンが横から飛びかかり虎を押し倒した。ニニの猫パンチが虎の鼻っ柱を引《ひ》っ掻《か》き、更にビスケットの巨大な脚が倒れた虎の横っ腹を蹴飛ばす。

勢い余って吹っ飛ぶ虎に、もう一度シリウスとマフィンが飛びかかり、その上からニニとソレイユとフォールが飛びかかって完全に虎を押さえ込んだ。

そして突然解放されたサーベルタイガーも、起き上がって反撃しようとしたところをデネブに蹴っ飛ばされて吹っ飛び、マックスと一緒にベガとスピカのジャガーコンビが襲いかかって、こちらも完全に押さえ込む事に成功していた。

二匹は嫌がるように鳴き叫んで大暴れしていたが従魔達総出の押さえ込みは完璧で、しばらくすると鳴き声と唸り声が不意に途絶え、二匹が静かになった。

「ご主人、もう大丈夫ですよ。どうぞお好きなのをテイムしてください」

巨大な二匹を確保した従魔達は、揃って得意げに俺達を見上げた。

しかし大丈夫だと言われても、あの牙を見ると迂闊《うかつ》に近寄るのはためらわれる。

「あの、どうしますか？」

小さな声で顔を見合わせたランドルさんにそう聞かれた俺は、一度深呼吸をしてから大きく頷いた。

「やる。俺は初志貫徹でオーロラグリーンタイガーをテイムするよ。従魔達が体を張って確保してくれたんだ。見逃すなんて有り得ない」

正直言ってめっちゃ怖い。あの牙にかかれば、俺の腕なんて簡単に持っていかれるだろう。だけど、マックス達はもう大丈夫だと言った。俺はそれを信じるだけだ。

「では行きましょう。私に乗ってください！」

ヒルシュがそう言ってくれたので、真っ白な背中にまたがり首に抱きつく。スライム達が即座にホールドしてくれた。

「では降りますね」

嬉しそうにそう言ったヒルシュは、軽々と垂直の崖を飛び跳ねるようにして駆け下り、見事に着地した。

「おお、ヒルシュの乗りごこちはなかなかだな」

俺の言葉にヒルシュがドヤ顔になる。

押さえ込まれた虎は、しかし俺を完全ロックオン状態で睨み付けている。それはまるで、お前ごときにテイム出来るのか。と、言わんばかりの視線だった。

しばし、その強い視線を受け止めて睨み返す。

テイムは、物理的な確保だけでなく精神的な力対決の部分が間違いなくある。少しでもビビって逃げ腰になれば、その瞬間に俺の右腕は終わりだ。恐らく異世界生活も。

視線を逸《そ》らさず、睨み付けるようにしてゆっくりと近寄っていく。

地の底から聞こえるかのような、もの凄く低い唸り声。

負けるな俺！　だけど緊張のあまり喉が渇いてカラカラだ。

虎が首を振り大きな口を開けて、頭を押さえつけようとした俺の腕に噛みつきに来る。

「ロックアイス！」

その瞬間、俺の掌《てのひら》に巨大な氷の塊が出現する。俺の全身全霊を込めた最高の硬さに仕上げた最強の氷だ。

ハスフェル達の叫ぶ声と、氷の塊ごと虎の口の中に吸い込まれる俺の手。

甲高い金属音がして、悲鳴のような情けない虎の鳴き声が響く。

どうやら、俺の計画は上手くいったらしい。

俺の腕は無事だし、虎の噛みつき攻撃はこれで封じた。時間稼ぎになれば良いだろうくらいに思っていた俺の氷は、弱っているとは言え虎の咬合力《こうごうりょく》に勝利したらしい。

巨大な氷の塊を口に咥《くわ》えたまま、噛み砕く事も出来ずに虎は呆然としている。

振り上げた右手を勢いよく振り下ろして虎の頭を上から押さえつけた。氷を咥えたまま嫌がるように唸るが、マックスの大きな前脚が首元を押さえつけていて微動だにしない。

「俺の仲間になれ！」

なるか？　ではなく命令口調で断言する。今この場を仕切っているのは、他の誰でもない、この俺だ。

地響きのような唸り声が更に大きくなる。

「もう一度言うぞ。俺の仲間になれ！」

声に力を込めて、出来る限りの大きな声で断言する。

不意に、右掌が熱を持ったように感じて思わず身震いする。その熱は、右手から俺の体全体に伝わり、まるで熱波のように襲いかかり俺を覆い尽くした。

しかしそれに負けじと歯を食いしばり、足に力を込めて踏ん張って更に右手に力を込めて押さえつける。


「もう一度言うぞ。俺の、仲間に、なれ！」


はっきりと、区切って力を込めてそう言い放つ。

地響きのような唸り声がピタリと止む。虎は目を閉じて小さく喉を鳴らし始めた。

「ロックアイス、砕けろ」

しかし、宣言と同時に氷の塊が音を立てて砕けても虎は襲いかかってはこなかった。

代わりに口から砕けた氷を吐き出すと、顔をブルブルと振って氷を飛ばした。

「貴方の勝ちです。貴方に従います」

可愛らしい声。ううん、従魔の女子率がまた上がったぞ。

それを見たマックス達が、押さえていた脚や噛み付いていた口を放して離れる。

起き上がったオーロラグリーンタイガーは全身を大きく震わせた後、まるで猫のように前脚を揃えてちょこんと大人しく座った。

次の瞬間、一気に光って更に巨大になった。マックスよりデカい！

「紋章はどこに付ける？」

右手の手袋を外しながらそう尋ねると、嬉しそうに胸を反らせてふかふかの胸元を俺に向けた。

「ここにお願いします！」

そっと胸元に右手を当てて宣言する。

「お前の名前はティグリスだ。ティグって呼ぶ事にするよ」

また一瞬光って今度はどんどん小さくなり、かなり大きめの猫サイズになって止まった。

「ありがとうございます。ご主人のお役に立てるように頑張ります。普段はこのサイズでいますね」

ジャガーのフォールと同様に、明らかに猫として色々おかしいレベルだけど……まあいいか。

手を伸ばしてティグを撫でてやりながら、もう一匹確保しているサーベルタイガーを振り返る。

虎を押さえ込んでいた従魔達も、全員巨大化したままサーベルタイガーを取り囲んでいる。

ティグも巨大化して、マックスの隣に並んだ。

よし、これで戦力的には相当強化されたな。安心した俺は崖の上を見た。

「どうしますか？」

俺の呼びかけに、ランドルさんが巨大化したピンクジャンパーのクレープに乗って崖から飛び降りて来る。

「正直言って怖さしかありませんが、やってみます」

震えながらもクレープの背から降りて断言するランドルさんの背中を、俺は力一杯叩いてやった。

「それでこそ魔獣使いだ。よし、行って来い。絶対に目は逸らすなよ」

「はい！」

大きく返事をしたランドルさんは、両手で自分の頬を叩いてからサーベルタイガーに向き直った。

その時、バッカスさんもラパンに乗って飛び降りて来た。

バッカスさんと顔を見合わせたランドルさんは、やや細身の剣を収納鞄から取り出した。

抜いたその剣を左手に持ち、右手はいつも装備している黒光りのする剣を抜く。

すごい、ランドルさんは両刀使いなのか。

「術は使えない我らですが、十年一緒に戦って来た仲間を信じてやってみます」

どうやらバッカスさんも手伝うらしく、彼も同じように収納袋から小振りの丸盾を取り出して左腕に装備して、やや反りのあるシミターを鞘《さや》から引き抜く。

成る程。普通はあんな風に収納袋を使って武器や防具を入れ替えるのか。ちょっと勉強になったかも。

俺が若干場違いな感想を抱いているうちに準備が整ったらしく、頷き合った二人はサーベルタイガーに向いて身構える。

いつの間にかハスフェル達も崖の上から降りて来ていたので、俺達は少し離れたところでランドルさん達の戦いを見守る事にした。

「行くぞ」

「ああ」

バッカスさんの短い言葉にランドルさんが応える。打ち合わせはそれだけ。

盾を構え腰を落として身構えたバッカスさんが、サーベルタイガーにゆっくりと近付いて行く。

従魔達に完全に押さえ込まれているサーベルタイガーは、低い声でずっと唸り続けている。

「せい！」

右手に持った剣の横面で、バッカスさんがサーベルタイガーの横っ面を思い切りぶっ叩いた。

物凄い怒りの咆哮が辺りに響き渡り、見ていた俺達の方が飛び上がった。

だけど、二人は平然としている。

「もう一度！」

そう叫んで今度は左手に持っていた盾で、同じようにサーベルタイガーの鼻っ柱をぶっ叩く。

抵抗出来ないサーベルタイガーの怒りの咆哮がまた辺りに響き渡る。

「今だ！」

二人の同時の叫び声と共に、ランドルさんが両手の剣を振りかぶって、まるで突き刺すようにサーベルタイガーに飛び掛かっていったのだ。

「おい、殺してどうする！」

驚いてそう叫んだ俺の肩を、背後にいたハスフェルが捕まえる。

「大丈夫だって。こりゃあ凄い」

笑ったその言葉に俺は改めて彼らを見て、今度は驚きの声を上げた。

「ええ、今の一瞬でああなったって？　一体どうやったんだ？」

目の前では、二本の剣で巨大な二本の牙を地面に縫い留められたサーベルタイガーが、情けない悲鳴のような声を上げてもがいていたのだ。

横倒しになったサーベルタイガーの巨大な牙の隙間に、二本の剣が交わるようにして前後から斜めに突き通って地面に突き刺さっている。

結果として下側の右の牙が、二本の剣に完全に縫い留められている形になっているのだ。そして、開いた口が閉じられないように、バッカスさんが構えていたシミターも口の中で牙に対して垂直になるように縦向きにして地面に突き刺さっている。

これでもう、サーベルタイガーの代名詞でもあり最強の武器の巨大な牙が使えない。そして口を開いた状態で地面に縫い留められているために、口を閉じる事さえ出来なくなっているのだ。

「これは見事だ。従魔達が確保してくれているとは言え、噛まれれば終わりの状況で見事に牙を封じたな」

「吠えて大口を開かせたところで、剣を使って牙を封じるとは」

「これは見事な連携だったな。さすがは上位冒険者だ」

ハスフェル達三人の手放しの賛辞に、俺も大きく頷いていた。

そして武器を手放して丸腰になったはずの二人の手には、いつの間にかまた別の剣が取り出されていた。

完全に地面にホールドされたサーベルタイガーは、唸り声を上げてなんとか逃れようと暴れていたが、さらに増えた従魔達に完全に押さえ込まれていて全く身動きが取れない。

そしてとどめにテイムしたばかりのティグが無防備な首に噛みついたのだ。もちろん血の一滴も出ていない完璧な力加減で。

やがてサーベルタイガーの唸る声が聞こえなくなった。それを確認したティグが、噛み付いていた首からゆっくりと離れる。

「もう大丈夫ですよ」

ティグの言葉に頷いた俺は、まだ油断なく身構えているランドルさんの側へ行った。

「もう大丈夫だってさ。ほら、行ってテイムして来い」

笑ってそう言い背中を叩いてやる。

頷いたランドルさんは、ゆっくりとサーベルタイガーに近寄り、右手に持っていた剣を左手に持ち替え、サーベルタイガーの額を右手で押さえつけるようにして当てた。

「俺の従魔になれ」

さっきの俺と同じように、声に力を込めて断言する。

嫌がるようにまた唸り始めたが、ランドルさんは手を離さないまま無言でサーベルタイガーと睨み合っている。恐らく、先ほどの俺と同じ状態なのだろう。

バッカスさんは背後で心配そうにしてはいるが、黙って彼のする事を見ている。

突然身震いしたランドルさんが唸るような声を上げ、のし掛かるように上から全体重を掛けてサーベルタイガーを押さえつけた。

「俺の、仲間に、な、れ！」

やや途切れ途切れのまさしく絞り出すようなその言葉に、俺も思わず拳を握りしめる。

「もう一度言うぞ！　俺の仲間になれ！」

いきなりの轟くような大声に、俺達が揃って飛び上がる。

唸っていたサーベルタイガーが静かになり、目を閉じて喉を鳴らし始めた。

持っていた剣をバッカスさんに渡し、地面に突き刺さった剣も一本ずつ引き抜いてバッカスさんに渡していく。

最後に自分が装備していた剣を腰の鞘に戻し、もう一度口を開いた。

「俺の仲間になるか？」

今度は一転して優しい、いつものランドルさんの声だ。

「はい、貴方に従います」

凜々《りり》しい声でそう答えたサーベルタイガーを見て、従魔達が順番に下がっていく。

解放されたサーベルタイガーは起き上がって大人しく座ると、一瞬光ってひと回り大きくなった。

ティグほどではないが、これも大きい。

「お前の名前はクグロフだよ。よろしくな」

ランドルさんがそう言ってもう一度額を撫でるとまた光ったクグロフは、今度は一気に小さくなった。

だけど、残念ながら巨大な牙は小さくなったとは言え健在で、これは明らかに猫ではないと思う。

「よろしくな、クグロフ」

そっとクグロフを抱き上げたランドルさんは、これ以上ないくらいに嬉しそうな笑顔になった。

「いやあ、見事だった」

今回は完全に観客状態だった俺達は、オンハルトの爺さんの言葉に頷き合って、揃って惜しみない拍手を送ったのだった。

「お疲れさん、凄かったじゃないか」

駆け寄ってランドルさんの背中を叩くと、唐突に膝から崩れ落ちた。驚いたクグロフが地面に飛び降りる。

「うわあ、危ない！」

「大丈夫か！」

バッカスさんと俺が咄嗟《とっさ》に支えた彼の体は、これ以上ないくらいに震えている。

「あはは……今になって、足が……」

顔を見合わせて、揃って乾いた笑いをこぼす俺達だったよ。

「いやあ凄かったぞ。見ている俺まで興奮したよ」

満面の笑みでそう言いながら、バッカスさんが立ち上がったランドルさんの二の腕をバンバンと叩く。

「おう！　助太刀感謝だよ！」

負けじと怒鳴り返して、同じくバシバシと叩き返す。

これ、二人が笑顔じゃなかったら本気で止めに入るレベルの音だぞ。おい。

「いいなあ。これぞ十年以上連れ添ったコンビ愛って感じだ」

「確かに。良い相棒だなあ」

金銀コンビが、揃って呑気《のんき》な感想を言って笑っている。

いや待て。お前らのその認識、ちょっとおかしくないか？

「はあ、ここまでの大物をテイムしたら、さすがに疲れたよ」

「確かにちょっと疲れました」

深呼吸をした俺の言葉に、ランドルさんが頷く。

「それなら二人は昼寝でもしていろ。俺達は、もうちょい奥まで行ってみるよ」

「そうだな、せっかくだから俺達も遊びたい」

やる気満々な金銀コンビの言葉に、俺は呆れて首を振った。

「了解。じゃあ俺達は休ませてもらうよ。昼飯は？」

サクラの入った鞄を見せると、笑って首を振ったハスフェルから念話が届いた。

『マギラスから、弁当を大量に貰っているから大丈夫だよ』

『何それずるい！』

『お前さんの分は、ちゃんと多めにサクラに渡してあるよ。ランドル達と一緒に好きに食ってくれ』

「それだけの従魔がいれば安全だろう。じゃあ夕食までには戻るよ」

そう言ってそれぞれの従魔に飛び乗ると、三人はそのまま一気に走り去ってしまった。

どうやら、俺達の奮闘ぶりを見て彼らの闘争本能に火がついたらしい。

「じゃあ、俺達は境界線の草原まで戻るか」

マックスの手綱を手にした俺の言葉に、ランドルさんとバッカスさんも笑顔で頷くのだった。


「ねえ、ケンさん。さっきクグロフをテイムした時に、右手から全身に凄い熱を感じたんですが、あれは何だったんですか？　あんなのは初めてです」

巨大化した従魔達に周りを護衛してもらって走っていると、ランドルさんが尋ねてきた。

「そうだなあ。これは、あくまで俺の考えだけどさ」

自分がティグをテイムした時を思い出し、そう前置きしてから話し始めた。

「テイムには物理的な確保だけでなく、精神的な力の対決が間違いなくあると思う。それほど強くない相手なら叩きのめして確保した時点で完全に支配出来ているんだけど、ある程度以上の強い相手になると決断を迫られた時に最後の抵抗を試みるんだ。お前ごときにテイムされてたまるか！　って感じにさ。今までだって、確保しても嫌がるみたいに首を振ったり唸られたりした事が、何度かあったからな」

シャムエル様が笑顔で頷いているので、恐らくこの考え方で間違っていないのだろう。

「普通は、その程度の抵抗しか出来ないんだろうけど、ここのジェムモンスターは冒険者達の間でも、そもそも相手をするのすら無理だって言われる強さなんだろう？　それを考えると、テイムに対する精神的な抵抗の証《あかし》が、あの熱さなんだと思う」

「成る程。納得のいく説明をありがとうございます」

何度も頷きながらそう言ったランドルさんは、ようやく到着した境界線の草原を見て安堵したようなため息を吐いた。

まあ、いくら従魔達に守ってもらっているとは言え、ちょっと怖かったからな。

「昼は、俺の料理の師匠が作ってくれた弁当があるので、それにしましょう」

「おお、それは楽しみですね」

分かり易くテンションの上がった二人を見て、俺も笑顔になる。


今朝と同じ水場のすぐ近くで従魔から降りる。

「まずはテントだな」

俺の言葉に頷いたランドルさん達が自分達の小さなテントを取り出すのを見て、俺もスライム達に手伝ってもらっていつもの大きなテントを手早く組み立てていった。

ちなみに、師匠から貰ったカツ丼弁当をいただいたんだけど、これがもう激うまで、シャムエル様も大興奮だったし、ランドルさん達も大感激していた。

師匠！　今度また各種ジビエを大量に進呈させていただきます！

俺達がのんびり食事をしている間に、肉食チームはベリーが作った異空間でリアル獲物の弁当を平らげたらしく、今は好きに地面に転がってお昼寝中だ。

草食チームとお空部隊は、草原に散らばってこちらはお食事中。

「それじゃあ俺達も休みますか」

しばらくすると、我慢出来ないほどの眠気に襲われた為、俺達も少し昼寝をする事にした。

それぞれのテントに潜り込む二人を見送ってから、いつの間にか完成していたスライムウォーターベッドを見る。

「ニニは外で寝ているのか。考えてみたら、添い寝無しの一人寝って初めてだなあ」

小さくそう呟いて、思わず笑ってしまった。

しかし直後にニニが凄い勢いで走って来て、スライムウォーターベッドに飛び乗って横になった。

「はいどうぞ、ご主人」

長い尻尾をパタパタさせながらの得意気なその言葉に、俺は笑ってニニの大きな顔に抱きついた。

「そうだよな。やっぱりニニがいてくれないとな」

耳元でハアハア言う音に振り返ると、同じく走ってきたマックスがスライムウォーターベッドに飛び乗ったところで、当然のようにニニの隣に転がる。

「ありがとうな。それじゃあよろしく！」

笑ってそう言い、隙間に潜り込んでセレブ買いで見つけた大判の毛布を被《かぶ》って横になる。

「おやすみ、見張りはよろしくな」

「もちろんよ。安心してゆっくり休んでね」

優しいニニの言葉に頷き、もふもふのニニの腹毛に潜り込んだ。そしてあっという間に眠りの国へ旅立って行ったのだった。

いやあ、ニニの腹毛の癒し効果。マジですげえよ。

ぺしぺしぺし……。

「うん、起きるよって、あれ？」

無意識に返事をした俺は、違和感を覚えて飛び起きた。

「うわあ、びっくりした。いきなり起きるなんて、どうしたの？」

「いや、モーニングコールが一回だけだったからさ、何かあったのかと思って……」

顔のすぐ横で尻尾を膨らませた若干失礼なシャムエル様の言葉に、そう言いながら周りを見る。

従魔達がそれぞれ好きに寛いでいる平和なテントの中をしばらくの間呆然と見回して、今が朝ではなく、テイムに疲れて昼寝をしていたところだった事をようやく思い出した。

小さく笑ってそのままもう一度ニニの腹に倒れる。

「そうだった。昼寝していたんだ。おお、やっぱりニニの腹毛が手触りもボリュームも最高だな」

もふもふを堪能しつつそう呟いた俺は、そのまま気持ちよく二度寝の海に墜落してしまい、結局目が覚めたのはそろそろ日が暮れ始める頃だった。

どれだけ寝るんだよ、俺。

だけど寝る前に感じていた、妙な怠《だる》さや体の重さはすっかり無くなっていて、すっきり爽やかな目覚めだ。夕方だけど。

「いい加減起きるか。ハスフェル達はまだ戻って来ていないんだな。狩りの方はどうなったんだろう」

そんな事を呟きつつ起き出し、従魔達を順番にもふもふしたりおにぎりにしたりしていく。

新しく仲間になった虎のティグは、撫でた手触りがまた違っていた。見かけの割に毛が深くて、要するにもふもふのもふもふ。

ぜひ今度、巨大化したティグの腹にも潜らせてもらおう。そんな事を考えつつ大きく伸びをして固まった体を解《ほぐ》しながら、夕食のメニューを考える。

「夕食は何にしようかなあ。肉続きだったから、セレブ買いで見つけた白身魚をフライにしてみるか。それから、小振りだけど新鮮なエビを見つけたからあれも使いたい。やっぱりエビフライかな？」

ぶつぶつと呟きながら、サクラに出してもらったエビを手にする。

しかしエビの頭を外して殻を剝くと、思った以上に身が小さい。なので小エビはかき揚げにする事にした。

エビの殻剝きを実演しながらスライム達に丁寧に手順を教えて、あとは任せておく。

サクラとアクアには白身魚の骨取りをしてもらい、玉ねぎとニンジンを千切りにしてもらえば準備完了だ。

大きめの料理用バットに一口サイズに切った白身魚をありったけ並べて、細かく砕いた岩塩と黒胡椒を振りかける。

「手分けして手伝ってくれるか。まずはこれを全部フライにするぞ」

「はい、整列〜〜！」

大量の白身魚を見せると、スライム達が張り切って机の上に飛び乗ってきた。

「小麦粉と溶き卵、それからパン粉を準備しま〜す！」

　サクラとアクアがリーダーっぽく指示を出して、レインボースライム達があっという間に準備を整えてくれた。

　もう揚げ物の時って、味付けと油で揚げる部分だけ俺がやれば、後は全部スライム達がやってくれるから、楽ちんだよ。

「確か、ピクルスの瓶詰めもあったな。じゃあタルタルソースも作るか。あれは混ぜるだけだから揚げながら作れるな。アクア、ゆで卵を二十個、殻を剝いてみじん切りにしておいてくれるか」

「了解、準備しておくね」

　次々に手早く用意される衣の付いた白身魚を揚げながら、サクラと一緒に出来上がったフライをお皿に並べているアクアを見る。

「それから玉ねぎ四個と、ピクルスはひと瓶分みじん切りな」

「了解です！」

　触手が敬礼するかのように上げられサクラとくっつく。

「あれで持っている物を交換出来るって凄いよな」

「君だって出来るよ？」

　机の上にいて俺の呟きを聞いたシャムエル様が、当然のようにそう言って笑う。

「ハスフェルもそんな事言っていたけど、俺には収納って、どうにもよく解らない感覚なんだよな。出し入れは何とか出来るようになったけどさあ」

「まあこれはもう慣れだからね。頑張って練習してね」

　そう言いつつも、視線は揚げたて白身魚のフライに釘付けだ。

「まだ、タルタルソースが出来ていないぞ」

笑いながらそう言い、小さめのを一つ渡してやる。

「ほら、これが本当の味見だ。熱いから気をつけてな」

「わあい、揚げたて！」

両手で受け取ったシャムエル様は、嬉しそうにそう言って早速フライを齧り始めた。

「熱っ！　だけど美味しい！　でもやっぱり熱い！」

尻尾をブンブンと振り回して、嬉しそうに熱い熱いと連呼している。

「熱いのは大丈夫なんじゃなかったっけ？」

「大丈夫だけど、熱いの！」

その言葉に笑って、俺も半分に割れた欠片《かけら》を口に放り込んだ。

「熱っ。だけど美味っ」

残りを揚げながら、大きなボウルにみじん切りにしたタルタルソースの材料を全部まとめて入れ、塩胡椒をしてからマヨネーズをたっぷりと入れ、お酢で調整しながらさらに混ぜる。最後に刻んで絞ったパセリを入れて軽く混ぜれば大量タルタルソースの完成だ。

どう見ても業務用レベルだけど、あいつらの食う量はおかしいから大丈夫だろう。

ボウルごとサクラに預けて、最後のフライを油から取り出した。

ちなみに使った小麦粉やパン粉、それから溶き卵の残りは、全部スライム達が先を争うようにして綺麗にしてくれるから、郊外で料理しているのに洗い物の苦労が一切無い。本当にスライム最高だね。

次はかき揚げの衣作り。かき揚げは定食屋の定番だったので何度も作った覚えがある。

大きめのボウルに小麦粉と片栗粉と塩を混ぜて、氷で冷やした水を加えてダマにならないように手早く綺麗に混ぜ合わせる。用意しておいた玉ねぎとニンジンの千切りとエビを別のボウルにまとめて入れて、軽く混ぜてから小麦粉を全体に振ってまぶしておき、綺麗にしてくれた大きなフライパンに新しい油をたっぷりと入れてから火をつける。

ちなみにこれは、セレブ買いで見つけた菜種油。いわゆるサラダ油ってやつだ。オリーブオイルよりもこっちの方が軽く揚がるので、最近はこれを使っている。

「悪いけど、これは手伝ってもらえる所がないなあ。後片付けをお願いするから待っていてくれるか」

並んで待ち構えるスライム達にそう言って、混ぜた具を衣に絡めてお玉でまとめて油にそっと沈める。

軽く火が通るまでは崩れるから触らない。パチパチ音がし始めたらひっくり返して、火が通れば完成だ。

だけど、見ていたスライム達が衣に絡めてお玉に入れるところまでやってくれたので、後半はめっちゃ段取り良く作業が進んだよ。

「よし、これで終わりだ！」

最後のかき揚げを油切りのザルに入れて火を止める。あんなにあった具が全部無くなった。いやあ、頑張ったぞ俺。

スライム達が片付けてくれているのを見てから振り返った俺は、下ろしてあるテントの垂れ幕を巻き上げた。

ランタンの明かりで昼間のように明るいテントの中と違って、日の暮れた外は漆黒の闇だ。

ランドルさん達のテントにも明かりが点《とも》っているので、起きているみたいだ。

「どこまで行ったんだよあいつら。もう夕食の時間だぞ」

小さく呟いて中に戻り、すっかり綺麗になった机の上を見る。

「あとは何を作るかな」

作り置きは山のようにあるので、まあいいかと思った時にふと思いついた。

「かき揚げがあってご飯があるんだから、作らない手はないよな。だけどあのタレが無いな」

腕を組んで考える。

作りたいのは、某ファストフード店のかき揚げライスバーガー。ジャンクだけどたまに食いたくなって、最寄駅の一つ手前でわざわざ降りて食べたんだよ。

思い出したらどうしても食いたくなってきた。

「こんな時こそ師匠のレシピだよな。それっぽいのはないかな？」

レシピ帳を取り出して探してみる。

「お、ネギ塩だれがある。これでいいな」

嬉しくなって、早速作ってみる事にした。

「ええと、材料はネギとニンニク。ネギはこれでいいな」

白ネギとニンニクのみじん切りをスライム達に頼んで、その間に調味料を合わせせる。

「酒とごま油、砕いた岩塩と黒胡椒を入れ、みじん切りの白ネギとニンニクを加えて水を少々。しっかり混ぜ合わせて出来上がり。何これ簡単」

舐《な》めてみたが、なかなか美味しい。これ、蒸し鶏につけても美味そうだから今度やってみよう。

次に、ご飯を軽く握って直径約10センチの大きさに平らに広げて、油を引いたフライパンに並べ、軽く焦げ目がつくまで焼いていく。

時々フライパンをゆすりながら両面を軽く焼き、サクラにさっき作ったばかりのかき揚げを出してもらう。

「焼いたご飯にさっきのかき揚げをのせてネギ塩だれをかける。もう一枚のご飯で挟めば出来上がり！　おお、ライスバーガーになったぞ！」

見た目もほぼそのままだ。かき揚げの具に緑色の豆を入れれば完璧だった気がする。

「ああ、食べたい！」

周りを見るが、ハスフェル達が戻ってくる様子はないので、一応念話で呼んでみる。

『おおい、今何処だ？　飯の支度、出来ているぞ』

『悪い、今ちょっと手が離せないから後にしてくれ！』

しかし、それだけ言って念話をぶった切られた。まさにガチャ切り。

驚いたがすぐに状況を察した。

「あはは、狩りの最中だったたか。そりゃあガチャ切りになるよな」

小さく笑って、机の上を見る。

「これは味見だ。新作は出す前に食っておかないとな」

そう言いながら冷えた麦茶を取り出し、椅子に座って大きな口を開けてライスバーガーに齧り付いた。

「そうそう、これだよこれ。ああ美味い。そうだサクラ。フライドポテト出してくれるか」

バーガーの相棒はポテトだろ。あ、オニオンリングフライも作ればよかった。今度、時間のある時に作っておこう。

「はい、どうぞ」

ちゃんと一人前をお皿に取り出して渡してくれる。何この気配りの出来る子は。

「ありがとうな」

手を伸ばしてサクラの肉球の紋章の辺りを突っついてやる。

もう一口大きく齧ってからポテトを摘《つま》んだ時、キラッキラに目を輝かせて大きなお皿を振り回しながら踊り始めたシャムエル様と目が合った。

「食、べ、たい！　食、べ、たい！　食べたいよったら食べたいよ〜！」

おう、味見どころかダイレクトに食べたいダンス来たよ。

「だけど、これは千切ると崩壊するからなあ」

二口齧っただけのライスバーガーを見る。

「これでも良いか？」

もの凄い勢いで頷かれて苦笑いした俺は、そのまま齧りかけのライスバーガーをお皿ごと渡してやった。

そのあと、追加でがっつりかき揚げライスバーガーをまとめて作っておいた。

だって先にかき揚げを確保しておかないと、出したら最後、絶対食い尽くされるからな。


「さてと、これでよし。これは俺の晩飯にしよう」

出来上がったライスバーガーはまとめてサクラに預かってもらい、机の上を片付けているとハスフェルから念話が届いた。

『さっきは悪かったな。ちょっといいところだったんだよ』

『おう、お疲れさん。こっちこそ忙しい時に悪かったな。それで今何処だ？』

『もうすぐそっちへ着くよ。夕食よろしく！』

最後の一言は、三人一緒の声が届く。

『了解。それじゃあ準備して待っているよ』

『おう、よろしく！』

今度はいつものように、スッと消えるみたいに繋がりが切れる。

「それじゃあ、腹減り軍団が帰って来るみたいだから、すぐに食べられるように出しといてやるか」

小さく笑ってそう呟き、さっき作った白身魚のフライとかき揚げを山盛りにした大皿を取り出して並べ、タルタルソースも大きなお椀にたっぷり取って隣に並べておく。それからライスバーガーを取り出して自分の前に置く。

サイドメニューはレタスのサラダとフライドポテト、それから温野菜の盛り合わせときゅうりの酢の物だ。オニオンスープを温めていると、外が一気に騒がしくなった。

「おかえり。準備出来ているよ」

中から声をかけてやると元気な返事が聞こえて、ランドルさん達も一緒にテントに入って来た。

ご飯の入ったおひつと、パンの盛り合わせと簡易オーブンを一緒に取り出せば準備完了だ。

「じゃあ話は後だな。まずは食べよう」

俺の言葉に、全員が笑顔で席につく。

「これは美味そうだ」

ハスフェルの言葉に、皆も嬉しそうに山盛りになった白身魚のフライを見ている。

「で、これは何だ？」

かき揚げを見て、今度は揃って不思議そうな顔になる。

「あれ、知らないか？　かき揚げっていって、玉ねぎとニンジンと小エビを絡めて油で揚げてあるんだ。カリカリして美味いぞ」

目を輝かせたハスフェル達が嬉しそうに山盛りにフライとかき揚げを確保するのを見て、俺も自分用の分を慌てて確保したよ。

「へえ、これは面白い。焼いたご飯でかき揚げを挟んであるのか」

ハスフェルとギイは、ライスバーガーに興味津々だ。人気があるようならもう少し作っておこう。

「ネギ塩だれで味付けしてある。気になるなら食べてみろよ」

笑ってそう言い、ライスバーガーのお皿を彼らの前に押しやる。それぞれ一つずつ取るのを見て、ランドルさん達もライスバーガーを取った。

俺の分は、いつものように一旦簡易祭壇に並べて手を合わせる。

「新作の白身魚のフライとタルタルソース、かき揚げのライスバーガーです。少しですがどうぞ」

小さくそう呟くと、いつもの収めの手が俺の頭を撫でてから料理を順番に撫でて消えていった。

「じゃあ、俺もいただこうっと」

お皿を自分の席に戻して座り、待っていてくれた全員で揃って手を合わせてから食べ始めた。

「あ、じ、み！　あ、じ、み！　あ〜〜〜〜〜〜〜〜〜〜っじみ！　ジャジャン！」

シャムエル様は、いつもの味見ダンスを大きなお皿を手にしてキレッキレに踊っている。

「はいはい、ちょっと待て。どれがいるんだ？」

「全部お願いします！」

おう、断言したな。さっき俺が二口食っただけのライスバーガーを全部食ったんじゃないのか？

だけどまあ、神様に欲しいと言われたら、あげない訳にはいかないよな。

諦めのため息を吐いた俺は、一番大きな白身魚のフライにタルタルソースをたっぷりと絡めてやり、他のサイドメニューも一通り取り分けてやった。

ライスバーガーは、ナイフで半分に切って大きい方を渡してやる。

「はいどうぞ」

「ありがとうね。では、いっただっきま〜す！」

いつもの如くそう言うと、お皿を両手で持って白身魚のフライ目掛けてやっぱり頭から突っ込んでいった。

「ううん、これ柔らかくて美味しい。白いソースとよく合うね！　これ気に入ったから定番で作ってね！」

顔中タルタルまみれになったシャムエル様の言葉に、俺も笑って頷いたけど、これは白身魚のある時だけの限定メニューだな。

「おお、柔らかくて美味いな」

「この白いソースが合うぞ」

白身魚のフライは大好評だったみたいで、大喜びでバクバク食っている。

逆にかき揚げは、味は美味しいんだけど食べにくいと言われた。

ここで意外だったのがライスバーガー。

これは、単に俺が懐かしいバーガーを食いたいから作っただけだったんだけど、全員から大好評をいただきました。

途中からハスフェル達は、ネギ塩だれ味のかき揚げをパンで挟んで即席バーガーにして食べていた。って事で、かき揚げ系は、今後はパンかご飯で挟んで出す事にしたよ。


大満足の食事を終えて、デザートの激うまリンゴとブドウを食べながら、隣に座るハスフェルを振り返る。

「それで、今日は何を狩ってきたんだ？」

「狩ったのは全てオーロラ種で、サーベルタイガーとグリーンタイガー、グレイウルフ、グリズリーだ。どれもなかなかの大物だったぞ」

それを聞いた俺とランドルさん達が、揃って遠い目になる。

普通、どれか一頭でも出会った瞬間、ほとんどの冒険者は人生終了していると思う。それをなかなかの大物って……。

「ケンが次にテイムするなら狼だな。グレイウルフならテイム出来ると思うが、グリズリーはやめた方がいい。あれは駄目だ」

「確かに駄目だな」

「うん、やめた方がいい」

三人揃って頷くのを見て、俺とランドルさんは無言で顔を見合わせた。

「ええと、何が駄目なんだ？」

聞きたくないけど、聞かないともっと怖い。

「そもそも確保が出来ない。とにかく凄い力で反撃してくるんだ。今回の狩りの後半は、二人がテイム出来るかの下見を兼ねていたので、倒す前に確保出来るかやってみたんだ。俺とギイが二人掛かりで槍《やり》の柄で打ち込んだが、全部跳ね返された」

その言葉に、俺達の目がまん丸になる。

「ええ、お前ら二人の打ち込みを？」

「ああ、しかも二回やって二回とも反撃された。それで、これはどう考えてもこちらが無傷では確保出来ないとの結論に達した訳だ」

「おう……了解だよ、別に熊が欲しい訳じゃない」

俺の言葉に、ランドルさんも一緒になって頷いていた。

「じゃあ次の目標は、そのグレイウルフかな。マックスも同じ犬科の仲間が増えれば、狩りをするのが楽になりそうだしな」

よし、明日も頑張るぞ！


ぺしぺしぺし……。

ふみふみふみ……。

カリカリカリ……。

つんつんつん……。

チクチクチク……。

こしょこしょこしょ……。

「うん、起きる……」

翌朝、いつものモーニングコールチームに起こされた俺だったが、残念ながら無意識にいつもの返事をしただけで、気持ちよく二度寝の海に沈んで行ったのだった。

ぺしぺしぺしぺし……。

ふみふみふみふみ……。

カリカリカリカリ……。

つんつんつんつん……。

チクチクチクチク……。

こしょこしょこしょこしょ……。

「うん、起きてる……」

なんとか答えるも、やっぱり起きられない。

「ほらね。本当に起きないのよね」

「毎朝これなのよ。呆れちゃうでしょう」

「成る程。確かに聞いた通りですね。ここまで起きないといっそ感心しますね」

耳元で聞こえるのは、ソレイユとフォールの最強モーニングコールチームだ。

「うん？　もう一つの声って、誰だ？」

そこまで考えてすぐに気が付いた。あの声は新しくテイムした虎のティグだよ。

待て待て。いくらなんでも虎の舌は駄目だろう。

慌てて起きようとするも、残念ながら寝汚《いぎたな》い俺の体は全然起きる気配無し！

フンフンフンフン！

頭の中でそんな事を考えて現実逃避していると、耳元でもの凄い鼻息が聞こえた。

ティグ、お前デカくない？　それ猫サイズの鼻息じゃない。まさかとは思うが、そのデカさで俺を舐めるつもりか？

緊急事態だ。これは身の危険を感じるレベルだ。起きろ、俺の体！

パニックになるも、残念ながら全く目が開かない。そうこうしているうちに、影が落ちる気配がして何だか少し暗くなった。

これって思いっきり襲われる体勢だぞ。マジで冷や汗だらだら状態だよ。


べろ～ん！


唐突に俺の右頬の下側から額まで一気に舐められた。

だけど相当気を使ってくれたみたいで、痛みは全くない。ただし、そのザリザリの舌の何とも言えないゾワッとした感触に俺の背中を震えが走る。

「ひええ～～！」

ザリザリザリ！

ジョリジョリジョリ！

情けない悲鳴を上げて頭を抱えて転がる俺の手の甲と鼻の頭を、猫サイズのソレイユとフォールが舐める。こっちは小さくてもめちゃくちゃ痛い。

「朝からスリル満点だな」

何とか腹筋だけで起き上がって、巨大サイズで良い子座りしているティグを見ると、ティグはこれ以上ないくらいに嬉しそうに目を細めて声のないにゃーをしてくれた。超巨大虎サイズだけど、ちょっと猫っぽかったぞ。

「おはよう、起こしてくれてありがとうな」

初モーニングコールを無事に終えたティグを撫でてやる。

「おお、これまた他の子達と違うな。みっちりな毛が最高にもふもふだぞ」

笑ってそう言いながら、巨大な頭に抱きついてみっちりもふもふを堪能する。

それから他の子達も順番に撫でたり揉んだりしてやったよ。


「それじゃあ、片付けて出発するか」

食事の後、少し休憩してからテントを撤収して森の奥へ入って行った。

俺達の前後左右は、従魔達が全員巨大化して守ってくれているし、全員の鳥達が加わったお空部隊一個師団が上空を制圧してくれている。

おかげで見通しの悪い森の中を進んでいても、いきなり襲われる心配はしなくて済んだよ。

その時、どこからともなく遠吠えの声が聞こえて来て俺達は足を止めた。

『オーロラグレイウルフを見つけました。五匹の小さな群れのようですがどうしますか？』

ベリーの念話が聞こえて俺は慌ててハスフェルを振り返る。今の念話が聞こえていたらしいハスフェルが頷く。

『この先に広い草原がありますからそこへ追い込みますね。少し痛めつけておきますので、テイムするなりジェムを確保するなりしてください』

平然と恐ろしい事をさらっと仰《おっしゃ》る。さすがは賢者の精霊。

しかし、せっかく見つけてくれたのだからテイムしない手はない。

この先にある草原で一戦やらかす事が無言の打ち合わせで決定して、そのまままた森の中を進んで行った。


「おお、草原に出ましたね」

森を突っ切った先の草原に出たところで、ランドルさんの声が聞こえた直後、また遠吠えが聞こえて俺達は足を止めた。

しかし次に聞こえたのは、まるで悲鳴のようなキャンキャンという鳴き声で、直後にガサガサという音と共に狼達が森から飛び出して来た。

聞いた通りに五匹だ。しかし、その中の亜種と思われる一匹は、毛並みも体の大きさも他とは桁違いに大きい。

「五匹は多いな。数を減らすか」

「ああ、確かに」

ハスフェルとギイの嬉しそうな声が聞こえて俺は遠い目になる。

いや、そんな恐ろしい事を簡単に言うなよ。ボス以外の四匹だって相当大きいぞ。

その時、マックスが吠えて軽く跳ねた。

「ご主人、倒すならあの大きな亜種ですよ。そうすれば残りは間違いなくこちらに従います。テイムするならその方が効率的ですし、同種の仲間がいれば狩りがしやすくなりますから！」

嬉々としてそう言うマックスの言葉に、シリウスとマフィンが同意するかのように声を揃えて鳴いた。

「それが良いですね。出来れば二匹ずつテイムしましょう！」

俺の耳にはそう聞こえたよ。

マックスの首を叩いて笑い、ランドルさんを振り返る。

「あのデカいのを狩りましょう。そうすれば四匹を確保出来ますから、二匹ずつテイムですよ！」

「ええ、そんな無茶な！」

「大丈夫ですよ。従魔達がやってくれます！」

俺のその言葉を合図に、猫族軍団が先頭の巨大な狼に一斉に襲い掛かった。

逆に体格で負けているマフィンは、マックスやシリウスと息を合わせて、亜種を猫族軍団に任せてそれ以外の四匹の動きを牽制している。

マックスの背の上で、俺は見事に統率のとれた従魔達の動きを見て感心していた。

その時、ニニの猫パンチを食らった亜種の狼が吹っ飛び、起き上がろうとするところをティグが飛び掛かって押さえつけ、巨大な牙を持つクグロフが首に噛みつくのが見えた。

悲鳴と共に、一瞬で狼は巨大なジェムになって転がった。

あの巨大な狼を一撃って……サーベルタイガーの牙、マジですげえな。そして素材はデカい毛皮が落ちたよ。

呆気なくボスが倒されたのを見て、残った四匹は明らかに怯《ひる》んだ。

二匹は完全に戦意を喪失したらしくその場から動かなくなり、残りの二匹は踵《きびす》を返して森へ逃げ込もうとするも果たせず、巨大化した猫族軍団に襲い掛かられてあっという間に確保されてしまった。俺達が手出しする間なんて全くなかったよ。


「ご主人、さあどうぞ！」

嬉しそうな従魔達の声に、俺とランドルさんは思わず顔を見合わせる。

「では、マフィンとクグロフが捕まえているのを貰います」

「それなら俺は、ティグとフォール達が捕まえているのにしますね」

頷き合い、それぞれの従魔達が押さえ込んでいる狼の側にゆっくりと近寄っていく。

しかし、昨日のティグやクグロフのように唸る事もなく大人しいもので、簡単に二匹の狼をテイムする事が出来た。ちなみにまた従魔の女子率が上がったよ。

それぞれ胸元に紋章を刻んで、テンペストとファインと命名。

中型犬サイズになった二匹を交互に撫でてやり、ランドルさんと交代する。

ランドルさんも、俺と同じように呆気なく二匹をテイム出来た。

名前はシュークリームとエクレア。

ランドルさんのスイーツ好きは、どうやら筋金入りのようだ。ブレないその姿勢、最高だな。

「お疲れさん。無事に二人ともテイム出来たな」

ハスフェルの声に、俺達は揃って頷いた。

「おう、そろそろ昼だけど、どうする？」

空を見上げると、あと少しで太陽は頂点に差し掛かろうとする時間だ。

「見晴らしも良いからここで食おう。ここなら何か近付いて来てもすぐに分かるからな」

ハスフェルの言葉に納得して、周りを見回して草原の真ん中あたりに移動して、そこに机を出して作り置きで昼食にした。

食事をしている間は、巨大化した従魔達が取り囲むように展開して俺達を守ってくれている。食べ終わったら、早々に片付けてその場を後にしたよ。

「それで、次はどこへ行くんだ？」

俺の目的の虎だけではなく、狼を二匹もテイム出来たし、ランドルさんも目標だった五匹以上の強い従魔を余裕で得た。はっきり言って、もうここでの目標は完全クリアだ。

「まあ、ここも貴重なジェムモンスターが出る場所だからな。ランドルとバッカスの今後の為の資金集めも兼ねて、時間ギリギリまで頑張って集めようじゃないか」

ハスフェルの言葉に二人が嬉しそうに顔を見合わせ、俺も大きく頷く。

「じゃあ俺も協力するよ。もしもテイム出来そうなのがいれば、その時に考えるよ」

確かに、飛び地や地下迷宮ほどジェムモンスターがゴロゴロ出て来る訳ではないが、ここで出てくるモンスターのジェムはどれも高値がつきそうだからな。

第81話　未知との遭遇と俺の決断！

前後左右を巨大化した従魔達に、頭上をお空部隊に守られながら俺達はそれぞれの従魔に乗って森の中を移動していく。

しかし、全くと言っていいほどジェムモンスターに会わない。

どうやら異常なまでに強いここのジェムモンスターは、基本単独か小さな群れ単位なので、他と比べてテリトリーがかなり広く、エンカウント率が異様に低いらしい。

「ふむ、この辺りにもいないいな」

ベリー達も密かに探してくれているのだが、ジェムモンスターがいない。ついでに言うと、普通の野生動物や魔獣の類《たぐい》も全くいない。これって、逆におかしくないか？

俺が違和感を覚えて口を開きかけた時、ハスフェル達三人が揃っていきなり止まった。

それを見て、俺とランドルさんも慌てて止まる。

「おい、どうした？」

止まったきり一言も発せず前方を注視している彼らを見て、不安になった俺は堪らずにそう質問した。

だって、マックスやニニだけじゃなく、周りにいる従魔達が一斉に緊張したのが分かったからだ。

ギイが、黙ったまま俺を見て口元に指を立てる。

『で、何があるんだ？』

ランドルさん達もそれを見て口を噤《つぐ》んだので、諦めて念話でギイに質問し直した。

『お前は気付かないか？』

質問に質問で返されてしまい、困ったように首を振る。

『少し先に明らかに何かいる。しかもかなり強そうなのがな。今、ベリーが様子を見に行ってくれたからちょっと待て』

そんな話をしている間に、ティグとクグロフの二匹がゆっくりと動いて俺達の前に並んだ。その左右にジャガー達が並ぶ。

これはつまり、俺達の前方に最高の戦闘力を全部集めたって意味だ。その左右には狼達が分かれて位置につき、こちらも厳戒態勢。

これの意味するところは、これだけの戦闘力をもってでないと、俺達を守れないと従魔達が判断したって事だ。

猫族の中で戦闘力がやや低めのソレイユは、俺のすぐ側に来て警戒態勢だ。

草食チームはニニの背中の上とマックスの背の上のカゴの中で、これ以上ないくらいに小さくなって寄り集まっている。

これは明らかに変だ。

従魔達がここまで警戒するのなら、一度下がった方が良いんじゃあないだろうか。

そう思って口を開こうとしたその瞬間、いきなり轟いたもの凄い咆哮に俺達は全員揃って飛び上がった。

もう一度、先ほどよりもさらに大きな咆哮が響き渡り、その直後に大きな針葉樹が音を立ててゆっくりと倒れて来た。

それを見た従魔達が、一斉に踵を返して下がる。

「何でいきなり木が倒れるんだよ！」

ランドルさんとバッカスさんの悲鳴が重なる。

「それより、とにかくここから離れよう。絶対、何かヤバいのがいるって！」

叫び返したが、残念ながら遅かったらしい。

バキバキと倒れた木を踏みつけながら出てきたそいつを見て、俺とバッカスさん達は揃って悲鳴を上げた。

それはマックスや虎のティグよりもはるかに大きな、まるで岩が動き出したかのような巨大な塊で、そいつはゆっくりと二本の脚で立ち上がった。

そしてまたしても轟くような大声で吠えた。

そこにいたのは大型重機並みに巨大な、多分高さ6メートルは下らないほどの一頭の熊だったのだ。

ゆっくりとそのまま四本脚に戻る。そして体の割に小さな目が明らかに俺を見た。

あ、駄目だよこれ。完全に死亡フラグ案件……。

巨大な熊から俺を守るように、ティグがマックスの前に立ちはだかる。だけどそれは、俺の代わりにティグがロックオンされた事を意味していた。

無言でパニックになっていると、マックスが聞いた事のないような凶暴な唸り声を上げて少し下がった。

ニニも同じように凄い形相で唸りながら、明らかに俺を庇《かば》ってティグの横につく。

次の瞬間、草食チームが全員一瞬で巨大化してニニとマックスの背から飛び降りた。

巨大化したタロンも、ニニの隣で凄い形相で唸り声を上げている。

マックスの背の上で呆然としていた俺は、突然両肩を巨大化したファルコの脚に掴まれてそのまま上空に持っていかれた。

掴んだ肩を離されて落ちた俺は突然の空中浮遊に悲鳴を上げる。しかしタイミングよくローザが下に来て、俺はその背中に跨《また》がって乗る形になって止まった。

空中ブランコも真っ青の曲芸飛行だ。即座に鞄から飛び出したスライム達が、俺の両足を確保してくれる。

羽ばたく音に振り返ると、ランドルさんとバッカスさんの二人も同じようにモモイロインコのマカロンの背中に乗って上がって来ていた。

俺達とは逆に地面に降りたハスフェル達は、抜刀して戦闘態勢だ。

「悔しいけど、あれを前に俺達に何か出来るとは思えない。とにかくここは彼らと従魔達に任せましょう。そうだ。お二人は万能薬を持っていますか？」

鞄を見せて大声でそう尋ねる。

オレンジヒカリゴケの追加が当分望めない状態だが、仲間が危険に晒《さら》されている以上、彼らに万一の事があれば遠慮なく使うぞ。

「全部で六本あります！」

収納袋を叩きながら、ランドルさんが答えてくれる。

「それなら俺の方が沢山持っていますから、万一の際には俺が先に使います」

「分かりました。必要ならどうぞ遠慮なく仰ってください」

顔を見合わせて頷き合った俺達は、とにかく彼らの戦いを邪魔しないように上空から見守った。


地上では、化物相手の戦いが始まっていた。

まずハスフェルが飛び上がって、あの大きな剣で斬りつける。

しかし、熊はハスフェルの太腿《ふともも》よりも太い前脚の巨大な爪で、彼の斬撃を受け止めた。振り回した腕にハスフェルが吹っ飛ばされる。

だが悲鳴を上げたのは上空にいた俺達だけで、空中でくるりと一回転して体勢を立て直したハスフェルは、そのまま足から地面に落ちて転がり軽々と起き上がった。すげえ運動神経。さすがは闘神の化身。

ギイとオンハルトの爺さんも息を合わせて斬り掛かったが、同じように弾き飛ばされて転がった。

「な、何だよあれ。斬撃を爪で受けたぞ」

俺の呟きに、ランドルさん達も驚きのあまり声もない。

三人は攻めあぐねているらしく、武器を構えたまま動かない。

しかし今のを見て、俺達を空へ逃がしたのは本当に正解だと思った。

あんな化物相手にただの人でしかない俺やランドルさん達は、はっきり言って守る手間がかかるだけの邪魔な存在でしかない。

悔しいが自分の腕は自分が一番よく知っている。明らかに悔しそうにしつつも、降ろせと言わないランドルさん達も同じ気持ちだろう。立ち向かえる相手かどうかを見抜けなければ、上位冒険者ではいられなかったはずだ。

『貴方達はそこにいてください。彼らが万一怪我をすれば私が癒しの術で対応します』

頭に響いたベリーの声に、俺は言わずにいられなかった。

『お願いします！　だけど、もしかしてあれってベリーでも倒せなかったのか？』

『倒せない相手ではないんですが、あれを倒すほどの術を使うと周りに被害が及びかねないので、攻めあぐねているのは確かです』

ベリーの悔しそうな声に驚く。

確か以前、攻撃範囲を限定した最強の術も使えるようになったから、どんな相手が来ても大丈夫だと言っていたのに、ただのジェムモンスターにベリーの術が効かないなんて事があるのだろうか？

『どうやらあの熊は何らかの突然変異のようで、術に対する耐性が異様に高くて、攻撃の術が毛に散らされて本体に殆《ほとん》ど当たらないんですよ。こんな事は初めてです。こんな状況でなければ、研究材料として是非とも確保したいくらいですよ』
苦笑いするベリーの言葉に、俺は気が遠くなった。
さすがは賢者の精霊。どんな状況でも知らない事には貪欲だって。

だが、地上の戦いはそんな呑気な状況では全くなかった。

ティグとクグロフの二匹が左右から襲い掛かるが、やはり前脚の一撃で吹っ飛ばされる。しかし、その直後にマックスとシリウスが咬《か》みつき、フォール達も襲い掛かる。猫族は全員爪全開で飛びかかって、所構わず咬みつきにいく。

しかし、熊が前脚を振り回して身震いすると猫属軍団達は吹っ飛ばされ、時間差でマックスとシリウスまでもが吹っ飛ばされて転がった。

「おい！　大丈夫か！」

マックスとニニの体にべったりと血が付いているのが見えて、思わずそう叫んだ。即座に揺らぎが駆け寄るのが見えて、俺は手にした鞄をぎゅっと握る。

どうやらベリーが癒しの術を使ってくれたらしく、二匹はまた熊に向かって飛びかかっていった。

「シリウス、俺を乗せろ！」

叫んだハスフェルがシリウスの背中に文字通り飛び乗り、そのまま勢いよく熊に向かって突っ込んでいく。

交差した瞬間、ハスフェルは剣を突き刺すように構えて熊に飛び乗ったのだ。熊の太い首にハスフェルの剣が突き刺さる。

しかし、熊が大きく首を振ったせいでハスフェルは吹っ飛ばされてしまう。

彼の大剣は、中途半端に突き刺さったままだ。

「おいおい、あれでも死なねえのかよ」

呆れたようなギイの呟きが聞こえる。

転がって距離を取ったハスフェルの手には、いつもとは別の剣が握られている。

首にハスフェルの剣が突き刺さったままの熊は、平然とまた立ち上がった。

そして、上空に向かって大きく吠えたのだ。

先ほどよりも更に大きい、まさに空気が震えるような咆哮だ。

しかし、それを聞いた俺は耳を疑った。

だって、その叫び声は俺にはこう聞こえたのだ。

「お前達だけ、ずるい」と。


「ええ、ちょっと待ってくれって！」

慌ててそう叫んだ俺の声に、熊から距離を取ったハスフェル達が驚いたようにこっちを見上げた。

「何を待つ！　一撃ぶちかました今こそ、たたみ掛けて一気に倒すべきだろうが！」

ギイの叫ぶ声に、さっきの熊の叫びが聞こえたのは俺だけだと気付く。いや待て、ランドルさんは？

勢いよくランドルさんを振り返るが、二人揃って俺を驚きの目で見ている。

「そうですよケンさん。一体何を待つって言うんですか！」

二人の叫びに、俺はどうしたらいいのか分からなくなってしまった。

首の後ろにハスフェルの剣を突き立てられた巨大な熊は仁王立ちのままだ。しかし、小さいが燃えるような目は全く闘志を失っていない。

「なあ、お前！　今のってどういう意味だよ？」

出来る限りの大きな声で、俺は巨大な熊に向かって必死になって呼びかけたが、俺の言葉は通じていないみたいだ。そのあとの咆哮は、意味のある言葉には聞こえなかった。

熊はそのまま近くにいたティグに向かって襲いかかる。

両者のもの凄い咆哮が響いた直後にティグが吹っ飛ばされたが、直後にブラックラプトルのデネブが代わりに飛びかかった。

大きな口で太い腕に咬みつくも、振り回されて吹っ飛ばされてしまう。恐竜のデネブが完全にウエイトで負けている。

「うわあ、恐竜の咬みつきを吹っ飛ばすって、あの熊の皮膚はどうなっているんだよ！」

それを見て、思わず叫ぶ俺。

しかし、デネブが吹っ飛ばされた隙に、今度はニニとマックスが息を合わせて横と後ろから同時に襲いかかった。

マックスが右肩に咬みつき、ニニは突き刺さった剣のすぐ横に咬みつく。しかし、何と熊はそのまま前転するように転がったのだ。

巨大な熊の下敷きになり、悲鳴のような声を上げるニニとマックス。

クグロフとジャガー達が慌てて飛びかかって熊を更に突き転がし、復活したティグとデネブまで加わって、何とかニニとマックスを救出した。

その直後に、大きな戦斧《せんぷ》を振りかぶったオンハルトの爺さんが飛びかかったが、これも前脚の爪に弾かれて吹っ飛ばされる。

背中から落ちたオンハルトの爺さんは、スライム達が一致団結して見事に受け止めていた。

ハスフェルとギイも直後に斬りかかったが、わずかに毛が散って血が出ただけで一瞬で治ってしまった。

あの熊の毛、マジでどれだけ硬いんだよ。

解放されたマックスが、前脚を上げた不自然な体勢で三本脚で跳ねながら下がる。上げた前脚が変な方向を向いているのに気付き、俺は慌ててローザの背から飛び降りようとした。

あれは間違いなく骨まで響く怪我をしている。マックスに万能薬を届けないと。

しかし、俺に気付いた熊がこっちに駆け寄って来る。

『いけません！　降りないでください！』

唐突に、頭の中にベリーの大声が響き、俺は悲鳴を上げてローザにしがみついた。

「お前は来るな！」

ハスフェルの怒鳴る声が聞こえ、オンハルトの爺さんとベリーの揺らぎがマックスに駆け寄るのが見えた。同じく片足を引きずって下がったニニにも手当てをしてくれている。

「私もニニも大丈夫ですから、ご主人はローザと一緒にいてください！」

大きく吠えたマックスの言葉が聞こえて、俺は唇を噛みしめる。

怪我をしたマックスの手当てすら出来ない自分が情けなかった。皆を危険に晒して、俺だけ安全な場所にいるなんて最低だ。

情けなくて潰れそうになったが、逆に頭はどんどん冴《さ》えていくのも分かった。

安全な上空にいるのだから、俯瞰《ふかん》で現場を見て、何でもいいから解決の糸口を探るんだ。

鍵はさっきの熊の雄叫び。お前達だけ、ずるい。って言ったあれだ。

「シャムエル様、いるか？」

「ここにいるよ」

右肩から声がして、シャムエル様が心配そうに俺を見上げているのと目が合った。

「さっきのあいつの声、シャムエル様には聞こえたか？」

「ええ、何の事？」

「あいつがさっき吠えた時に、俺にはこう聞こえたんだ。お前達だけ、ずるい。ってな」

「はあ？　何それ？」

驚いて尻尾が倍くらいになるシャムエル様を見て、小さく笑った俺は下を見た。

今は皆、少し離れて熊を取り囲むようにして様子をうかがっている。

ジャガー達の背後に、武器を構えたハスフェル達の姿もある。

ベリーは少し離れたところで様子を見ている。フランマの姿は見えないが恐らくベリーの近くにいるはずだ。

互いに攻める決定打がないままに、睨み合いの膠着《こうちゃく》状態になる。

俺は深呼吸をして、下を見ながら必死になって考えた。

「絶対に、誰も死なせずに終わらせてやる！」

そして、唐突に閃《ひらめ》いた考えを確認するために、シャムエル様を振り返った。

「なあ、もう一つシャムエル様に質問だ」

「うん、どうしたの？」

「あの熊、ベリーの魔法が殆ど効かないって言っていたけど、本当なのか？」

「うん。どうやら突然変異種のようだね。しかもジェムがかなり古い。恐らくジェムが枯渇する前の生き残りだね」

「ジェムの枯渇って……例の地脈が乱れてって、アレ？」

「うん、普通なら野生のジェムモンスターには個々の寿命が設定されていて、最高でも二十年程なんだよね。それなのにあの個体は、間違いなく五十年以上は生きている」

唾を飲んで下を見る。

「じゃあ、あんなにデカいのって……」

「そう。ジェムモンスターはマナを取り込んでジェムを育てる。だから長生きすればするほど大きくなる訳。あの熊は、正直言って有り得ない大きさにまで育っている。どうしてこんな事が起きたんだ？」

どうやら、シャムエル様が何かしてあんな化物が生まれた訳ではないらしい。

「もう一つ質問。以前聞いた、一時支配ってテイムの仕方。あの熊がその一時支配で捨てられた従魔って可能性は？」

しかし、俺の言葉にシャムエル様は首を振った。

「それは無い。捨てられた従魔の末路は、以前ケンの従魔達から聞いた通りだった。だからその一時支配は、そもそもこの世界からやり方自体を消去したよ。なのでもう、この世界にその影響を受けている子はいないよ」

「あれ？　それかと思ったんだけど、違うのか」

自信のあった仮説をバッサリやられて首を傾げる。


睨み合っていた熊は、威嚇するようにまた立ち上がって大きく吠える。

その時に、胸元に熊の毛皮には不自然な三角と丸の模様がチラッと見えて目を見張った。

あれって、もしかして魔獣使いの紋章じゃないのか？

そう思った直後に、また別の仮説を思い付いた。

「シャムエル様。もう一つ質問だ。もしも魔獣使いが死んだら、テイムしていた従魔達はどうなる？」

「唐突な質問だね。ご主人が死ねばテイムされていた子達の紋章は消えて解き放たれるよ。ついでに言うと、テイムされた事で知能が上がっていた訳だから、死による解放の場合にはそれも消えて元のただのジェムモンスターに戻るよ。まあ、個体によってある程度の時間差はあるけどね。だからご主人が死んだら、従魔達は野に散って元のジェムモンスターとしての定められた一生を終えて、また地脈に戻っていく訳。解った？」

「成る程。それともう一つ。さっき言っていたけど、ジェムモンスターの寿命って長くても二十年なのか？」

さっきの言葉を考えていて、サラッと言われた驚きの事実に聞かずにはいられなかった。

「ああ、それは野生のジェムモンスターの場合だよ。テイムされている間は、ご主人に紐付けされてジェムの大きさは固定しているから、寿命はご主人に準ずる事になるね。長いと百年近く生きた従魔もいるよ」

「それなら……」

突然もう一度大きく吠えた熊だったが、さっきよりは鳴き声が弱くなっている気がする。だけど、弱っているのは俺達の従魔も同じで、ハスフェル達でさえ肩で息をしている。

「分かった。やっぱりそういう事か。それなら俺がするのは一つだけだ」

またしてもハスフェル達三人が同時に斬り掛かったが、弾かれて吹っ飛ばされる。直後にマックスを先頭にシリウスと狼軍団が飛びかかり、猫族軍団も後に続く。

ダチョウのビスケットがマックスの背後から飛び込んで、大きな脚で目を狙って一撃を放つも即座に前脚で止められる。

もう何が何だか分からないくらいにあちこちから同時に襲い掛かられて、また熊が悲鳴のような雄叫びを上げて滅茶苦茶に腕を振り回す。

「嫌だ、助けて！　ご主人！」

今度の叫びはそう聞こえた。

それを聞いた俺は決断した。咄嗟に、足を確保してくれているスライム達を掴んで引き剥がし、ローザの背から飛び降りたのだ。真下にいる巨大な熊の背中に向かって。


スローモーションのように見えていた景色が、着地のもの凄い衝撃と共に元に戻る。

俺は見事に熊の後頭部に着地していた。

突き刺さったままだった、ハスフェルの剣を掴んで力一杯引き抜いて落とす。

「おい、やめろ！」

「何をする！」

「おい、無茶をするな！」

「ケンさん！」

「無茶だ！」

ハスフェル達の叫ぶ声に、ランドルさん達の悲鳴が重なる。

また大声で吠えた熊が暴れようとしたその時、俺は両手両足を使って熊の頭にしがみついた。

そして両手で背後から小さな目を塞いだ。

突然の事に、驚いた熊の動きが止まる。しかし、代わりにもの凄い音で唸って怒り狂っている。

全身を本能的な恐怖心から来る震えが走るが、構わず俺は押さえた手に力を込めて口を開いた。

「俺が引き受けてやる！　だから俺の従魔になれ！」

出来る限りの力を込めて、腹の底から叫んだ。

間違いなく、こいつは以前誰かにテイムされていた元従魔だ。

主人が死んだ時に、何故かこいつだけがその支配から解放されなかった。

前の主人がわざと何かしたのか、あるいは何らかの偶発的な理由で支配からの解放が上手くいかなかったのか、それは分からない。

だけど理由はどうあれ、こいつは今でも消えかけた主人の影を追いかけ続け、存在するだけの単なるジェムモンスターに戻る事も、従魔として死ぬ事も出来ずに孤独に生きている。

そんな可哀想《かわいそう》な生殺しの状態、知った以上放っておけるか！

「もう一度言うぞ。俺の従魔になれ！」

力を込めて、もう一度腹の底から叫ぶ。

唸り声はますます大きくなり、熊の食いしばった口からはだらだらとヨダレが垂れている。

俺は必死になって、熊の目を塞ぎ続けた。


誰も動けないまま、どれくらいの時間が過ぎただろう。突然、熊が大声で叫んだ。

「嫌だ、忘れたくない！」と。

悲痛なその叫びに、俺は予想が的中した事を確信した。

やはりこいつは、以前の主人を想ってずっとここにいたんだ。死ぬ事も、ただのジェムモンスターに戻って消える事も出来ずに生殺しの状態のままで。

俺は、目を塞いでいる熊の耳元に顔を近付けてはっきりとこう言ってやった。

「大丈夫だ。忘れなくていい。全部持ったままでいい」


その言葉に、熊がピクリと反応する。

今度は戸惑うような鳴き声で明確な言葉になっていなかったが、俺にはこいつが言いたい事が不思議と分かった。

だから目を塞いだままもう一度、今度は優しく言い聞かせるようにゆっくりと言ってやる。

「俺の従魔になれ。以前のご主人の事を覚えたままでいい。全部まとめてそんなお前を引き受けてやる。お前のご主人がどんな人でどんな仲間がいたのか、俺に教えてくれよ」

明らかに熊が戸惑うのが分かって、俺は小さく笑った。

「俺の大事な従魔のマックスとニニは、俺の前に別のご主人がいたぞ。聞いてみろよ」

耳元でそう言ってやると熊は小さく震えた後、今にも振り上げそうだった腕を静かに下ろして四本脚に戻った。

もう、攻撃しようとする意思は感じられない。


一つ深呼吸をしてから、ゆっくりと目を塞いでいた手を離す。

ハスフェル達が剣を握り直して構えるのが見えたが、そっちは放置だ。

「それは……それは、どういう意味ですか……？」

戸惑う熊のその言葉に、俺は顔を上げてマックスを呼んだ。

早足で駆け寄ってくるマックスに、俺は小さな声で尋ねた。

「マックス、お前の以前のご主人の事、覚えているよな」

驚いたように目を瞬いたマックスは、嬉しそうにワンと吠えた。

「ええ、もちろん覚えていますよ。前のご主人はとても優しいお方でした。ゲンカンって所に木の家があって、私はそこに住んでいました。ご主人は皆からサイトーサン、あるいはオトーサンって呼ばれていました。私はご主人と一緒に毎日お散歩に行くのが大好きで、お散歩に行こうって言ってくれるのをいつも待っていました。お散歩の途中でご主人がお買い物をする時は、私は外で待っていたんですよ。その間にいろんな人が私の事をイイコだねって言って撫でてくれました」

ニニも呼ぶとすぐに来てくれて、マックスの後に話し始めた。

「私は、ジムショって所にお家があったわ。毛布を敷いてくれた箱があってそこで寝ていたの。いつもリササンって女の人がご飯をくれたわ。イイコだねって言って、いっぱい撫でたり遊んだりしてくれたのよ」

ああ、そうだ。ニニを一番可愛がって面倒を見ていた山崎さんは、同僚の女性達からはリサさんって呼ばれていたな。それにマックスの前の飼い主の斎藤部長は、定年直後に急な病で亡くなったんだ。葬儀の席で馬鹿息子が、もう飼えないから犬は保健所へ連れて行くと言っていたのを聞いて、俺が強引に連れて帰ったんだっけ。

突然の懐かしい記憶に涙腺が崩壊しそうになって、咄嗟に鼻をすすって誤魔化したよ。

「だから今のご主人は、二人目のご主人ですよ」

マックスとニニのその言葉に、まだ背中に乗ったままの俺を、熊は呆然としながら首を回して振り返った。

「いいんですか？　忘れなくて……」

「もちろんだよ。それはお前がご主人と一緒に築いて来た、お前自身の記憶だ。大事なんだろう？　忘れたくないんだろう？」

そう言いながら、俺はゆっくりと熊の背中から滑り降りた。背後で、ハスフェル達が何か叫んでいる声が聞こえたが、今はそれどころじゃあない。

改めて熊の目の前に進み出る。

今攻撃されたら確実に一瞬で終わりだけど、もう全然怖くなかった。

「もう一度言うぞ。俺の従魔になれ」

大きな熊の額に手を当てて、力を込めてそう言ってやる。

熊の額に当てた右手が、燃えるように熱い。

だけどティグの時のような、跳ね返るみたいな抵抗感はなく、巨大な熱の塊がまるで子犬のように大喜びで胸元に飛び込んでくるのを感じた。

大きく息を吸ってその熱の塊を丸ごと受け止めて抱きしめてやる。

「ありがとうございます、新しいご主人。私は貴方に従います。貴方について行きます！」

嬉しそうなその言葉に、安堵の息を吐く。

次の瞬間、一気に光った巨大な熊は、さらにひと回り大きくなった。

うわあ。もう、この顔の大きさだけでもラパンよりはるかに大きいぞ。

脚を投げ出すみたいにしてお尻で座った熊の胸元には、もうほとんど消えかけていたが、確かに紋章の痕が見て取れた。

「お前の名前は？　前のご主人はなんて呼んでいたんだ？」

大きな熊の顔を見上げてそう尋ねる。

「……セーブルと呼んでくれました」

一見黒なんだけど、やや茶色味がかったその毛色は猫の毛色でもあったな。確かに毛色の名前はセーブル。まあ、こいつは熊だけどさ。

前の主人の適当ネーミングセンスに親近感を覚えた俺は、笑って右手の手袋を外した。

「お前の名前は、そのままセーブルって呼ぶよ。よろしくなセーブル」

そう言って、胸元にある紋章の上にそっと手を当てる。これを消さずに新たな俺の紋章を刻むんだ。

手元が光った後、無事に俺の紋章が胸元に刻まれた。だけどその下には、前の主人の紋章の痕が見えて俺は笑顔になる。上手くいった。ちゃんと前の紋章を消さずに上書き出来たみたいだ。

もう一度大きく光ったセーブルは、今度はどんどん小さくなって大型犬ぐらいになって止まった。

「おお、これなら普通の熊っぽく見えるぞ」

笑って手を伸ばして太い首元を叩いてやる。

「以前も、普段はこれくらいになっていたんです。いかがですか？」

照れたような、だけど得意気なその声はちょっとおっさんぽい。よしよし、久々の雄の従魔だ。

「ああ、それでいいよ。改めてよろしくな、セーブル」

「はい、よろしくお願いします。ご主人！」

まるで犬みたいに擦り寄って来たセーブルの背中や顔、それから脇腹の辺りを撫でまくってやる。

大喜びで、飛びかかってきて甘噛みするセーブルと、彼にとっては久々のスキンシップを楽しんだのだった。


「はあ、もう勘弁してくれ」

揉みくちゃにされて舐めまわされ、ズレた剣帯を戻しながら笑ってそう言い立ち上がって、ふと気が付いた。今に至るまで、ハスフェル達の反応が全くない。

恐る恐る振り返ると、そこには驚きのあまり声もないハスフェル達三人と、いつの間にか上空から降りて来ていたランドルさん達が、揃って呆然と俺を凝視している姿があった。

「ええと……」

全員からの無言の大注目を浴びた俺は、誤魔化すように笑って一番前にいたハスフェルの顔の前で手を振った。

しかし、反応ゼロ。

「もしも〜し」

「う、うわあ！」

「うわあ！」

大きな声で耳元でそう言ってやると、突然気が付いたみたいに全員揃って飛び上がったもんだから、こっちまで一緒になって悲鳴を上げて飛び上がった。

「お前……今、今何をした？」

ハスフェル達三人が、揃って大きく見開いた目で俺とセーブルを見ている。ランドルさんとバッカスさんに至っては、もう驚きすぎて完全に固まっている。

「もう大丈夫だぞ。ちゃんとテイムしたからな」

そう言って笑いながら、擦り寄ってくるセーブルをもう一度揉みくちゃにしてやる。

「テ……テイムした？」

「……その熊を？」

ハスフェルとギイの呻くような質問に頷いた俺は、小さくなったセーブルを抱き上げて胸元の俺の紋章を皆に見せてやった。

「ほら、俺の紋章がちゃんとここにあるだろう？」

しばしの沈黙の後、全員揃って目を見開いてセーブルを見て、これまた揃って悲鳴を上げた。

「本当だ。こりゃあ凄い」

「ええ、マジかよ」

「おお。これは驚いた。本当に紋章が刻まれとる」

ハスフェル達三人が揃って腕を組んで感心したようにそう言って頷き合っている。ランドルさんとバッカスさんもまた揃ってセーブルをガン見していた。

「いや、だからたった今、お前らの目の前でテイムしただろうが」

思わず真顔で突っ込んだよ。

全員の従魔達が集まって来たので、抱き上げたままだったセーブルを見せてやる。

「紹介するぞ。セーブルだ。よろしくな」

笑ってそう言うと、順番にセーブルと鼻先を突き合わせて挨拶をしていた。仲良しの証、鼻チュンだ。


従魔達全員の挨拶が終わる頃に、ようやく復活したハスフェル達が揃って笑い出した。

「こりゃあ驚いたなんてもんじゃあないぞ。俺達と従魔達が、総出で戦っても倒せなかった超巨大ジェムモンスターを、武器を使わず素手で説得してテイムしたなんてな」

「本当に凄かったですね。一体どうやって説得したんですか?」

どうやら、俺とセーブルのやりとりはほとんど彼らには聞こえていなかったらしく、全員がどうやってテイムしたのか聞きたがった。

「待て待て、それは後で詳しく説明するよ。それよりどうする? もうそろそろ日が暮れそうだけど、テントを張るなら境界線の草原へ戻るか?」

そろそろ傾き始めた太陽を見上げてそう尋ねる。かなり奥地まで来た覚えがあるので、もしも草原まで戻るならかなりかかるだろうと踏んでの質問だ。

「どうするかな。この奥は俺もまだ行った事がないんだよ」

ハスフェルの言葉に、ギイも苦笑いして頷いている。

「この奥は私のテリトリーで岩砂漠になっていますよ。ネズミなどの小動物は沢山いますが、その奥は険しい山が続くだけでジェムモンスターはいませんね」

『見て来ましたが、セーブルの言う通りでカルーシュ山脈まで岩砂漠が続くだけで行く意味はありませんね。一旦戻りましょう』

ベリーの声が届いて納得した俺達は、一旦撤収して境界線の草原まで戻る事にした。


草原へ向かって移動中、セーブルはマックスの横を軽々と走っていて遅れる様子もない。

「セーブルは長距離移動も平気なのか？」

「そうですね。脚はそれほど速くはありませんが、持久力には自信がありますよ。ですからこれくらいの速さなら、一日中走っていても平気ですよ」

嬉しそうにそう言うのを聞いて安心した俺は、さっきまでいなかったのに、いつの間にか戻って来てマックスの頭に座っているシャムエル様を見た。

「なあ、セーブルが前のご主人を忘れなかったのって、何か理由とかあったのか？」

振り返ったシャムエル様は、俺を見て頷いた。

「うん、ちょっと過去を調べて来たんだけど、どうやら前のご主人が亡くなる時にセーブルに言った言葉が鍵だったみたいだね」

一瞬で俺の肩に座ったシャムエル様は、小さくため息を吐いて俺の頰を叩いた。

「大好きだよ、絶対忘れないからね。ご主人が最後にセーブルにかけた言葉。きっと、大好きだよ、死んでも忘れないからね。って意味だったんだろうけど、病にかかり旅の途中で行き倒れたご主人にずっと寄り添っていたセーブルは、その言葉をこう聞いちゃった訳。大好きだから絶対に忘れないで、って」

驚きに目を見張る俺に、シャムエル様は小さく頷いた。

「亡くなった前のご主人は、街道警備兵達が発見して弔ってくれたから安心してね。だけど、忘れないでってご主人に頼まれたと思い込んだセーブルは、他の従魔達が次々に解放されて消えていく中、文字通り全身全霊をかけて抵抗したんだ。本来なら主人が亡くなって三十日もすれば全部忘れてただのジェムモンスターに戻るのに。セーブルは繰り返しご主人を思い出し、ただひたすらに繰り返しご主人の事を想い続けた。それはもう悲しくなるくらいの一途《いちず》な想いだったよ」

思わず、すぐ横を走るセーブルを見る。視線を感じたのか嬉しそうに俺を見て声を出さずに口を開く。まるで笑っているようなその顔に涙があふれそうになった。

どれだけ長い時間、そんな寂しい思いの中で過ごしたんだ。

もうこれ以上ないくらいに、沢山可愛がって甘やかしてやろうと心に決めた時、ようやく見覚えのある草原が見えて、その瞬間ハスフェルが叫んだ。

「あの草原まで競争だ！」

その言葉に、一気に加速する従魔達。

当然セーブルも遅れずにピタリとすぐ横をついて来ていて、歓声を上げた俺達はそのまま草原まで一気に駆け抜けたのだった。

「行け～～～！」

「うおおお～～！」

俺とランドルさんの叫ぶ声が重なる。

一列になってもの凄い勢いで草原へ駆け込んだ俺達は、そのままの勢いでテントを張っていた場所まで止まらずに走り続けた。

「これは完全に同着でしたね」

息を切らせたランドルさんの声に頷きながら、俺はマックスの頭に座っているシャムエル様を見た。

「なあ、誰が一番だったんだ？」

「では発表します！　マックスとシリウスが同着で一位、エラフィとデネブ、それにビスケットが僅差でこれまた同着の二位だよ。でもまあ今回は、全員同着だって言っていいと思うね。いやあ、すごい勝負だった」

拍手しながらのシャムエル様の言葉に、俺とハスフェルが小さくガッツポーズを取ってこっそり顔を見合わせて揃って吹き出したのだった。

止まったところで、空に避難していたお空部隊が羽ばたく音と共に戻って来て定位置に留まる。一緒に走った狼達と違い、猫族軍団は後から追いかけて来た。新入りのセーブルは、どうやら追いつけなかったらしく、今はニニの横を一緒に走って来ている。

「すごい速さでしたね。私の脚では全然ついて行けなかったです」

笑ったセーブルの言葉に、猫族軍団達が集まって来て周りを取り囲み、あんな馬鹿達の真似なんてしなくていいと大真面目に説教していた。どうやら、セーブルは猫族軍団に加入したみたいだ。

「馬鹿は酷いぞ。誰が勝つかを掛けて必死で走るから面白いのになあ」

笑ってそう言いながら、まだ興奮しているマックスの首を叩いて背から降りた。

第82話　カラカルと雪豹

ぺしぺしぺし……。

ふみふみふみ……。

カリカリカリ……。

つんつんつん……。

チクチクチク……。

ショリショリショリ……。

ふんふんふん！

ふんふんふん！

「うん、起きるよ……」

いつものモーニングコールチームに起こされた俺は、半分寝ぼけながら返事をして違和感を覚えた。

最後の、凄い鼻息みたいなのは誰だ？

開かない目で確認する事も出来ず、いつの間にか二度寝の海に沈んでいた。

ぺしぺしぺし……。

ふみふみふみ……。

カリカリカリ……。

つんつんつん……。

チクチクチク……。

ショリショリショリ……。

ふんふんふんふん！

ふんふんふんふん！

「うん、分かったよ。起きるって……」

またしても起こされた俺は、半ば無意識に返事をしながら不意に奇妙な懐かしさを感じて気が付いた。

分かった。最後の鼻息は狼のテンペストとファインか。昔のマックスが、毎朝俺を起こしてくれた時の鼻息にそっくりだよ。

そんな事をぼんやり考えていたら耳たぶと額、それから上唇を噛まれて、俺は悲鳴を上げて飛び起きた。

「待って！　痛い痛い痛い！」

ベリーの吹き出す音と、鳥達が羽ばたく音が重なる。

「上唇はマジで痛いって。勘弁してくれよ」

笑いながら起き上がってそう言うと、また羽ばたく音がして戻って来た鳥達が俺の頭や肩に留まる。

「ご主人起きた～！」

嬉しそうな声が重なり、脱力した俺は順番に全員をおにぎりの刑に処してやった。

それから起き上がって身支度を整えてから、顔を洗いに水場へ向かった。

ここは安全だって聞いているけど、宿と違って何が起こるか分からないから装備は整えておかないとな。しかし、そう思っていると何も起こらないいんだよ。

無事に顔を洗ってサクラに綺麗にしてもらって、泉にスライム達を放り込んでやる。

お空部隊も飛んできて、大喜びで水遊びしていた。

テントに戻ると、跳ね飛んで戻って来たサクラからまずは机と椅子を取り出して並べる。

身支度を整えたハスフェル達やランドルさん達が来たので、それぞれサンドイッチとコーヒーで朝食を済ませた。

「今日はどうするんだ？　確かまだ祭りまで日があるよな」

「どうするかな。せっかくだしもう少しジェム集めをしようかと思っているんだが、ランドルはどうだ？　もう一匹くらい猫科の猛獣がいれば、交代で狩りに行かせても安全だろう」

「それは確かにそうですが、オーロラグリーンタイガーはさすがに無理な気がします」

食後のお茶を飲みながら、ランドルさんが困ったようにそう言って首を振る。

「大丈夫だと思うけどなあ。でもまあ、無理だと思うならやめた方がいいかも。ここは他に何がいるんだ？」

しかし、ハスフェル達も考えているので本当に知らないみたいだ。

「じゃあ、こうしよう。ジェム集めをしながら移動して、もし良さそうなのがいれば協力するから頑張ってテイムすればいい。俺も何か珍しい子がいればテイムしたいからさ」

「まあ確かにそうだな。じゃあそれで行くか」

『猫科の猛獣ですね。何か見つけたら追い込んで差し上げます』

『了解！　頑張って探してあげるね！』

念話でも分かるくらいに張り切ったベリーとフランマの声が届き、俺達は揃ってお茶を吹き出してランドルさん達に驚かれたのだった。


テントを撤収した俺達は、それぞれの従魔に飛び乗りまた森の中を進んで行った。

なんとなく森の中に出来た獣道を進み、どんどん奥地へと分け入っていく。しばらく進むと明らかに植生が変わってくるのが分かり足を止めた。

今まではどちらかというと鬱蒼と茂った深い森だったのが、峰を一つ越えたあたりで急に乾燥した草地と岩場に変わって来たのだ。

「ううん、これはまた変わった場所に出たな。何かいるかな？」

巨大化している従魔達も、急に変わった風景に辺りを警戒しつつ見回している。

『いましたね。これは面白いのを見つけましたがどうしますか？』

『何がいたんだ？』

ベリーの声に念話で返す。

『森側にカラカルが二匹います。まとめて弱らせてからお届けしますね』

カラカル？　聞いた覚えはあるが、どんなのかすぐに思いつかない。

草原へ出たところで足を止めて考えていると、まるで猫が喧嘩《けんか》している時みたいな鳴き声がして、不意にガサガサと茂みが揺れて茶色の塊が転がり出て来た。

「おお、これはいいのが来たじゃないか！」

マックスの背の上で俺は思わず身を乗り出してそう叫んだ。

転がり出て来たのは茶色一色で耳が黒い、そしてその耳の先の長い毛が飛び出した何とも可愛い巨大猫だったのだ。

まあ、普通の猫サイズじゃないのは当然だけど、虎やサーベルタイガーを見た後だとこれは可愛く見える。

二匹のカラカルは俺達に気付かないのか、お互いをもの凄い形相で威嚇している。

「カラカルって、確か猫科の猛獣の中では割と小型なはずだけど、ここでは大きいんだな」

マックスの背の上で冷静にそんな事を考え、ランドルさんを振り返った。

「どうします？」

お互いの目を見交わして揃って大きく頷く。

「ご主人はそこにいてね」

ニニの言葉に頷き、ゆっくりと二匹を取り囲むように展開する従魔達を見た俺とランドルさんとバッカスさんは、従魔の背から降りて静かに後ろへ下がった。

今までの子達より小型とは言え目の前で戦っている二匹のカラカルは、余裕で大型犬サイズオーバー。猫科でこの大きさは、どう見ても猛獣レベル。普通なら俺なんて瞬殺だろう。

腰の剣は抜かずに、俺はティグの時にやった硬い氷をイメージし続けた。

その間に、目の前では従魔達によるカラカル捕獲作戦が実行されていた。

まず動いたのはジャガー達だ。喧嘩に夢中なカラカルの左右からいきなり襲い掛かる。

複数のもの凄い鳴き声と唸り声が響くと同時に、カラカルとジャガー達がひと塊になって転がる。

その直後にニニとクグロフとティグが飛びかかった。

それを見て瞬時に飛び離れるジャガー達。見事な連携で息ぴったりだよ。

次の瞬間にはもう、クグロフとニニが二匹のカラカルを軽々と押さえ込んでいた。

出遅れたティグは、誤魔化すようにニニの横で足元の草を引っ掻いていた。

当然、もの凄い抵抗を見せるカラカル達。しかし、もう一度駄目押しするかのように一斉に襲いかかる従魔達。勝負がつくのはあっという間だった。


「ご主人、捕まえたわよ」

得意げなニニの言葉に、俺は苦笑いしてランドルさんを見た。彼もポカンと口を開けて呆然としている。

「い、いやあ……あっという間でしたね。さすがです」

「本当ですよね。では、ニニが捕まえているのを貰います」

「そうですね。ではクグロフが捕まえてくれた子にします」

ランドルさんと顔を見合わせて頷き合った俺は、ゆっくりとニニの側へ近付いて行った。

完全に押さえ込まれているカラカルは、それでも俺を睨みつけて威嚇して来た。

「フシャ〜〜〜！」

しかし、鳴き声が妙に猫っぽいため、あんまり怖くない。

「いやいや、油断は禁物だって。これでもガブっとやられたら一巻の終わりだよ」

油断しそうな自分に気が付き慌ててそう呟く。調子に乗って失敗するのは絶対に駄目だって。

改めて深呼吸をして、ゆっくりと近付く。

怒って歯を剝き出しにしてフーシャー言っているカラカルの顔を目掛けて、俺は一気に作り出した氷の塊を叩きつけてやった。

鈍い音と悲鳴のような鳴き声。しかも氷の塊の直撃を受けて軽い脳震盪《のうしんとう》を起こしたらしいカラカルは、目を見開いて口は半開きのまま硬直して転がっている。

頭を押さえつけて、いつもの台詞を腹に力を込めて言ってやる。

「俺の仲間になるか？」ってね。

何度か瞬《まばた》きしたカラカルは、甘えるように鼻で鳴いて可愛い声で答えて俺を見上げた。緑色の目がとても綺麗だ。

「参りました。貴方に従います」

従魔達の女子率、また上がりました！

返事を聞いて、ニニがゆっくりと起き上がって前脚を離す。ジャガー達は、まだ一応警戒しているみたいだ。

ゆっくりと起き上がったカラカルは、まるでいつもニニ達がするみたいに大きく背中を丸めて伸びをして、それからピカッと光って一気に大きくなった。

巨大化したジャガーと同レベルだよ。これはデカい。

そして特徴的な耳の先の房毛も巨大化した。あれはあとでじっくり触らせてもらおう。

そんな事を考えていると、巨大になったカラカルは、両前脚を揃えて座り、俺の前で胸を張って見せた。これはここに紋章を入れてくれって意味だよな。

手袋を外した俺は、笑ってその大きくなった胸元に右手を当てた。

「お前の名前はマロンだよ。よろしくな、マロン」

この毛色を見たらそう付けずにはいられなかったんだよ。まんま栗色じゃん。

また光って今度は一気に小さくなり、普通の猫サイズになった。

だけどやっぱり猫だと言い張るには色々とおかしい。まあいいよな。気にしない気にしない。

甘えるように擦り寄ってくるマロンを抱き上げてやりスキンシップを楽しんでいると、背後から何やら大きなため息が聞こえて俺は慌てて振り返った。

「どうしたんですか。ランドルさん」

何かあったのかと慌てる俺に、ランドルさんはもう一度ため息を吐いてから顔を上げた。

「いえ、やられちゃったなあと思いまして」

「ああ、もしかして……名前ですか？」

笑いながら頷く彼を見て、思わず謝る俺。

「うわあ、すみません。先に確認すれば良かったですね。俺はこの毛色を見てそう名付けたんです」

「ああ、成る程。確かに栗色ですね」

納得したように頷いたランドルさんは、腕を組んで困ったように押さえ込んだカラカルを見つめた。

ええと、何かないかな？　二人揃って考えて、ほぼ同時に叫んだ。

「ああ、栗と言えばあれですよね！」

「ええ、そうですね。では名前も決まったので頑張ってテイムします」

嬉しそうにそう言って、カラカルの元へ駆け寄って行った。

そして無事にテイム完了。

「お前の名前はモンブランだよ。よろしくな、モンブラン」

「はい、よろしくお願いします！」

可愛らしい声で返事をするモンブランを見ながら、やっぱり女子率高いなんて考えていたよ。

仲良く戯れるランドルさんとモンブランの横で拍手しながら、ふとこの世界のモンブランの名前の由来を考えて、いつの間にか右肩に収まっているシャムエル様を見た。

「なあ、俺の世界ではモンブランの名前の由来って、山の名前だったんだけど、この世界では何が由来なんだ？」

すると、シャムエル様は笑ってはるか北の山を指差した。

「モンブランって山の名前だよ。ケンのいた世界とここは多重世界《パラレルワールド》だから、共通の事は多いよ」

当然のようにそう言われて、笑うしかない俺だった。

ううん、そんな話をしていたら、何か甘いものが食いたくなって来たな。

よし、境界線のキャンプ地に戻ったら、何か作ってみよう。


「それじゃあ、午後からはどっちへ向かうかなあ」

昼食を終え、立ち上がったハスフェルが辺りを見回しながら考えている。

「ご主人、もうここでテイムはしないんですか？」

セーブルが、何か言いたげにそう聞いてくる。

「まあ、せっかく貴重な場所に来ているんだから、何か良さそうなのがいればな」

「仲間達の顔ぶれを見るに、ご主人は猫科の猛獣が好きなんですね」

当の従魔からそんな事を言われて、思わず吹き出す。だけど確かにその通りだよな。

「そりゃあ大好きだけど、犬や鳥、ウサギやモモンガに鱗《うろこ》のある爬虫類《はちゅうるい》、ハリネズミや恐竜、スライムだって大好きだよ。猫科の比率が高いのは否定出来ないけど、それは成り行きだって」

笑って手を伸ばして大きな額を撫でてやる。

「もちろん、熊だっててな」

嬉しそうに鼻先を擦り付けてくるセーブルを両手で抱きしめてやる。ううん、これまたもっこもっこだ。

「それなら山側にいいのがいますよ。今から行けば日が暮れるまでには目的の場所に到着出来ますので、そこで夜を明かしましょう。大丈夫ですよ。これだけの数の従魔達がいて、更に巨大化した私がいれば他のジェムモンスター達は怖がって近寄って来ませんよ。もちろんご主人達の周りは、私達で囲って守りますよ」

その言葉に、他の従魔達も得意げに頷いている。それを見た俺は思わずランドルさんを振り返った。

「どう思いますか？」

「あの、何の話でしょうか？」

不思議そうに聞かれて、ランドルさんにはセーブルの声が聞こえていなかった事を思い出した。

「セーブルが言うには、山側に何か良いのがいるらしくて、それでこのまま出発したら目的地に到着する頃には日が暮れるから、そこで夜明かしして明日行けばいいんじゃないかって事らしいです」

「いやあ、確かに奥地に行ってみたいですが、ここで夜を越すのはさすがに危険すぎますよ」

冒険者としては当然の反応なので、俺はセーブルから言われた事を改めて伝える。

まあ、確かにセーブルがいた場所にはジェムモンスターも魔獣も、それどころか普通の野生動物さえ一匹もいなかったもんなあ。

妙に納得していると、同じ事を考えたらしいランドルさんも腕を組んで考え込んでしまった。

「そりゃあ確かにこんな機会は滅多にないでしょうから、少しでも奥へ行けるのなら私は嬉しいですが……」

そう言いながらハスフェル達を振り返る。

当然彼らにもさっきの話は聞こえていたらしく、三人で顔を寄せ合って相談している。

最近この展開、多いな。

しばらくすると、頷き合った三人が揃って俺を振り返った。

「了解だ。ではセーブルに案内を頼んでくれ。もしお前らがテイムしないのなら、俺が貰おう。もちろんジェムにしてな」

「出たなジェムコレクター。俺は、何が出るか確認してから考えるよ」

笑った俺の言葉に、ランドルさんが同じく笑って手を挙げた。

「では、私は二匹目がいたら考えます」

一匹目は俺が、二匹目がいればランドルさんが担当する事になり、セーブルの案内でこのまま更なる奥地へ進む事になった。


「お待たせ。それじゃあ目的地への道案内をよろしくな」

手早く撤収してマックスの背中に乗りながらそう言うと、巨大化したセーブルが嬉しそうに俺を振り返って大きく吠えた。

辺り中に轟くその咆哮に、その森にいた鳥達が一斉に飛び立つ。

満足気に身震いすると、セーブルは山を見てとんでもない事を言ってくれた。

「では参りましょう。雪豹《ゆきひょう》ならきっとご主人のお気に召すと思いますからね」

「はあ、ちょっと待て。雪豹？」

セーブルの山を見ながらの言葉に、俺は驚いて身を乗り出すようにしてセーブルを見た。

「はい、しかもその雪豹は、私と同じで元従魔なんです」

またしても衝撃の報告に、俺の目が見開かれる。

「ええ？　元従魔って何だよ！」

俺の大声に、走り始めたハスフェル達やランドルさん達が驚いて従魔の足を止める。

「元従魔って、セーブルみたいなのが他にもいたのか？」

マックスと並んでいるセーブルに大きな声でそう質問する。まさかの迷子二匹目？

すると、セーブルは困ったように俺を見て首を振った。

「それが私とは違っていて、ご主人の事を聞いてもあまり覚えていないらしいんです。その雪豹がここへ来たのは、確か同じ季節が十回以上は巡っているくらい前ですね」

その言葉に、ちょっと考える。

「なあ、シャムエル様に質問」

最近の定位置のマックスの頭に座るシャムエル様に話しかける。

「うん、どうしたの？」

「この世界の一年って、何日？」

「ケンの元いた世界と同じ三百六十五日だよ。それで、四年に一度閏年《うるうどし》があるよ」

「季節は、春夏秋冬？」

「今更な質問だね。その通りだよ」

って事は、その雪豹も主人を失ってから十年以上は過ぎているって事だな。

「だけど元のご主人を覚えていないって、それでどうして解放されないんだ？」

セーブルは、以前の主人から自分を忘れないでくれと頼まれたと思って、必死になって忘れないように繰り返し思い出していたと聞いた。なのに、その雪豹は主人の事を覚えていない？

それでどうして解放されないのかさっぱり分からず、俺は考え込んでしまった。

「おい、どうした。何か問題か？」

止まったきり考え込んでしまった俺を見て、シリウスに乗ったハスフェルが心配そうにすぐ近くまで寄って来る。

「いや、問題になるかどうか……まあ、とにかく行ってみよう。会った時のセーブルみたいに、そいつと話って出来るのかな？」

ハスフェルに、待ってくれって感じで手を上げて先にセーブルに確認する。

「少なくとも私は出来ますよ。見つけたら教えますのでご主人も話してみてください。不思議な事にテイムされていなくても、ご主人の言葉は解りましたからね」

嬉しそうなセーブルを見て、俺は何となく納得した。

「雪豹がいるらしいんだけど、どうやらセーブルと同じで元従魔らしい。だけど、ちょっと事情が違っているみたいなんだ。とにかく行ってみよう。見つけてからどうするか考えるよ」

簡単に現状を説明すると、分かってくれたみたいで苦笑いしながら少し離れた。

何やら事情がありそうなその元従魔の雪豹を、きっとセーブルは自分と同じように助けて欲しいんだろう。それにその雪豹は主人の事を覚えていないのではなくて、恐らくは口にするのも辛いのだろう。

まだ会ってもいないその雪豹に俺は心の底から同情して、何としてでも助けてやるつもりになっていた。最悪、前の主人をリセットさせてしまってもいいか、とまで考えていた。

だけど、まさかあんな理由だったなんてさあ……。


セーブルの案内で進み、日が暮れたところで広い岩場で予定通りに夜明かしする事にした。

六人分のテントを出来る限りくっ付けて張る。

肉食系の従魔達と、ハリネズミのエリーは最大クラスに巨大化してテントの周りを囲んでくれている。草食系の従魔達はテントの中で待機。お空部隊は巨大化して岩場の高いところにあちこちに分かれて留まっている。上から見張ってくれているらしい。

全員が俺のテントに集まったところで、夕食の時間だ。

「じゃあ、適当に出すから好きに取ってくれよな」

そう言ってホテルハンプール特製ローストビーフと生ハムの原木を出しておき、野菜サラダや温野菜も色々と取り出して隣に一緒に並べる。お前ら、肉もいいけど野菜も食おうな。

お惣菜も適当に取り出して並べ、オニオンスープは小鍋に取ってコンロにかけておく。

「鶏ハム食いたい。これも出しておくか」

師匠特製鶏ハムの大きな塊を取り出す。だけど皆はローストビーフと生ハムに群がっているので、自分の分だけ大きく切り分けた。

その時、何故か急に背筋が寒くなり体が震え出して驚く。

だけどその原因はすぐに分かった。何処からか俺を見ている奴がいて視線の圧を感じる。

必死で目だけ動かしてセーブルを見ると、どうやらセーブルも気付いたらしく立ち上がって鼻をひくひくさせ始めた。

「ここを頼みます！」

隣にいたマックスにそう言うと、セーブルは真っ暗な中を駆け出して行った。

「おいどうした。何処へ行くんだ！」

驚いたハスフェルの声に、ようやく動けるようになった俺はため息を吐いてからハスフェル達を振り返った。

「今の、気付かなかったか？」

「何を？」

質問に質問で返される。

「今、もの凄く強い視線を感じた。視線に圧があるって、ちょっと冗談かと思うけど間違いなく誰かが俺を見ていた。セーブルはそいつを見つけて向かったんだ。マックスに、ここを頼むって言い残して走って行ったからな」

全員が、驚きの表情で俺を見る。

「お前、どうやらここへ来て何かに目覚めたみたいだな。俺達ですら気付かなかった謎の視線に気付くとは、凄いじゃないか」

感心したようなハスフェルの言葉に、慌てて首を振る。

「いやあ、そんな事ないと思うけどな。だけど、何となくここは外とは違うってのは分かるよ」

誤魔化すような俺の言葉に、ハスフェル達は笑っていた。

その時、暗闇の中からセーブルの咆哮が響いた。直後に間違いなく猫科の猛獣の咆哮が続いて一気に緊張が高まる。とりあえずコンロの火を止めたよ。

机の上に飛び乗ったサクラが、並べた料理を一瞬で飲み込んだが、誰もそれを見ていない。

全員が金縛りにあったように声の聞こえた山側の暗闇を見つめている。

今度はすぐ近くで凄い鳴き声が聞こえて、身構えていた俺達は揃って飛び上がった。

だけど俺にはその声はこう聞こえた。

「見つけた！」とね。


「ご主人！」

一瞬ですっ飛んで来たのはニニとマックス。俺を背後に庇った二匹は、暗闇に向かって警戒心バリバリの声で唸り出した。

もう一度暗闇の中からセーブルの唸り声が聞こえたが戦っている風ではなく、何となく説得しているっぽい感じで鳴いていているみたいに感じた。

マックスとニニも少し落ち着いたみたいで警戒心を解いてはいないが、さっきみたいな唸り声は聞こえなくなった。

しばらく沈黙が続く。

その時、羽ばたきの音がして、小さくなったファルコが飛んできて俺の肩に留まった。

「すぐ側に雪豹がいます。恐らくセーブルが言っていた子なのでしょうが、どうにも妙です」

困ったようなその言い方に、俺は思わず左肩に留まるファルコを見た。

「妙って、何が？」

「とにかく気配を殺すのが上手くて、私でさえかなり近付かれるまで確認出来ませんでした。ですが襲ってくる訳でも怖がって逃げるわけでもなく、中途半端な距離をずっとうろうろしているんです。これは狩りをする捕食者らしからぬ行動です」

ファルコの言葉に納得して暗闇を見たが、雪豹どころかセーブルの姿さえも見つける事は出来なかった。

その時、また大きな鳴き声が聞こえて、直後に白と黒の塊が闇から転がり出てきた。

俺の前にいるマックスとニニが一気に緊張して身構え、羽ばたく音がして、巨大化したファルコが上空に舞い上がるのと同時に、ティグがすっ飛んできてニニの前に出た。

「見つけた！」

またそう聞こえた俺は戸惑いつつ、その白と黒の塊に向かって大声で叫んでいた。

だろう。

「見つけたって何がだよ！」

しかし答えはなく、唸り声と共に塊が転がる。

「良い加減にしろ！」

怒鳴るようなセーブルの声が聞こえた直後、塊はばらけて白い方が瞬時にいなくなった。

まあ、どれ一つとっても一瞬の出来事過ぎて、見えていても全く反応出来ない。

鑑識眼があってこれなんだから、ランドルさんとバッカスさんにはさっぱり訳が分からない展開だろう。

「すみませんご主人、逃げられました」

悔しそうなセーブルの声が聞こえて、暗闇の中から巨大な熊が駆け寄ってきた。

セーブルなら一撃でノックアウト出来そうだけど、駄目だったのか。ちょっと意外に思いつつ暗闇の中を見るが、やっぱり何も見えない。

「お前なら一撃かと思ったけどな」

笑って手を伸ばして大きな頭を撫でながらそう言ってやると、鼻で鳴いたセーブルは恥ずかしそうに失敗した理由を話してくれた。

今のセーブルは最大クラスの大きさになっているから力もさらに強くなっている。殺すまいと思って遠慮したら、力加減を遠慮し過ぎて逃げられたらしい。

「じゃあ次は、慣れた大きさで戦ってみてくれるか」

俺の言葉に、セーブルは目を細めて何度も頷いていた。

「どうなったんだ？」

ハスフェルの声に、俺は苦笑いしながら振り返った。

「生け捕ろうとしたら、力加減を間違えて逃げられたらしい。だから次はもっと上手くやるってさ。とにかく先に飯にしよう」

鞄を手に知らん顔でもう一回料理を取り出す俺を、ランドルさん達は何か言いたげに見ている。

多分、いつの間に片付けたんだと考えているんだろうけど、お願いだからそこは突っ込まないでくれ。

素知らぬ顔で一通りの料理を取り出し、各自改めて取ってもらう。途中だった取り皿は、どれが誰のだって言いながら楽しそうに取り合いしていた。

俺は鶏ハムのお皿を持って、残りのお惣菜を順番に取っていった。

いつものように簡易祭壇に俺の分の料理を並べて、手を合わせようとした時にまたあの強烈な視線を感じた。俺は金縛りにあったように動けなくなる。

『なあハスフェル……また、例の視線をバリバリに感じるんだけど、お前らは？』

トークルーム開放状態で話しかけたので、三人とシャムエル様には間違いなく届いている。

『ふむ、全く感じないがどういう事だ？』

戸惑うようなハスフェルの念話が届いた後、さりげなくハスフェルがお皿を持ったままこっちへ来た。

「たまには俺も供えておくか」

平然とそう言い、俺のお皿の横にローストビーフと生ハムだけが山盛りになった自分の皿を並べた。肉だけかよ。

手を合わせようとしたその瞬間に、ハスフェルの動きが止まる。

『成る程。どうやら俺達じゃなくて、視線の主は料理を見ているな。これはどういう事だ？』

『ええ、俺じゃなくてこっち？』

簡易祭壇に並んだ料理は確かに美味しそうだが、ジェムモンスターがこんなものを食いたがるか？

そこまで考えた時、暗闇が動いて俺は咄嗟にハスフェルの後ろに隠れた。

『気をつけてください、問題の雪豹がすぐ近くまで来ていますよ！』

俺が動いたのとほぼ同時にベリーの警告の声が届き、その瞬間、最初に会った頃くらいの大きさのセーブルとマックスとニニがすっ飛んできて簡易祭壇の前に並んだ。

テントの周りを固めてくれていた他の従魔達も一気に緊張するのが分かって、俺はハスフェルの後ろで必死になって隠れながら息を殺した。

背後にいた誰かがランタンの明かりを強くしてくれたらしく、テントを張っている辺りが一気に明るくなる。

ゆっくりと暗闇から出てきたそれを見て、俺達は息をのんだ。

大型犬サイズのセーブルと変わらない大きさのそいつは、白い体に黒の斑点、そして体と同じくらいありそうな太くて長い尻尾。

大きさは俺が知っている雪豹よりもはるかに大きいが、確かにこいつは雪豹のジェムモンスターだ。

しかも、そいつはよだれをダラダラ流して俺達の方にゆっくりと向かって来ていて止まる気配がない。そして明らかにその雪豹の視線が簡易祭壇に並んだ料理に向かっているのを確認した俺は、思わず呟いた。

「おいおい、まさかとは思うけどこれが食いたいのか？」

だけど人間用に味付けされている料理を、そのまま食べさせてもいいかどうかの判断が俺にはつかなかった。

「な……なあ、シャムエル様。ちょっと聞いていいか？」

「うん、どうしたの？」

右肩の定位置に現れたシャムエル様の声に、俺は前を向いたまま質問した。

「仮にジェムモンスターが、あの料理を食ったら何か問題あるか？」

「ううん、どうだろう？　基本、ジェムモンスターは味のある物は食べないはずなんだけどなあ」

「そうなのか？　俺の元いた世界では塩分や甘味、つまり塩や砂糖はニニやマックスには害になるから絶対に食わせるなって聞いた。他にも玉ねぎやチョコレートなど、動物が絶対食べてはいけないものが沢山あって、もちろん俺も気をつけていた。こっちの世界ではどうだ？」

「ああ、そういう意味なら問題無いよ。皆が主に摂取するのは肉や果物に含まれるマナであって、不必要なものは全部出しちゃうよ」

「食った事で、体に問題が起こったりする事はない？」

「うん、それはない」

シャムエル様が断言してくれたので、とにかく確認してみる事にした。

「セーブル、ニニ、マックス。そのままゆっくり下がってくれ」

目の前の雪豹を見たまま、俺はゆっくりと三匹に指示を出した。

今の俺は、机の横に立っている状態なので、俺の背後にはギイやオンハルトの爺さん、それからランドルさんとバッカスさん達がいる。なので、雪豹をテントの中へ入れたら大惨事確定。

万能薬も即死には効果がないって聞くから、危険は出来る限り回避したい。

マックスは、明らかに俺の指示に戸惑ったらしく動こうとしない。

「下がれマックス。そして俺を乗せろ」

腹に力を込めて命令すると、小さく鳴いたマックスがゆっくりと俺のすぐ目の前まで下がってきた。

セーブルとニニはマックスの前に立ち塞がるようにして俺達を守ってくれている。

俺は下がってきたマックスの背中に、手綱を掴んで飛び乗った。

すぐ近くに雪豹がいるんだから、少なくとも地上に立っているよりもはるかに安全だろう。

それを見たシリウスも後ろから音もなく近寄ってきて、ハスフェルを背に乗せる。

その間、雪豹は警戒しているのか数メートルの距離まで近付いたきりで、それ以上は近寄って来ずにテントから少し離れた辺りをうろうろしている。

確かに変だ。襲うつもりなら余裕で俺に飛び掛かれる距離だと思うがそんな様子は全く感じられない。

「ギイ、皆をテントの外へ。従魔に乗せて安全を確保してくれ」

た。


「了解だ」

低いギイの声が聞こえて、俺は大きく息を吸った。

そして、明らかに俺達を見て警戒している雪豹に向かって大声で話しかけた。

「その机にある肉が食いたいんだろう？　俺達はここから動かないから、食っていいぞ」

言葉が通じるかどうかは賭けだったが、明らかに通じたみたいで俺は安堵のため息を吐いた。

何故なら、俺の呼びかけを聞いた雪豹の様子が変わったからだ。

ゆっくりと舌舐めずりをした雪豹は、体を大きく震わせてから真っ直ぐに簡易祭壇に近付いてきた。

従魔達は身構えてはいるが、先ほどよりも落ち着いている。

フンフンともの凄い鼻息で山盛りになった料理の匂いを嗅いだ雪豹は、何と嬉しそうに目を細めて俺が切って盛り付けてあった鶏ハムをあっという間に食べてしまった。それから、隣にあったハスフェルの皿のローストビーフと生ハムも、同じく完食。

しかも、机の上にのっている皿を落とす事もせず、伸び上がってお皿の上の肉だけを綺麗に完食してしまった。その後に明らかにちょっと考えてから、鶏ハムの下にあったサラダもペロッと平らげてしまった。

「うわあ、あれは明らかに食い慣れているな」

予想以上の食べっぷりに思わず呆れたような呟きをこぼす。

もう一度伸び上がって机の上を見た雪豹は、小鉢に入ったお惣菜まで残さず平らげてしまった。

だけどさすがにそのままでは食べにくかったらしく、前脚で小鉢を軽く叩いてお皿ごと地面に落として完食した。しかも落ちてくるお皿を前脚に軽く当てて地面に転がし、お皿を割らないようにする気遣いっぷり。これはもう主人の料理を横取りしていたの確定だよ。

こうして器用に俺とハスフェルの夕食を残さず綺麗に平らげた雪豹は、今更感満載だがその場に前足を揃えて大人しく座って俺を見上げた。

「美味かったか?」

俺の夕食、って言葉をかろうじて飲み込む。

「はい、久し振りの料理はやっぱり美味しかったです」

悪びれもせずにそう言ったきり、雪豹は座ったままもじもじと何やら言いたげに俺を見上げている。

この雪豹の言いたい事は、もうこれ以上ないくらいに分かっていたが気付かない振りで知らん顔してやる。

「あの……鶏ハムを、その……もう少しいただけませんでしょうか」

「鶏ハム?」

「はい、私は鶏ハムが大好きなんです!」

目を輝かせながらそう言われて、苦笑いした俺は鞄に手を突っ込んでさっきの鶏ハムの塊を取り出した。

師匠特製のハイランドチキンの鶏ハムだ。当然切っていても普通の鶏ハムの数倍の大きさは余裕である。

「届けてやってくれるか」

鞄の中にそっと声をかけると、出てきてくれたアクアが鶏ハムの塊を雪豹の目の前まで運んでくれた。

待っている間も大人しく座っていた雪豹だが、長い尻尾が左右にパタンパタンと揺れまくっているのを見て、何だかおかしくなってきた。

「はいどうぞ」

アクアがそう言って、雪豹の前に鶏ハムを下ろして戻ってくる。

嬉しそうに鶏ハムの塊に齧り付いた雪豹は、大きく喉を鳴らしながら塊を噛みちぎり、やっぱりあっという間に完食してしまった。

まあ、猫科は丸飲みが基本だから食うのは早いんだよな。

鶏ハムを食べ終えた雪豹は、満足そうに体中を舐めてから、改めて座って俺を見てこう言った。

「決めました。私はあなたについていきます。どうぞ私をテイムしてください」

「はああ？　何言ってんだよ！」

予想の斜め上をかっ飛んでいく言葉に叫んだ俺は……悪くないよな？

しかし、雪豹はそんな俺の戸惑いなど素知らぬ様子で、また満足そうに体を舐め始めた。

「だって、やっと見つけた料理をくれた人がテイマーだなんて。これはもう運命以外の何者でもありませんわ」

可愛らしい声でそう言われ、俺は本気で遠い目になった。

「おう、またしても従魔の女子率が上がるぞ。いやいやそうじゃなくて……あ、そうか。これって

いわゆる押し掛け女房だ」

手を叩いてそう言った瞬間、自分で自分をぶん殴る勢いで突っ込んだ。

「いや待て俺！　押し掛け女房って何だよ！」

俺の独り言に、近くで聞いていたハスフェルが吹き出す。

「おいおい、お前はさっきから一人で何を言っているんだ。あの雪豹はどうなったんだ？」

ハスフェルの質問に、完全に脱線していた思考を無理矢理引き戻す。

「ちょっと待ってくれ。まず落ち着こう俺」

掌をハスフェルに向けて話を止め、とにかく深呼吸をして無理矢理にでも自分を落ち着かせる。

「お前、本気か？」

マックスの背の上から改めて雪豹に向かってそう尋ねると、大人しく座った雪豹は、何と俺に向かって声のないニャーをした。くっ、俺を萌え死なせるつもりか！

決めた。向こうがテイムしてくれって言うんだから、これを断る理由はないよな。って事で一大決心をした俺は、大きく深呼吸をしてマックスの背から飛び降りた。

もう、雪豹との距離はほんの数メートル程度しかない。向こうが本気で襲いかかってきたら、一瞬で勝負はつくだろう。

しかし、前脚を揃えて良い子座りしている雪豹は、じっと座ったまま目を輝かせて俺を見ているだけだ。

もう一度深呼吸をした俺は、意を決して雪豹のすぐ前まで進んで行った。

背後でハスフェル達が何か言っていたけど、それは後だ。

手を差し出すと、雪豹は自ら俺の手に頭を押し付けてきた。

おう、これって以前のニニが甘えたい時にやっていた、自ら撫でられに来るセルフよしよしだぞ。

笑い出しそうになるのを必死で堪えて、腹に力を込めてはっきりと言ってやる。

「俺の仲間になるか？」

「はい、あなたに従います！」

嬉々として答えた雪豹は、一瞬強く光った後に巨大化したジャガー達と変わらないくらいの大きさになった。

いや、太くて長い尻尾がある分、こっちの方が大きく見えるくらいだ。

「紋章はどこにつける？」

右手の手袋を外しながら聞いてやると、胸を反らすみたいにしてこう言った。

「ここにお願いします！」

改めて見てみると、その胸元には小さなばつ印っぽいものがごくうっすらと残っているのが見えた。

「もしかして、ここに前のご主人の紋章があったのか？」

すると、胸を張って上機嫌だった雪豹がいきなりションボリと肩を落とすようにして俯《うつむ》いてしまった。

「はい、そうです。でも私はもう前のご主人の顔を覚えていません」

悲しそうなその言葉に、胸元を改めて見てみる。

セーブルの時よりもはるかに薄くて、もうほとんど消えかかっている。これは、俺の紋章を刻んだら間違いなく消えてしまうだろう。

「良いのか？　俺の紋章を刻むと、前のご主人の紋章は消えてしまうぞ。セーブルの時は、もっと濃く残っていたから何とか残せたんだ」

しかし、俯いていた雪豹は顔を上げて俺に額をこすり付けるようにして喉を鳴らした。

「もう良いんです。きっと亡くなったご主人がもう良いから忘れろって、そう言ってくれているんだと思います。だって、どんどん記憶が薄れていているんです」

そう言った雪豹を見て、俺は決心した。

「分かった。じゃあ紋章を刻む前に、覚えているお前のご主人の事を俺に教えてくれよ。俺が覚えていてやるからさ」

俺の言葉に一瞬震えるように身震いした雪豹は、また甘えるみたいに大きな音で喉を鳴らし始めた。

「ありがとうございます。でも、私はもう前のご主人の顔を覚えていません。男の人でした。大柄で、大きな手をしていつも私を撫でてくれました。料理が上手で私にも作ってくれる優しい人でした。今でも、これだけははっきり覚えています。最後にご主人が言った言葉を」

またセーブルの時みたいに、悲しい勘違いなのかと身構える俺に、雪豹は何とも悲しそうにこう言ったのだ。

「約束だ。お前の大好きな鶏ハムをまた作ってやるからな。笑ってそう言ったご主人は、眠ったきり二度と目を覚ましませんでした。何度も起こそうとしました。でも、どんどん生き物の気配がなくなり、何処かに怪我をした訳でもないのにご主人が死んでしまった事を私は理解しました」

驚きの告白に俺は目を見開いた。突然の心臓発作か、あるいは何らかの持病があったのか。とにかくそのご主人は、雪豹を置いたまま突然旅立ってしまったのか。

「それは辛かったな。お前の他に従魔はいなかったのか？」

「スライムが二匹とオレンジジャンパーが三匹いましたが、翌日には皆何処かへ行ってしまい行方は分からなくなりました」

またションボリとした答えに目を見開く。

スライム二匹とオレンジジャンパー三匹って、ほぼギリギリ魔獣使いの紋章を取る為だけのテイムっぽい。それで、その後にいきなり雪豹をテイムするって、どんな人だよ。

密かに内心で突っ込んでいると、雪豹はまるで俺の考えが聞こえたみたいに笑って顔を上げた。

「実は、私は一度酷い怪我を負ってジェムに戻っているんです」

これまた衝撃の告白に驚いていると、雪豹はまた喉を鳴らした。

「最初、私はここことは違う場所にいました。私のテリトリーの中に、ある日一頭の虎が迷い込んで来たんです。当然戦いになりました。よく覚えていませんがほぼ互角の戦いで、最後は相討ちになってそこで私の記憶は一度途切れています。その後不意に目を覚ました時、声が聞こえたんです。俺の仲間になるなら復活させてやるって。私は答えました。従うから助けて、と」

それってつまり、ジェムを確保して地脈の吹き出し口で再生させたって事だよな。かなり反則技っぽいが、それならいきなりの雪豹テイムも納得だ。

「それ以来、ご主人と仲間達と一緒に旅をしました。もうどれもおぼろげですが、とても楽しかったのは覚えています」

「それで、そのご主人が作ってくれた料理が忘れられなかったのか」

苦笑いしながらそう呟くと、嬉しそうに顔を上げた雪豹はまた俺に頭をこすり付けてきた。

「だってご主人の作る鶏ハムは、最高に美味しかったんですもの」

「そっか。それじゃあ、さっき食べたのはどうだった？」

笑った俺の言葉に、雪豹はまたしても大きく喉を鳴らして俺に頭突きしてきた。

「最高に美味しかったです。あれならもう全部忘れてもいいって思えました」

「そうか。でもあれは俺の料理の師匠が作ってくれた鶏ハムで、俺が作ったのとは違うぞ」

「そうなんですか。では今度はご主人が作ったのを食べさせてくださいね」

大きく喉を鳴らす雪豹の頭を撫でてやってから、顔を上げさせて胸元に右手を当てた。

「それで前のご主人は、お前をなんて呼んでいたんだ？」

しかし、雪豹は首を振った。

「覚えていません。ヤ……ヤ……何とかって……」

寂しそうなその言葉を聞いて考える。

「分かった、じゃあこうしよう。お前の名前はヤミーだよ。よろしくな、ヤミー」

その瞬間、もう一度光ったヤミーはどんどん小さくなって、やや大きめの猫サイズになった。異様に尻尾が太くて長いし、ジャガーと同じで骨格に若干不自然さがあるが、まあ許容範囲だろう。

「嬉しいです。ありがとうございます！」

嬉々としてそう言ったヤミーの周りに、他の従魔達が駆け寄ってきて次々に挨拶するのを俺は笑って見ていた。

そしてまたしても背後ではハスフェル達が、全員揃ってポカンと口を開けたまま俺を見ているのに、俺はこの後気付いて大笑いになるのだった。


「ええと、とりあえず腹が減ったから夕食にしよう」

セーブルの時に続いて二度目の全員からの無言の大注目を浴びて、苦笑いした俺はテイムしたばかりの雪豹のヤミーを抱き上げた。

「新しく従魔になった、雪豹のヤミーです。どうぞよろしく!」

抱き上げたヤミーの前脚を持って、招き猫みたいに顔の横まで引っ張り上げてやる。

ご機嫌で喉を鳴らすヤミーは、されるがままだ。

「戦っていないけど……今のでテイムしたのか?」

呆然としたハスフェルの質問に苦笑いして頷く。

「うん。こいつからテイムしてくれって希望してきたんだ。それで有り難くテイムした。冗談みたいに聞こえるけどマジっす」

そう言って、ヤミーの胸元にある俺の紋章を見せてやる。

吹き出すハスフェル達と違って、ランドルさんは転がり落ちるんじゃないかと言いたくなるくらいに目を見開き、俺が抱き上げたヤミーをガン見している。

「次に何か出たらランドルさんの番だからな。協力するよ」

持ち上げたヤミーの右手を招くみたいにクニクニと動かしてやる。

それを見たランドルさんが吹き出し、膝から崩れ落ちて地面に転がったまま大笑いになった。

「ま、まさかの自らテイムを希望するジェムモンスター！　しかも希少種のスノーレオパード！」

「有り得ねえ。冗談も大概にしてくれ」

同じく大笑いしているギイの呆れたような言葉に俺も吹き出してしまい、全員揃っての大爆笑になった。

「とにかくまずは食べよう。腹減ったよ」

ヤミーを下ろしてやり、机の上に出しっぱなしだった料理を見る。

「まだ食べるか？」

足元にいるヤミーに聞いてやると、嬉しそうに声のないニャーをされた。

あまりの可愛らしさにノックアウトされた俺は、鞄に入ったサクラからもう一塊鶏ハムを取り出して丸ごとあげようとした。

「ご主人、この体の時はそんなには要らないです。少し切ってくれたら充分です」

そう言われたので俺の分とヤミーの分を切って残りを戻そうとして気が付いた。

ヤミーの隣に、タロンを筆頭に猫族軍団がいつもの猫サイズになって並んで座っている。しかも、ハスフェルとギイのところのジャガーコンビ、新しくテイムしたカラカルコンビまでが目を輝かせて俺を見上げていたのだ。

ヤミーが俺から貰っているのを見て、どうやら他の子達も久し振りに俺から貰って食べたくなったらしい。

「分かった。いつものハイランドチキンでいいな」

全員揃った声のないニャーに、萌え死ななかった俺を誰か褒めてくれ。

切り分けてやったハイランドチキンの胸肉を従魔達が大喜びで食べているのを見て、俺は他の肉食の子達にも順番に大量にある肉を分けてやった。もちろん全部生肉だよ。

草食チームとお空部隊には、果物の箱を取り出して少し離れたところに置いておく。これならベリーやフランマもランドルさん達に気付かれずに食べられるだろう。

ヤミーは黙って生肉を食べている従魔達を見た後、俺を見上げて質問してきた。

「いつも従魔の食事はこんな風なんですか？」

「いや、普段は定期的に狩りに行ってもらっているよ。狩りに行けない時は、手持ちの生肉をあげたりいろいろだな。詳しい事は、後で他の従魔達から聞いてくれよな」

「それなら普段は私も皆と一緒に狩りに行きます。それで時々、鶏ハムをいただけたら嬉しいです」

どうやら普段は他の従魔達と同じでいいらしいので仕込みを増やす必要はなさそうだけど、鶏ハムはタマゴサンドと並んで在庫を切らさないメニュー決定だな。まあいい、俺も好きだからガンガン作って食おう。

「そっか。じゃあ食べたくなったら言ってくれよな」

笑って小さくなったヤミーを撫でてやる。

小さくなった雪豹って、他の子達に比べて脚が短い！　だけど、それはそれでめっちゃ可愛いので問題ないよ。

結局すっかり遅くなった夕食を改めて食べた後、食後のお茶を飲みながら俺は、セーブルとヤミーのご主人の思い出話を皆に話して聞かせた。

「成る程な。セーブルのそれはご主人との約束そのものがきっかけで、自ら忘れないようにずっと思い出しては想い続けた。ヤミーは逆に、美味しかった料理にご主人との思い出が紐付けされて忘れなかった訳か。だけどセーブルに比べるとその想い自体はそれほど重いものではなかったから、だんだんとご主人の顔を忘れ、自分の名前すら忘れていった。辛うじて美味しかった料理の記憶が残っていたところでケンに出会った訳か。何とも不思議な縁を感じるな」

感心したようなハスフェルの完璧なまとめに、俺も笑って膝の上に上がってきたヤミーを撫でてやった。すぐ後ろには大型犬サイズになったセーブルがくっついて来て、俺の肩に顎を乗せて甘えるような仕草を見せた。

「皆ずっと一緒だからな。それにしてもセーブルの毛は、他の子達に比べたら硬いんだな」

改めて撫でてやり、他の従魔達とはまた違ったセーブルの硬い毛皮の手触りを楽しんだ。

第83話　総力戦の朝と創造神様の心の友?!

ぺしぺしぺし……。

ふみふみふみ……。

ふみふみふみ……。

ふみふみふみ……。

ふみふみふみ……。

カリカリカリ……。

つんつんつん……。

チクチクチク……。

ショリショリショリ……。

ふんふんふんふん！

ふんふんふんふん！

ふんふんふんふん！

「うん、起きる、よ……」

翌朝、いつもの如くモーニングコールチームに起こされた俺は、無意識で返事をしつつまた違和感を覚えた。

「あれ、またモーニングコールチームが増えたぞ。しかも、肉球ふみふみが増えた……何これ、超幸せ……」

そんな事を寝ぼけた頭で考えつつ、当然いつもの如く二度寝の海へ真っ逆さまにダイブしていったよ。

二度寝サイコー。

ぺしぺしぺしぺし……。

ふみふみふみふみ……。

ふみふみふみふみ……。

ふみふみふみふみ……。

ふみふみふみふみ……。

カリカリカリカリ……。

つんつんつんつん……。

チクチクチクチク……。

ショリショリショリショリ……。

ふんふんふんふんふん！

ふんふんふんふんふん！

ふんふんふんふんふん！

「うん、起きてま……す……」

寝ぼけつつ答えるも、やっぱり目は開かない。

「ほらね、毎朝こんな感じで起きないんですよ」

「だから皆で毎朝起こしてあげているの」

「コツは、怪我をさせないように優しくする事。こんな風にね！」

耳元で聞こえるのは、お空部隊の鳥達だ。

無言で慌てる俺に構わず、羽ばたく音がした直後に俺の耳たぶと額と上唇をちょっとだけ噛まれて、あまりの痛さに飛び起きた。

「待った待った！　起きるって！　痛いってば～！」

ベリーの吹き出す音と同時に鳥達の羽ばたく音が聞こえて、飛び起きた俺は顔を覆った。

「うああ、マジで痛かったぞおい」

「ご主人起きた～！」

嬉しそうな声と共にインコサイズの鳥達が戻って来て、俺の肩や頭に留まる。

「おはよう、起こしてくれてありがとうな。ええと、ちょっと聞くけどモーニングコールチームのメンバー、めっちゃ増えていないか？」

ニニの腹にもたれるみたいにして座った俺は、スライムベッドに並んでいるモーニングコールチームを見回した。

「一番は私だよ！」

ニニの腹の上でシャムエル様が得意そうに手を上げる。

「二番は私です!」

そう言って、普通猫サイズのタロンが俺の膝の上に飛び乗って来る。

「三番は私が担当しました」

猫サイズになったカラカルのマロンが、そう言ってタロンの横に飛び乗って来る。

「四番目は私が担当になりました」

そう言って、タロンとマロンの間に潜り込んで来たのはこれも猫サイズの雪豹のヤミーだ。

「五番目は私です!」

得意そうにそう言ったのは猫サイズのティグだ。

おう、俺の癒しの肉球ふみふみが強化されたぞ。

「六番目は私です!」

そう言ったのはプティラだ。そうそう、あのカリカリはプティラの鉤爪《かぎづめ》だったな。

「七番目は私が担当です」

やや控えめにそう言ったのは、普通の蛇サイズになったセルパンだ。

「八番目は私です!」

少し離れた場所から、ハリネズミのエリーがそう言って一瞬だけ丸くなった。

おう、何度見ても見事な針山だな。

「九番目は私達です!」

猫サイズになったソレイユとフォールが、得意気に胸を張る。

お前らは、お空部隊と毎日交代だもんな。

「十番目と十一番目は私達が担当です」

得意気にそう言ったのは、オーロラグレイウルフのテンペストとファインの狼コンビだ。

「って事は、十二番目って？」

「はい、それは私です！」

得意気なセーブルの言葉に、俺はもう一度顔を覆ってニニの腹に倒れ込んだ。

「そしてやっぱり起きないご主人を起こす最終モーニングコールは、私達が担当しました！」

鳥達が得意気に胸を張る。

「ちょっと待ってくれ。一体何だよ。その総力戦みたいなモーニングコールチーム構成は！」

「え、だってそれくらいしないと起きないもんね」

当然のようにそう言われて、俺は情けない悲鳴を上げてもう一度ニニの腹に潜り込んだ。

うん、そうだよな。俺が起きればいいんだよな。マジで頑張ろう。

「って事でもう一回噛まれたくなければ、いい加減に起きなさい！」

後頭部をシャムエル様に思いっきり叩かれて、もう一度悲鳴を上げて頭を押さえた。

「じゃあ、起きますか」

諦めて立ち上がった俺は、一瞬でバラけたスライムベッドから跳ね飛んで来てくれたサクラに全身をきれいにしてもらって身支度を整えた。

とは言え、危険地帯で寝ていたので防具は身につけたままだったから、そのまま軽く腕や足を動かして解してから剣帯を装着したら終わりだ。

「おおい、起きてるか？」

「おはよう、もう起きてるよ」

外から聞こえるハスフェルの声に返事をすると、テントの垂れ幕を巻き上げたハスフェル達が入って来た。

「おはよう。じゃあ適当に出すから好きに取って食べてくれよな」

いつもの朝食メニューを一通り並べて、自分とシャムエル様の分を取って席に座る。

タマゴサンドを齧るシャムエル様を眺めながら、俺も自分のサンドイッチを手にこの後の事を考えていた。

「さすがにこれだけ従魔達の戦力が強化されたら、もう無理にテイムしなくていいよな。まあ、もしもセーブルやヤミーみたいなのがいたら考えてもいいけどさ」

仲良くくっついて寛いでいる従魔達を見てそう呟き、俺は残りのコーヒーを飲み干した。

「なあ、もう俺はこれ以上は無理にテイムしなくてもいいと思うんだけど、ランドルさんはどうだ？」

同じく残りのコーヒーを飲んでいたランドルさんも、俺の言葉に苦笑いして頷いた。

「そうですね。皆様のおかげで相当強い従魔をこれだけテイムする事が出来ました。まあ、機会があればまた考えますが、そろそろ打ち止めにしてもいいと思いますね」

話を聞いていたハスフェル達も、苦笑いして頷いている。

何しろ今のランドルさんは、最初のスライムから数えてカラカルのモンブランまで、全部で九匹もの従魔を従える堂々たる魔獣使いになったのだ。まだ紋章は授けてもらっていないけれど、この従魔達の顔ぶれを見れば魔獣使いと名乗ってもいいだろう。

「ですが、バッカスの開店資金の為にも、珍しいジェムは少しでも集めておきたいので、もしもこのまま狩りを続けるのならご一緒させていただきたいですね」

予想通りの答えに、俺は頷いてハスフェル達を振り返った。

「なあ、それなら俺はこのまま境界線の草原へ戻って料理をしようかと思うんだけど、お前らはどうする？」

「ああ、ケンがベースキャンプにいてくれるのなら、いちいち撤収しなくていいな。それなら俺達は、あまり奥地へは行かずに、日帰りでジェム集めをしようか」

「良いですね。それでいきましょう」

ランドルさん達も同意してくれたので、今後の予定が決定した。


テントを撤収してそれぞれの従魔の背に飛び乗った俺達の周りを、さらにメンバーが強化された肉食チームが巨大化して取り囲み、お空部隊も巨大化して上空を制圧してくれる。

頼もしい従魔達に守られて、俺達は一先《ひとま》ず全員揃って境界線の草原へ戻っていったのだった。

「それじゃあ行ってくる。日が暮れるまでには戻るよ。まあここは安全だとは思うが気をつけ……それだけ強力な護衛がいるから大丈夫だな」

苦笑いするハスフェルの視線の先には、大型犬サイズになったセーブルが大きくなった草食チームと一緒に寛いでいる。

相談の結果、マックスを始めとした俺の従魔の肉食チームとお空部隊は連れて行ってもらい、草食チームとセーブルには俺の護衛役としてここに残ってもらう事にした。

万一、はぐれのジェムモンスターやタチの悪い冒険者が来ても、巨大化したら最強のセーブルがいれば問題ないもんな。

「では行ってきますね。セーブル、ご主人をしっかりお守りするんですよ」

マックスが甘えるように俺に頬擦りした後、大人しく座っているセーブルを見てそんな事を言っている。

「もちろんです。お任せください」

胸を張ったセーブルがそう言い、ハスフェル達やランドルさん達と一緒に皆が森へ走っていく後ろ姿を見送った。


「じゃあ、早速始めるか」

前回と同じ綺麗な水場がある場所にテントを張る。テントの垂れ幕は全部巻き上げて風通しを良くしておき、取り出して並べた椅子に座る。

手にしているのは、俺が自分で収納している師匠のレシピ帳だ。

「何から作るかなあ」

そう呟きながら開いたのは、お菓子のレシピのページだ。

「カロリーを気にしないなら、これかな」

開いたページにあったのは、俺も知っているパウンドケーキ。具は好きに入れていいと書いてあったので、まずは定番のナッツとドライフルーツを入れて作ってみる。それで上手くいったら、同じレシピでチョコナッツケーキとリンゴとブドウのジャムを入れたのも作ってみよう。

溜《た》まっているログインボーナスチョコを使うぞ。

「ええと、材料は卵が一個に対して小麦粉とバターと砂糖がカップ一杯ずつ、おいおい、こんなに使って大丈夫なのか？」

師匠が用意してくれてあった指定の計量カップで、それぞれの材料を量って用意する。

多分、大体100グラムくらいだ。

ちなみにセレブ買いで購入したバターは、分かりやすく一塊単位で丁度師匠の指定の量になっていたのだが、やっぱり心配になって来た。本当にこんなに使って大丈夫か？

「あと、作り始める前にやる事。まずオーブンを温め始めるように。了解だ」

新しく買った方の大型オーブンを取り出して火を入れる。一応温度設定も出来るみたいなので、指定の温度に目盛りを合わせておいた。

「それから、金型にバターを塗って小麦粉をふるい入れる。ああ、これは中に敷く紙がないから金型にくっつかないようにするためだな」

これは以前やった事があったので、手を改めてサクラに綺麗にしてもらってから、指先にバターをたっぷりと取って金型の内側に全面に薄く塗り込む。そこに小麦粉を入れて振り回せば綺麗につくので、残りは逆さまにして落せば金型の準備はオッケーだ。

当然、落ちた小麦粉はあっという間にスライム達が綺麗にしてくれたよ。

「後は……中に入れるナッツとドライフルーツは細かく刻んでおくのか。ええと、使うのはこれで良いな」

取り出したのは、最初にシャムエル様が用意して持たせてくれたナッツとドライフルーツだ。たまに酒のつまみにしていたくらいなので殆どそのまま残っているから、まずはこれを使わせてもらおう。

見本に一通り細かく刻んで、残りは待ち構えていたスライム達にやってもらう。

「室温に戻したバターを泡立て器で混ぜる。これはスライムの出番だな」

しかし、見本で一度はやらないとダメなので、諦めて泡立て器を取り出した俺は大きなボウルに入れたバターを思いっきりかき混ぜ始めた。

「もっと混ぜるぞ～！」

勢いよく泡立て器を動かしてバターを混ぜる。

「ええと、なめらかになったらここでまずは砂糖を全部……本当に入れて大丈夫なんだろうな」

もう一度レシピを確認したが、やっぱりこの量で合っている。

「一人で全部食う訳じゃないんだから、いいよな」

って事で、思い切りよく量った砂糖を全部投入。

ひたすら混ぜているとだんだん腕が痛くなってきたが、ここは鍛えた筋肉に働いてもらおう。

「アルファ、卵を割って軽く混ぜてくれるか。それでここに五回くらいに分けて少しずつ入れてくれ」

ボウルを見せながら言うと、綺麗に卵を割って言った通りに入れてくれた。

「その度に混ぜる！」

スライム達は、俺のやる事を全員揃って興味津々で見つめている。

「ここで木べらに代えて、粉の半分をふるい入れる。サクラ、金属のザルを頼むよ」

サクラに金ザルを取り出してもらい、小麦粉を適当にふるい入れて木べらで混ぜる。

「ここで刻んだナッツとドライフルーツ、残りの粉も入れて混ぜる。それを金型に流し入れて空気を抜いたらオーブンに入れる」

一応、だいたい一時間ぐらいは焼かないと駄目みたいだ。

「じゃあその間に、使った道具は……おお、もう綺麗にしてくれたのか。ありがとうな」

待ち構えていたスライム達が綺麗にしてくれたボウルに、もう一度バターを一塊入れてサクラに混ぜてもらう。

「出来たよ。こんな感じで良いですか？」

驚いた事に量った材料を全部渡したら、バターに砂糖と卵を混ぜ、小麦粉をふるって混ぜるところまで全部やってくれた。

ナッツとチョコもあっという間に刻んで混ぜてくれたので、二回目で俺がやったのは、材料を量っただけだったよ。いやあ、凄いぞスライム達。

途中で二度ほどオーブンの様子を見ながら、二個目のチョコとナッツの仕込み準備も完了し、金型はまだあるので三個目のリンゴとブドウのジャムを入れた分も仕込みをしてしまった。

ほぼ一時間で、綺麗に膨らんだ最初のパウンドケーキが焼き上がった。

熱々の金型をミトンで摑んで取り出し、次の金型を空いたオーブンに二個並べて入れてまたタイマーをかける。

一応師匠のレシピには、同じ大きさの金型だったら複数同時に焼いてもいいと書いてあったから大丈夫だろう。

さて、焼き上がったケーキの味は……あれだけ砂糖を入れたけど本当に大丈夫なのか？


金型から取り出したパウンドケーキは、思った以上にふっくら焼き上がっていて初めて焼いたにしては上出来だったよ。

シャムエル様はさっきから大興奮状態で、尻尾を三倍くらいに膨らませて目を輝かせて焼き立てのパウンドケーキを見つめていた。

「ナッツとチョコ、それからリンゴとブドウのが焼き上がったら食べ比べしてみようぜ。だからもうちょい待ってくれよな」

「ああ、なんて酷い、これを目の前にして食べちゃ駄目だなんて！」

笑いながらそう言ったシャムエル様は、俺の腕にすがって泣く振りをしながら尻尾をバンバンと叩きつけてきた。いいぞもっとやれ。

「で、焼いている間にもう一種類作るぞ」

さり気なくシャムエル様を腕から引き剝がしながら、その隙にいつも以上のボリュームになったもふもふ尻尾を堪能する。

「次は何を作るの？」

目を輝かせるシャムエル様に、俺は師匠のレシピ帳を見せた。

「オーブンを使わない、混ぜて冷やすだけのレアチーズケーキ。実はこれ、子供の頃に母さんと一緒に作った覚えがあるんだ。このレシピは、多分それと変わらないと思う」

「わあい、楽しみ～！」

既にお皿を持って待機しているシャムエル様の尻尾をもう一度突っついて、サクラに材料を取り出してもらった。

「土台にはこれを使うぞ」

取り出したのは、最初にシャムエル様が持たせてくれたザクザクのクラッカーだ。

飲む時にたまにチーズと食べていたくらいで、ほとんど手付かずで残っているんだよ。

今回は、混ぜるだけの簡単レシピなので指定の倍量で一気に二個作ってみる事にした。

「金型は、円形の底が外れるタイプ……これだな。ええと、まずはこのクラッカーをこんな感じに細かく砕いていくんだな」

レシピを確認して、スライム達にクラッカーを渡して細かく砕いてもらう。

片手鍋にバターを量り入れ、コンロで軽く温めながらバターを溶かす。

ボウルに砕いたクラッカーを入れて、溶かしバターを回し入れてかき混ぜる。

「これを土台にして、さっきの金型の底に敷き詰めるんだな」

砕いたクラッカーのバター和えを金型に入れて、レシピに書いてあった通りに平らなグラスの底を使って隙間なく敷き詰める。

「これを冷蔵庫で冷やしておいて、その間にレアチーズの部分を作るぞ。ええと、材料はクリームチーズと生クリーム、砂糖にレモン果汁。よし簡単だ」

取り出したクリームチーズはお願いしてあったのですでに室温に戻っている。

「じゃあ、アルファはクリームチーズにレモン果汁と砂糖を入れて、なめらかになるまで混ぜてくれるか」

アルファがすぐ横で待ち構えていたので、まずはボウルに入れたクリームチーズを渡す。

「ええと何々？　砂糖を入れた生クリームは氷でボウルの外側を冷やしながら八分立てになるまで泡立て器で混ぜる……八分立てって何だ？」

多分、八割くらいまで泡立てるって意味なんだろうけど、その八割がどれくらいなのかが分からない。

だけど大丈夫だ。こんな時こそ師匠のレシピの有り難さを実感する。レシピ帳の巻末には専門用語の詳しい説明まであるんだよな。

それによると、泡立てた生クリームを泡立て器で持ち上げた時に、引っ張られたクリーム部分に柔らかいツノが立ってちょっとしたら曲がるくらいの程度を指すらしい。ほお、初めて知ったよ。

ふむふむ、なんとなくだけど分かったので、とにかく作ってみる。

アクアとサクラが生クリームの入ったボウルの横で俺のする事をガン見しているので、中身を見せながら、これが三分立て、これが五分立て、これが七分立て、これが今回の八分立て、って具合に順番に泡立て中に泡立て具合を実際に見せながら説明してやる。

かなり泡立ったので、もうこれが八分立てって事にする。

さっきのクリームチーズに泡立てた生クリームを入れて、木べらでかき混ぜる。

「これをさっきの金型に入れて冷やす訳だな。サクラ。冷蔵庫からさっきの丸い金型を出してくれるか」

ボウルを抱えて混ぜながらお願いすると、すっかり冷えて固まったクラッカーが敷き詰められた金型を机の上に出してくれた。

「適当に半分ずつ入れて、また冷やせばオッケーっと」

表面を綺麗にしてそのまま再び冷蔵庫に入れておく。

「そろそろ焼けたかな」

パウンドケーキは、焼き目がつくまでもう少しみたいだ。

「じゃあ、今のうちに使った道具を……おお、もう綺麗にしてくれたのか。ありがとうな」

いつもながら、スライム達完璧だよ。

気付けば辺りは、甘い香りに包まれている。

「おお、そろそろいい感じだな」

綺麗に膨らんだチョコナッツ入りパウンドケーキと、激うまリンゴとブドウのジャム入りパウンドケーキが無事に焼き上がった。これも熱いうちに金型から取り出して、金網の上に並べて冷ましておく。

このケーキのカロリーが、全部でいくらになるかは……考えてはいけない。

爽やかな風が吹き抜ける草原に立てた真昼のテントの中で、俺はのんびりと師匠のおにぎりを頬張っていた。

一緒に留守番しているセーブルと草食チームは、すっかり寛いでそこらに転がって寝ている。

そして焼き立てパウンドケーキの上では、いつの間にか現れた収めの手が必死になって自己主張をしていたのだが、ケーキに背を向けて座っていた俺は残念ながら全く気が付いていないのだった。


「後は何を作るの？」

おにぎりを齧りながら、シャムエル様は興味津々で綺麗になったボウルを見ている。

「もう一種類作るよ」

「何々？　どんなの？」

「ブラウニー。チョコレートと胡桃《くるみ》が入っているココア味のお菓子だよ」

「ううん、楽しみ、楽しみ」

また興奮した尻尾が巨大化している。それ、ちょっともふらせていただけません？

まあ、今なら甘いもの好きなランドルさん達がいてくれるから、きっとたくさん作っても食べてくれるだろうし、残るようならクーヘンのところに置いて行ってもいい。って事で、気になるレシピはチェック済みだ。

「食べ終わったらブラウニーを焼いて、その後は何を作るかなあ」

冷えた麦茶を飲みながらそんな事を考えていた俺は、誰かに髪の毛を引っ張られて飛び上がった。

「うわあ、誰だよ！」

従魔達は揃って寝ているし、ハスフェル達が帰ってきた様子もないのに、背後に誰がいるんだよ！

咄嗟に後頭部を押さえて慌てて振り返ったが、背後には誰もいない。

「あれ？　俺の気のせいか？　だけど今さっき確かに……？」

俺がはてなマークを連発していると、シャムエル様が不思議そうに俺を見上げた。

「どうしたの？」

「いや、今誰かに髪を引っ張られた気がしたんだけど、誰もいないんだよ」

「髪を？」

首を傾げたシャムエル様が、一瞬で俺の右肩に移動する。

「別に何にもないけど……ああ！」

不思議そうに辺りを見回したあと、シャムエル様は笑い出した。

「あはは、我慢出来なかった訳か。そりゃあそうだよね。あれを見せられてそのままお預けなんて、絶対我慢出来ないよね」

意味が分からなくて、シャムエル様を見てからその視線を追って振り返る。

すると、金型から取り出して冷ましていたパウンドケーキの上で、収めの手がパウンドケーキを指差して必死に自己主張をして暴れているのが目に飛び込んできた。

それを見た瞬間、俺は堪える間もなく吹き出したよ。

「あはは、待ちきれなかったか」

マイカップを置いて立ち上がった俺は、サクラにいつもの簡易祭壇にしている小さい方の机を取り出してもらい手早く組み立てた。

いつもの敷布を敷いてから、大きなお皿に三本のパウンドケーキを並べて置き、冷蔵庫からレアチーズケーキも二個取り出す。

「ちょっと待ってくれよな。金型から外すからさ」

さすがに神様に供えるのに、このままはあんまりだろう。

待ち構えている収めの手にそう言ってから、一旦レアチーズケーキを置いて、片手鍋にお湯を沸かす。

「ええと、金型から取り出す際は、お湯で濡らした布を金型の枠の部分に当てて少し温めてからカップの上に置くと底が外れて簡単に取り出せる。おお、どうやって取り出すのかと思ったらそういう事か」

師匠の説明を読み、手拭いみたいな布を軽く沸かしたお湯に浸す。温度はお風呂のお湯よりちょっと熱いくらいだ。

軽く絞ってから、金型の周り部分に押し当ててみる。

それから、やや深めのお椀を出してそこにそっとのせてみた。

「おお、底が抜けた!」

綺麗に枠が外れて下に落ち、レアチーズケーキが姿を現した。

「それで、ここにナイフを入れて底板からケーキを外してお皿にのせる……簡単に書いてあるけど、これはちょっと高等技術な気がするぞ」

枠を外したレアチーズケーキは、まだ金型の底板がくっついた状態だ。

平たいお皿を用意した俺は、深呼吸をしてからナイフをケーキと底板の隙間に差し込んだ。

「意外に簡単に剝がれるな。じゃあこれをそのまま横にずらせば……うわあ、割れた！」

一つ目のレアチーズケーキをお皿に移動させようとしたその時、どうやら角度が悪かったらしく真ん中あたりでケーキの底に敷いているクラッカーの部分がバキッと割れてしまったのだ。

「うああ、割れちゃったよ」

当然、その上のクリームチーズの部分にも地割れのようなヒビが入ってしまい、無理矢理お皿にのせる事は出来たが、せっかくのケーキが何とも情けない状態になってしまった。

「ああ、ここまで来て失敗するって！」

顔を覆ってそう言った俺は、気を取り直すように大きく深呼吸をして顔を上げた。

「大丈夫だ。レアチーズケーキは二個ある。もうやり方は解ったから今度は失敗しないぞ」

そう呟いて、もう一度お湯に布を浸して金型を温めるところからやる。

さっきと同じようにナイフを使って底板をケーキから外してもう一枚のお皿の上に持っていった。

「さっきはケーキを移動させようとしたから失敗したんだ。そうじゃなくて、ケーキの位置を決めたら底板を引き抜けば良いんだよ。ほらこんな感じで！」

そう呟き、お皿の真上で少し斜めにしたケーキの端をお皿の端に合わせて置き、底板を一気に引き抜いた。

「よし、上手くいった！」

今度は割れずに綺麗にお皿の真ん中にのせる事が出来た。

一個目の割れたレアチーズケーキも、なんとか横から押し込んで丸く戻して無理矢理きれいな形にする。

「もうちょっとだけ待っててくれよな」

振り返って収めの手にそう言うと、サクラから果物の箱を取り出してもらい、やや季節外れになったがイチゴとさくらんぼを取り出して軽く洗ってからサクラに水を切ってもらう。

イチゴは1センチ角くらいに刻んで、レアチーズケーキの真ん中部分にこんもりと盛り付ける。それからさくらんぼをケーキの縁に沿って等間隔にぐるっと丸く並べた。こうすればショートケーキみたいに一切れ切った時にさくらんぼが一つのる計算だ。

「おお、豪華になったぞ」

嬉しくなった俺は、果物付きと果物なしのレアチーズケーキのお皿を、さっきのパウンドケーキの横に並べた。

「お待たせしました。パウンドケーキとレアチーズケーキです。パウンドケーキは右からナッツとドライフルーツ入り、ナッツとチョコレート入り、それからリンゴとブドウのジャム入りです。レアチーズケーキは、普通のと、割れたのには果物を飾ってみました。気に入ってくれますように」

そう言って手を合わせて目を閉じる。

めっちゃ頭を撫でられる感触があって思わず笑って目を開くと、もうこれ以上ないくらいに嬉しそうな収めの手が、レアチーズケーキを撫で回しているところだった。

しかもいつもは片手なのに左右両手が現れて、今にもケーキを持っていきそうな勢いだ。

笑って見ていると、本当に両手でケーキを一つずつ持つ仕草をした。実際には触れないから空振りなんだけど、一瞬俺の目にはケーキが浮き上がったみたいに見えた。

「なあ、あれってもしかして……丸ごと持っていった？」

右肩に座ったままのシャムエル様にそう尋ねると、シャムエル様は笑って何度も頷いている。

「あはは、大喜びしているよ。良かったね、喜んでもらえて」

「そっか、それなら良かったよ。じゃあ次も焼けたらあんまりお待たせせずに順番に捧げるようにしよう」

俺がそう言うと、ごく軽い拍手の音がした。

驚いて振り返ると、ケーキの上にいた収めの両手が拍手をした後、揃ってOKマークを作ってから消えていった。

呆然とそれを見送った俺とシャムエル様は、揃って大笑いになったのだった。

「何やってるんだよ。収めの手って、もっと神聖なものじゃないのか」

笑い過ぎて出た涙を拭いながらそう言うと、同じく笑い転げて倒れていたシャムエル様が起き上がって大きく頷いている。

「だけど、それくらいケンのお菓子を食べたかったって事だよ。そして私も食べたいです！」

どう見ても、さっきよりも大きな皿を取り出して目を輝かせるシャムエル様を見て、俺は態《わざ》とらしく笑った。

「ええ、全種類盛り合わせて今から作る自家製アイスクリームとフルーツを盛り合わせた、スペシャルプレートを作ってやろうと思っていたのに」

「了解！　じゃあ、待ちます！」

その瞬間にお皿が収納されて、俺はまた堪えきれずに吹き出したのだった。


「じゃあまずは、ブラウニーを作るぞ。ええと、材料はチョコレートとバター、牛乳、卵に砂糖にココア、それから小麦粉、胡桃も入れるよ」

師匠のレシピを見ながら材料を量り、ボウルにログインボーナスチョコとバターと牛乳を入れておく。

四角い大きな金型を手にしたところで、側にいたサクラが触手を伸ばしてそれを取った。

「ええと、こうだよね？」

そう言って、金型の内側部分に綺麗にバターを塗って粉をふるってくれた。完璧だよ。

まず、湯煎用に大きめの片手鍋に水を入れて火にかけておき、オーブンを温めて、スライム達に頼んで胡桃を刻む。下準備は完璧だ。

湯煎したチョコとバターと牛乳が溶けて混ざり合ったボウルを抱えて、泡立て器でガンガン混ぜる。

「よし、なめらかになったら砂糖と卵を入れる……まだ甘くするのかよ」

カロリー計算って言葉を明後日の方向に力一杯ぶん投げた俺は、師匠のレシピ通りの分量の砂糖を入れる。それから跳ね飛んで来たイプシロンに卵を割ってもらい、少しずつ入れてもらう。

「綺麗に混ざったら小麦粉とココアを一緒にしてふるい入れる。刻んだ胡桃を入れて木べらで混ぜたら準備完了だ」

出来上がったら金型に生地を流し込んで、オーブンに入れる。

「三十分くらいらしいけど、これも様子見だな。一応二十分焼いてみるか」

あまり当てにならないオーブンに付いているタイマーを回し、シャムエル様から貰った10分砂時計をひっくり返して机の上に置いておく。

「上の砂がなくなったら教えてくれよな」

「了解です！」

ゼータが、砂時計の横に待機してくれた。

キッチンタイマーは無いので、時間を計る時は砂時計とスライムのコラボタイマーが活躍してくれている。

次はバニラアイスだ。師匠のレシピにこれを見つけた時には嬉しくなったよ。

「何々、生クリームと卵黄、牛乳に砂糖、バニラビーンズ……そんなのあったか？」

最後の一つが分からなくて考えていると、サクラが何やら不思議な物を取り出した。

「ご主人、これだね。お買い物の時に、これがバニラビーンズだってお店の人が言っていたよ」

そう言って取り出したのは、どう見ても腐った豆の莢《さや》みたいな真っ黒な物体だ。

「おいおい、何だよこれ」

渡されたそれを見て顔をしかめた俺は、しかしその覚えのある甘い香りに目を見開いた。

「この甘い香り。へえ、バニラってこんな風なんだ。だけど、どうやって使うんだ？」

こんな時のための、師匠のレシピ用語解説コーナー。

「何々、莢の両端部分を切り落として、真ん中部分の莢の中にある粒状の種を使う。莢は大きければ小指程度の長さに切って使う。成る程」

説明通りに、まずは莢の両端を切り落とす。

「これも香りは出るからミルクと一緒に煮込むと良い。へえ、しかも中身を取り出した莢の部分も、もう一回煮込めばまたバニラの香りが出るんだって。面白い」

莢の部分を三等分して、指示通りにそのうちの一個の莢にナイフで切り目を入れて中身を取り出した。あとの残りはまたサクラに預けておく。

「ご主人、一回無くなったよ」

砂時計を担当してくれているゼータが、一度目の砂時計の終了を知らせてくれる。

慌ててオーブンを見たが、まだ端っこが焼け始めたところだ。

「じゃあもう一回お願い」

「了解です！」

触手が砂時計をひっくり返すのを見て、俺はバニラアイス作りに戻った。

「まずは牛乳と砂糖、バニラの粒を片手鍋に入れて混ぜながら火にかけ、温まったところで火から下ろす。軽く冷ましたら残りの材料を入れてまた混ぜる」

レシピ通りに混ぜ合わせ、復唱しながら用意してあった金属製のバットに出来上がった液を流し入れる。

「冷凍庫で凍らせるのか。これって俺がやればいいんだよな。凍れ！」

バットの上に手をかざして、この液が凍るのをイメージしつつ命じる。一瞬で綺麗に凍った液を見てドヤ顔になった。

「どうだ！」

「はいはい、上手上手」

付き合ってくれたシャムエル様が、笑いながら拍手してくれたよ。

「それで数回、凍らせる度にフォークでかき混ぜて空気を入れるんだって」

レシピを復唱して、一瞬でアイスを凍らせてはかき混ぜるのを繰り返した。

無事になめらかに出来上がったバニラアイスは、一旦サクラに預けておく。

この後、ブラウニーが焼き上がったところでようやく本日の予定のお菓子作りが終了した。

「じゃあ、片付けたら試食会だな。俺も一通りは食べてみたいからご一緒させてもらうよ」

笑った俺の言葉に大興奮して、見た事もないくらいの高速ステップを踏み始めたシャムエル様だった。


スペシャルデザート用に、直径25センチくらいの平らな白いお皿を取り出す。

「ええと、まずは果物を飾り切りにするよ」

そう言って八等分した激うまリンゴで作ったのは飾り切りの定番、リンゴのウサギだ。

「久し振りに作ったけど、なかなか上手く出来たな」

これは何故か子供の頃から出来るから、もしかしたら母さんから教わったのかもしれないとも思っている。

「うわあ、何それ可愛い〜！」

目を輝かせたシャムエル様が、一瞬で俺の右手首の上にワープしてくる。

「危ないから降りてください。これはリンゴのウサギ。飾り切りだよ」

「凄い！　可愛いね」

今にも飛びかかりそうなシャムエル様を見て、苦笑いして二個目に作ったのは進呈したよ。

七つのリンゴのウサギが出来たところで、イチゴは綺麗なのを数粒残して、残りは角切りにしておく。

それから綺麗なイチゴを2ミリくらいに縦の輪切りにする。

「上手くいくかな？」

そう呟いて、掌で軽く押さえてまな板の上でそっと手首を捻《ひね》って広げてみる。

これはとんかつ屋の店長が、お子様ランチの注文が来た時だけ付けていたイチゴの扇子だ。

「よし、出来たぞ！」

イチゴの扇子は一旦小皿に置いておく。

バナナは皮ごと斜めにカットして、キウイは思いつかなかったので皮を剥いて輪切りにしておく。

切った果物はまとめてサクラに預かってもらい、次はいよいよケーキをカットするぞ。

「ここは味見する箇所だよな」

笑ってそう呟くと、三種類のパウンドケーキの端っこの部分を、それぞれやや薄めに1センチ弱で切り落とした。

それぞれ四分の一くらいを自分用に残して、残りはシャムエル様の分だ。

「はいどうぞ、これが本当の味見だぞ」

机の上にいたシャムエル様に、そう言って三種類のパウンドケーキの端くれを渡してやる。

「うわあい、これが本当の味見だね。味見最高〜！」

目を輝かせて尻尾をいつもの倍くらいに膨らませたシャムエル様は、そう言ってやっぱり顔面から突っ込んでいった。

「何これ！　美味しい！」

興奮のあまり、尻尾がさらに大きく膨らんでおります。

「ちなみに、ドライフルーツとナッツが入ったのと、こっちがチョコとナッツが入ったやつで、これが激うまリンゴとブドウのジャム入りだよ」

そう言ってさり気なく手を伸ばして尻尾をもふる。

「どれも美味しいね。味見最高！」

あっという間に完食したシャムエル様が嬉々としてそう言い、ようやく身繕いを始めた。

ブラウニーは、縦横にそれぞれ六等分したので、四角いブラウニーが合計三十六個も出来たよ。

「おいおい、こんなに沢山誰が食うんだよ」

出来上がった大量の四角いブラウニーを見てそう呟く。

うん、これは残ったらクーヘンのところに置いてこよう。

「あ、じ、み！　あ、じ、み！　あ〜〜〜〜〜〜〜〜〜〜っじみ！　ジャジャジャン！」

小皿を手にしたシャムエル様がいきなり踊り始める。

ちょっと崩れたのを一つ取って、四分の一程を切って残りを渡してやる。

「はい、胡桃入りブラウニーだよ」

「うわあ、もう見ただけで美味しいのが分かるね。では、いっただだっきま〜す！」

両手で持って、またしても顔面ダイブ。

「ううん！　これも甘くて美味しい！」

確かに自分で作って言うのもなんだが美味いな。甘いけど。

レアチーズケーキは、先に割れた方を切ってみる。

「焼き菓子以外のケーキを切る時は、お湯で温めたナイフで水気を拭き取って素早く切り、一回ごとにナイフを拭いてまた温めて切る。ええ、面倒な事するんだな」

しかし、レアチーズケーキは確かにナイフに引っ付いて切りにくそうだ。

師匠の教え通りにお湯を沸かしてナイフを温め、飾ったさくらんぼに沿って八等分にレアチーズケーキを切ってみる。

「おお、すげえ。ケーキが全然ナイフにくっつかないで切れるぞ。しかも断面が綺麗だ！」

ちょっと感動するレベルに綺麗に切れたよ。

底が割れた部分は切るとバラバラになってしまったので、これは味見用にする。

皿ごと受け取ったシャムエル様は、やっぱり顔面から突っ込んでいった。

「これも美味しい！　レアチーズケーキ最高！」

大感激でレアチーズケーキを爆食するシャムエル様の尻尾を、俺は心置きなくもふもふさせてもらった。

　美味しいものを食べている時が、シャムエル様の尻尾をもふる狙い時だからな。


「って事で、味見は終了だ。さあ、スペシャルデザートを盛り付けるぞ」

　笑ってそう言い、本日のメインイベント、スペシャルプレートを作り始めた。

　まずは、パウンドケーキを切る。これはシャムエル様のご希望により、2センチくらいの分厚さに切ってサイコロ状に角切りにしておく。レアチーズケーキは八分の一サイズ。

　それから、サクラに生クリームと砂糖を出してもらいスライム達にしっかり泡立ててもらった。

　ちなみに俺は生クリームを絞るような技術は無いから、豪快にスプーンですくってそのまま使うよ。

「ええと、お皿の真ん中にまずはたっぷりの生クリームを入れます」

　そう言って、大きなスプーンで山盛りの生クリームをすくい、お皿の真ん中にボタっと山盛りに落とす。

「ここにサイコロパウンドケーキの山を築くぞ」

　笑って解説しながら、サイコロ状にカットしたパウンドケーキを生クリームの山の周りに適当に並べて盛り付けていく。だけど山状に積み上がったみたいな感じに、適当にチグハグにのせていく。

「そこへもう一回、生クリームだ！」

お皿の真ん中にそびえ立つサイコロパウンドケーキマウンテンの頂上に、さらに生クリームをたっぷりと落とす。

「これで山頂に雪が積もりました！」

もう、横で見ているシャムエル様は感激のあまりプルプル震え始めた。そしてプルプル震える尻尾がまたしても三倍サイズに膨らんでる。

ああ、その尻尾を今すぐもふりたい！

「そして、サイコロパウンドケーキマウンテンの裾野には、ブラウニーの大地が広がっております」

もうだんだん面白くなってきて調子に乗った俺は、そう言いながらカットしたブラウニーを手に取り、サイコロパウンドケーキマウンテンの横に並べて三つ置いた。

「その反対側には、レアチーズケーキの谷が並びます」

そう言って、サイコロパウンドケーキマウンテンを挟んだ反対側にレアチーズケーキを少し離して置く。カットイチゴとさくらんぼ付きだ、
当然、レアチーズケーキの横にも生クリームをたっぷりすくって置き、角切りにしたイチゴと輪切りのキウイとバナナをその生クリームと一緒に飾る。その横にはリンゴのウサギも並べて飾る。

「そして、白いアイスクリームの岩がブラウニーの大地の手前に転がります」

そう言って、別の大きめのスプーンで苦労して丸くすくったアイスクリームをブラウニーの手前にのせる。最後にアイスクリームの上にイチゴの扇子を飾れば完成だ。

「出来上がり！　俺様デザイン、オリジナルスペシャルスイーツワールドだ」

出来上がったお皿を手に、ドヤ顔を決めてやる。

「ブラボー！　ブラボー！」

跳ね回って拍手しているシャムエル様の隣では、またしても収めの手の左右両方が現れて、シャムエル様と一緒になってもの凄い勢いで拍手している。

「はいはい、今からお供えするからちょっと待ってくれよな。あれ？　さっきブラウニー以外はお供えしているんだけどなあ。まあ、形も変わっているし……いいのか」

ふと思いついて心配になったが、あの収めの手の様子を見るに二回お供えしても問題なさそうだ。

苦笑いした俺は、作り置きの激うまジュースをグラスに入れてお皿と一緒に持って、簡易祭壇へ向かった。

当然、俺の後ろを収めの手がついてくる。

簡易祭壇にお皿を置き、激うまジュースを横に並べ、少し考えてからコーヒーも取り出してマイカップに入れて横に並べる。

カトラリーは、ナイフとフォークとスプーンだ。

「きっと好きだろうと思って、ちょっと頑張って飾り付けました。気に入ってくれると嬉しいです」

目を閉じて手を合わせ、お皿に向かってそう話しかける。

何度も俺の頭を収めの手が撫でた後、もうこれ以上ないくらいに丁寧に一つ一つのケーキを撫でた収めの手が、最後にジュースとコーヒーを撫でて消えていった。

「よし、届いたな」

笑ってお皿を下げた俺は、机の上で待ち構えていたシャムエル様の目の前にそのお皿を置いた。

「俺はこんなに沢山は食べられないから、食べるのを手伝ってください。お願いします」

笑ってそう言った俺を、シャムエル様が驚いて見ている。

サクラに出してもらったお皿に、俺はサイコロパウンドケーキマウンテンから全種類二切れずつ貰い、生クリームも少しだけすくって横に付ける。

ブラウニーとレアチーズケーキも一口ずつカットして取り分け、アイスクリームもスプーンですくって少しだけ貰う。果物は適当に少しずつ取れば俺はもう充分だよ。さくらんぼとリンゴのウサギはそのまま進呈する。

「はい、どうぞ」

改めて大きい方のお皿を目の前に置いてやると、もうこれ以上ないくらいに目を輝かせたシャムエル様はキラキラの瞳で俺を見上げた。

「これ全部貰って良いの？」

「おう、もちろんどうぞ。あ、だけどこんなに食べて腹を壊したりしないだろうな？」

「大丈夫です！　では、いっただっきま〜〜〜す！」

嬉々としてそう宣言したシャムエル様は、文字通りサイコロパウンドケーキマウンテンに頭から突っ込んでいった。

少し溶けたアイスクリームがシャムエル様の振り回した尻尾に当たる。

「おいおい、大事な尻尾が汚れたぞ」

そう言ってやったが、全くの無反応。

苦笑いした俺は、尻尾を持ち上げてシャムエル様の体を少し動かしてやり、アイスクリームから避難させてやった。

「ほら、汚れたじゃないか、仕方がないなあ」

白々しくそう言いながら、サクラにシャムエル様の尻尾を綺麗にしてもらい、通常比三倍サイズの巨大尻尾を心置きなくもふらせてもらった。

題して、もふもふ尻尾触り放題大作戦！　大成功だよ。グッジョブ俺。


「ふああ、美味しかった。ケン、もう最高だよ」

驚くほど早くスペシャルデザートプレートを平らげたシャムエル様は、そう叫んで勢いよく振り返った。

「おいおい、ここ。生クリームが付いているぞ」

「ええ、何処？」

「ここ、あ、こっちにも付いてる」

あちこちに生クリームやケーキの欠片がこびりついている。

俺に指摘されて、慌てて身繕いを始めるシャムエル様。

よしよし、尻尾を思い切りもふもふされた事に全く気付いてないぞ。

「はい、これで綺麗になった？」

念入りに尻尾の手入れを終えたシャムエル様が、得意気に振り返って俺を見上げる。

「おう、綺麗になったぞ」

手を伸ばしていつもの大きさになった尻尾を突っついてやると、空っぽになった皿を一瞬で綺麗にして返してくれた。

「本当に美味しかったよ。さすがは我が心の友だ。決めた！　私はもう、ずっと君について行くからね」

目をキラキラに輝かせたシャムエル様にそんな事を言われて、思わず吹き出す。

おう、創造神様から二度目の心の友発言いただきました。しかもずっと俺について行くって……。

うん、深く考えてはいけない。これは全部まとめて明後日の方向へ放り出す案件だな。って事で、今の発言は聞かなかった事にしよう。


「ハスフェル達は、ケーキは食うかな？　ランドルさん達も、甘いのは好きだって言っていたけど、どれくらい食べるか分からないからなあ。デザートは、顔を見てから飾り付けよう。それじゃあ、あとは何をするかな」

少し考えて、スイーツ各種は一旦サクラに丸ごと預かってもらう。それから、自分で収納してあったレシピ帳を取り出した。

「開けたところにあるレシピを作るぞ。さて、何が出るかな？」

そう呟いて、目を閉じてレシピ本を開く。

「豚の角煮。おお、美味そう。ふうん、かなり時間がかかる料理だな。よし、これは明日作ろう。って事で、今から作る別のレシピをもう一つ！」

そう呟いてまた別のページを開く。

「何々、蒸し鶏か」

とりあえずレシピを読んでみる。

「下味は塩と酒だけでそのまま鍋でゆでるのか。あ、これってゆで鶏のレシピとほぼ一緒だ。よし、これにしよう」

作る物が決まったら、早速作業開始だ。

「普通の鶏肉とハイランドチキンとグラスランドチキンでもやってみよう。ヤミーも食べるなら大きい方がいいもんな」

その時、ラパン達とくっついて寝ていたセーブルが顔を上げた。

「きっと喜ぶと思いますよ。ご主人の作る料理も食べたがっていましたからね」

その言葉にちょっと涙腺が緩みかけて、慌てて誤魔化すように鼻をすすった。

コンロを並べて大きめのフライパンをのせる。右から順番に鶏の胸肉、ハイランドチキンの胸肉。グラスランドチキンの胸肉の三種類だ。

どのフライパンにも肉がぎっしりと並んでいる。

「ええと、この肉が半分ちょい浸るくらいに水を入れて、まずは中火やや強目で一度沸騰させる」

レシピを復唱しながらコンロに火をつけていき、蓋をして沸いてくるまで加熱する。

「沸騰したら弱火にして、また蓋をしてさらに加熱。あ、肉が分厚い場合は途中でひっくり返せって書いてあるな。ハイランドチキンとグラスランドチキンは、確かにこのままでは中まで火が通らないぞ」

そう呟きながら、大きなトングを使って手早くひっくり返していく。

「また蓋をしてしばらく煮込む、火は弱火」

しばらく煮込むと、当然だが先に他よりも小さい普通の鶏肉が出来上がった。

「火を止めて蓋をしたまま冷ますのか。アクア、これを冷ましてくれるか」

蓋をした熱々のフライパンを、アクアが受け取って丸ごと飲み込んだ。

「お肉の温度が下がればいいんだね」

「おう、五時間ぐらいかな？　もう少し早くてもいいかも」

「了解です。ちょっと待ってね」

モニョモニョ動き始めるのを見て、使った道具をまずは片付ける。

「こっちもそろそろいい感じだな」

弱火で煮込んでいたハイランドチキンとグラスランドチキンも出来上がったみたいなので、隣で待ち構えていたアルファとベータに冷ましてもらう。

「冷めたよ、はいどうぞ」

アクアが出してくれたフライパンから蒸し鶏を取り出して、端っこを一切れ切って食べてみる。

「おお、柔らかくて美味しい。鶏ハムよりも薄味だから、これ単体で食べるならタレがいるな。裂いてサラダに使ったらそのままでも大丈夫そうだ。よし、もう手順は分かったから、これは大量に仕込んでおこう」

　ヤミーの為にも、これは作っておかないと。

「今日はこれを作って、明日はいつも俺が作っているスパイスの効いた鶏ハムを、角煮を煮込んでいる合間に作ればいいんだな。よし、それでいこう」

　そこまで呟いた時、いきなり耳たぶを引っ張られた。

「あ、じ、み！　あ、じ、み！　あ〜〜〜〜〜〜〜〜〜〜〜〜っじみ！　ジャジャン！」

　いつものように小皿を持ったシャムエル様が、机の上に現れてステップを踏みながら飛び跳ねている。

「おう、まずは普通の鶏肉で作った蒸し鶏だよ。これだけだとちょっと薄味だよ」

　もう一切れ切って渡してやる。そうそう、これが味見だよな。

「わあい、美味しそう」

　嬉しそうにそう言ったシャムエル様は、両手で受け取った蒸し鶏を齧り始めた。

「確かに薄味だけど、すごく柔らかくて美味しいね。後の二つはまだなの？」

　当然のようにそう言われたところでタイミングよく出来上がったので、ハイランドチキンとグラスランドチキンの蒸し鶏も一切れずつ切って渡したら、どちらも美味しいと大喜びされたよ。

　なんだか楽しくなってきた俺は、追加分を作るために新しく出してもらった各種鶏肉にせっせと塩とお酒を振りかけて回った。

　そのあと、ありったけのコンロとフライパンを並べて蒸し鶏の大量生産は無事に終了したのだった。

「あいつら、何処まで行ったんだよ」

フライパンを片付けながら、そろそろ暗くなってきた外を見る。

「サクラ、ランタン出してくれるか」

「はあい、どうぞ」

いつも使っているランタンを出してもらい、火を灯してテントの梁《はり》に引っ掛けておく。一つは机の上だ。

「さて、夕食は何にするかな」

考えて、不意に思い出したあるものが食べたくなった。

「よし決めた、今夜はカルボナーラにしよう。だけどソースの作り方って……」

師匠のレシピ本で探すとしっかり載っていたよ。喜んでそのページを開いて材料を確認する。

「何々、材料はベーコンとニンニク、生クリームと牛乳、卵黄、岩塩と黒胡椒に粉チーズ。パスタとオリーブオイル。よし、全部あるな」

俺の呟きを聞いたサクラが、言った材料をどんどん取り出してくれる。

「おう、ありがとうな。じゃあ作るか。しかしあいつらの食う量が……とりあえずハスフェル達は一人につき五人前計算で、ランドルさんとバッカスさんは一人につき三人前で作ろう。残れば収納しておけばいいからな。時間停止付きの収納様々だよ」

小さくそう呟いて玉子を手にする。

「誰かこれ、白身と黄身に分けてくれるか」

レシピには、卵白と卵黄って書かれているけど、つい黄身とか白身って言うの何故なんだろうな？　そんな事を考えていたら、イプシロンがすっ飛んできて手早く白身と黄身を取り分けてくれた。

「ご主人、残った白身はどうすればいいですか？」

一人前につき黄身一つ使うから、白身が大量に余る。

「まとめて、サクラに預けておいてくれるか」

「了解、じゃあ渡しておくね」

イプシロンがそう言って、黄身の入ったボウルを渡してくれた。

まずは取り分けてもらった黄身に粉チーズと牛乳を少し加えてなめらかにして、一旦そのままサクラに預かってもらう。

それから、大きな寸胴鍋《ずんどうなべ》にたっぷりの湯を沸かして先にパスタをゆでておく。

「ええと、それで結局何人前作ればいいんだ？　ハスフェル達が五人前として十五人前、ランドルさんとバッカスさんで六人前、俺は一人前。ええ、二十二人前かよ。ちょっと多過ぎるかな？」

少し悩んだが、セレブ買いで購入したパスタスケールで量って、２キロ超えの大量のパスタを寸胴鍋を並べてゆでる事にした。

だけどゆで上がった予想以上の量の山盛りのパスタを前に、一人で大笑いしたよ。

「これはさすがにゆで過ぎたな。この量を一度に作るのはどう見ても無理があるよ」

悩みつつも、冷めないうちにサクラに渡しておく。

「なあサクラ、さっき渡した卵の黄身って、等分に出来るか？」

「出来るよ。何等分にしますか？」

あっさり出来ると言われて俺の方が驚く。

「おお、素晴らしい。それならさっきのパスタと黄身を混ぜたやつ、それぞれ五等分でお願いするよ」

「了解です。分けておくね」

触手が敬礼のポーズをとってすぐに引っ込む。

うちのスライム達は、この何気ない仕草が可愛いんだよな。

笑ってサクラを撫でてやり、プルプルな手触りを楽しんだよ。

「じゃあ仕上げていくぞ。まずはこのベーコンをこれくらいの分厚さで短冊切りに、ニンニクはみじん切りにしてくれるか」

ゼータとエータがすっ飛んできて、ベーコンとニンニクをそれぞれ飲み込んで切ってくれた。

「ありがとうな。ここからは火を使うからお前らは下がっていてくれよ」

一番大きなフライパンを取り出し、たっぷりのオリーブオイルとみじん切りのニンニクを五分の一入れ、コンロに火をつけてニンニクを炒めていく。

「ニンニクは、じっくり最初の低温の時から入れておき、最後に一気に炒めて香りを出す。これがニンニクの良い香りを引き出すコツだって、定食屋の店長から教わったんだよな」

小さく呟き、そこにベーコンも五分の一を投入してさらに炒める。

「ベーコンは、焦がさないようにしながら端っこがカリカリになるくらいまで炒める」

独り言で手順を呟きつつベーコンをしっかり炒める。

「一旦火を止めて、生クリームと牛乳を加えて温める。沸騰はさせなくていい。温まったらここに塩とたっぷりの黒胡椒とを加える」

デルタが砕いてくれた岩塩と黒胡椒を加えて混ぜる。

「ここにゆでたパスタを五分の一加えて混ぜ、さらに黄身と粉チーズを混ぜたのも加えて混ぜれば完成だ！」

五分の一の量でも、やっぱり山盛りだ。

気にせず深めの大皿にそのまま全部入れて、さらに上から黒胡椒をかけて冷めないうちにサクラに預ける。残りも同じ手順で仕上げれば、大量のカルボナーラの完成だ。

「あとはサラダと野菜スープがあればいいな」

ホテルハンプール特製コンソメスープを鍋に取り分け、そこに玉ねぎとニンジンとセロリとジャガイモ、エリンギもみじん切りにして加えて煮込む。具に火が通ったら岩塩を足せば完成だ。

「よし、出来上がりだ。ああ、タイミングよく帰ってきたな」

笑って振り返ると、ハスフェルを先頭に一同が森の中から駆け出してくるところだった。


「おかえり、夕食の用意出来ているぞ。もう食べるか？」

それを聞いたハスフェル達は、従魔達から飛び降りてそのまま俺のテントに入って来た。

「お願いします！」

仲良く全員の声が揃う。

笑って用意したサラダやスープを取り出して並べ、要らないとは思うが一応パンも出しておく。

取り皿用のお皿各種も並べて、あとはもう好きに食え方式だ。

「今日の夕食は、カルボナーラスパゲティです！」

そう言って山盛りのカルボナーラの入った大皿を取り出して並べてやると、またしても全員大喜び。

ええ、これはもしかして足りなくなる可能性もある？　まさかの事態を想定して、慌てて蒸し鶏を切りネギ塩だれと一緒に並べておく。これは、サラダのトッピングにもなるからな。

「おお、美味そうだな。では遠慮なくいただきます！」

ハスフェルの嬉々とした声に、同じく嬉しそうな全員の声が重なる。

全員が取り皿を手に、嬉々としてカルボナーラの皿に突撃して大騒ぎになった。

某泥棒アニメの有名なミートボール入りスパゲティを取り合うシーン、まさにあんな感じだ。

ハスフェル達三人が同じ皿から取り合いしているのを見て笑った俺は、とりあえず別の皿から大盛り一人前を確保した。

野菜スープとサラダも取り分け、せっかくなので蒸し鶏もサラダの横に一緒に貰う。もちろん蒸し鶏にはネギ塩だれをかけたよ。

取り合いの大騒ぎがようやく収まり、それぞれの席に座る彼らを横目に見て、冷えた麦茶と一緒にいつものように簡易祭壇に俺の分を並べた。

「カルボナーラと野菜スープ、それからサラダには蒸し鶏トッピングだよ。少しだけど、どうぞ」

目を閉じて手を合わせる。

いつものように、収めの手が優しく俺の頭を撫でてから料理を順番に撫でて消えていった。

「さて、俺も食べよう」

そう呟き、手早くお皿を戻して席に座った。

「あ、じ、み！　あ、じ、み！　あ〜〜〜〜〜〜〜〜〜〜〜〜〜〜〜っじみ！　ジャジャン！」

大きなお皿を振り回したシャムエル様が、軽やかなステップを踏んで飛び跳ねている。

これって、ランドルさん達にはどう見えているんだろうな。若干心配になりつつ、お皿を受け取ってカルボナーラをフォークで巻き取って山盛りにのせてやり、サラダと蒸し鶏も横に添えてやり、お椀に野菜スープも入れてやった。

「思ったよりクリーミーに仕上がったな。自分で作って言うのも何だが、美味い」

自分の仕事に満足しつつ、あっという間に空になった大皿を見て笑った。

「今日は豪華デザートがあるから、程々にな」

豪華デザートと聞いてランドルさんとバッカスさんの目が輝く。ハスフェル達も興味津々の様子で俺を振り返った。

「それにしても、料理だけではなくデザートまで作れるんですか。ケンさんが料理屋をすれば絶対に行列が出来ますよ」

「確かに。ケンさんがハンプールで料理屋をやってくれたら絶対通うぞ」

満面の笑みのランドルさんとバッカスさんにそう言われて、照れ臭くなった俺は誤魔化すように残っていたカルボナーラを一気に口に放り込んだ。


「これがデザートだよ。全種類盛り合わせたスペシャルデザート。もしくは、欲しい分だけ言ってくれたらそれだけで盛り付けてやるぞ」

夕食を食べ終え机の上を綺麗に片付けた後、今日作ったデザートを一通り並べて見せる。

「おお、これはすごいな。どれも美味しそうだ。是非一通り食ってみたいので、全種類やや少なめでお願い出来るか」

「俺も、やや少なめ全種類でお願いします」

ハスフェルの言葉に、ギイも笑顔でそう言っている。

「俺は普通に盛り合わせてくれるか。これは是非しっかり食べてみたい」

意外な事に、オンハルトの爺さんは普通サイズを希望だった。酒飲みなのに甘いのもいける口かよ。最強だな。

「お、大盛りでお願いします！」

「俺も大盛りでお願いします！」

嬉々として手を挙げるランドルさんとバッカスさんの言葉に思わず吹き出す。

「了解、じゃあ準備するから見ていてくれよな」

笑ってそう言い、さっき使ったのと同じ皿を五枚並べる。

「控えめが二人と普通が一人、大盛りが二人だな」

確認すると揃ってうんうんと頷く。お前ら全員子供か。

パウンドケーキ各種はサイコロ状にカットして、レアチーズケーキをご希望通りの量で切り分けておく。

それから盛り合わせ用の果物を手早く切る。リンゴのウサギは切ってあったのがあるからそれを使う。

「ブラウニーは同じ大きさで切っているんだけど、あ、控えめ用に削った分を大盛り用に使えばいいのか」

そう呟いて、ブラウニーを三分の一くらいで切り分け、大きい方を残してそれぞれ大盛り用のところに切った分を移動させる。

「じゃあ準備が出来たので盛り付けるぞ。まずは生クリームが入ります。その上にパウンドケーキが積み上がりま〜す」

解説しながら生クリームの上にパウンドケーキマウンテンを盛り付け、その上にもまた生クリームを落とす。

「ブラウニーの大地の横にはレアチーズケーキの谷があります。そして果物の森。最後に白いアイスクリームの岩が大地の手前に転がれば完成だ！」

そう言って最後に綺麗に切れたイチゴの扇子をアイスクリームの上にのせると、またしても全員から拍手大喝采。

何これ面白い。

「はいどうぞ。気にせず先に食ってくれていいぞ」

出来上がった順に渡してやり、机の上で待ち構えていたシャムエル様を振り返った。

「次は、シャムエル様専用ミニサイズだな」

ハスフェル達が大喜びでデザートを食べ始めるのを見ながら、シャムエル様用のミニサイズを作ろうとしたのだが……。

「ええ、私も大きいのがいいよ」

小さく切ろうとすると、いきなり腕の上に現れたシャムエル様がそう言いながら俺の腕をバシバシと叩いた。

「ちょい待て、さっきほぼ一人前食っただろうが」

「さっきはさっき、今は今！」

当然のようにそう言って、先ほど作った時に使ったお皿よりももっと大きなお皿を取り出して俺の前に置いた。

「はい、これにお願いします！」

「はいはい。了解。じゃあちょっと考えている別バージョンがあるからそれを作ってやるよ。待ってくれるか」

にんまりとそう言って笑った俺は、ハスフェルを振り返った。

「ハスフェル、ブランデーあるよな」

「おう、もちろんあるぞ。何だ、飲みたいのか？」

さっと取り出してくれたそれは、いつもの美味しい高級ブランデーだ。

「飲むんじゃあないけどな」

そう言って、取り出した小さな片手鍋にブランデーをたっぷりと入れて中火にかける。沸騰はさせずに温まったらすぐに火から下ろす。

何をするのかと、興味津々で手を止めた全員が俺に注目している。

手早くパウンドケーキをさっきのようにサイコロ切りにして、温めたブランデーの中に浸してすぐに取り出す。それから、ブラウニーも丸ごと一つブランデーに浸してやる。

「お前、すごい事思いつくな。それ、後でいいから是非食わせてくれ」

笑顔のハスフェルの言葉に、全員がまるで壊れたおもちゃみたいに頷いている。

「分かった分かった。もう一つ試作するからちょっと待ってくれ」

苦笑いしながらそう言うと素直にまた揃って頷くが、全員の視線は俺の手元をガン見中だ。

ブランデーまみれサイコロパウンドケーキを一つ味見して、笑顔でサムズアップ。また拍手が起こる。

「赤ワインも出してくれるか」

瞬時に赤ワインの瓶が取り出され、手早く栓を抜いて渡してくれる。

別の小鍋に赤ワインを少し入れてまた温める。

「甘みは……蜂蜜でいいか」

蜂蜜の瓶を取り出し、温めた赤ワインの中にたっぷりと入れてかき混ぜる。

そのまま少し煮詰めれば完成だ。

「ブランデーは、自分で好きに浸して食ってくれ」

そう言って、パウンドケーキを小さめのサイコロ状に切り分けてやる。

さっきのブランデーの入った小鍋ごと彼らの目の前に置き、サイコロパウンドケーキ各種と同じくサイコロ状に切ったブラウニーをそれぞれお皿に山盛りにして鍋の横に置く。細めのフォークを人数分並べたら準備完了。

題してパウンドケーキとブラウニーのブランデーフォンデュバイキングだ。

多くは語らない。後は好きに食え。


目を輝かせた五人が、ほぼ同時にそれぞれのフォークを手に鍋に群がる。

「じゃあ、シャムエル様の分を作るぞ」

彼らがブランデーフォンデュに群がるのを横目に、シャムエル様が出したお皿にさっきと同じ手順で生クリームをのせて手早く作っていく。

当然、パウンドケーキとブラウニーはさっき作ったブランデーしみしみバージョンだ。

赤ワインソースは、こっそりアクアに冷ましてもらった。

「ちょっと味見」

小さめのスプーンで赤ワインソースを少しだけすくって口に入れる。

「ちょっと甘すぎたかも。まあ、スイーツなんだから甘くて当然だな」

そう呟き、レアチーズケーキもナイフを温めてから切り分けて、そこにさっきの赤ワインソースをたっぷりとかける。

果物はイチゴを刻んだのとリンゴのウサギだけだけど、レアチーズケーキには飾り用のさくらんぼがのっているからそれで良いよな。

アイスクリームには、ブランデーをこれまたたっぷりと振りかけてやれば完成だ。

「出来たぞ。スーパースペシャルデラックススイーツプレート大人バージョンの完成だ」

「ブラボー！　ブラボー！」

大興奮のシャムエル様が何度もとんぼ返りを切って決めポーズを取っている。

「一応、これもお供えな」

実はさっきから、後頭部の髪の毛をめっちゃ引っ張られている。

苦笑いしつつ振り返ると、予想通りに収めの手両手バージョンが俺の髪の毛を引っ張っていた。

ここにはランドルさん達もいるんだけど、大丈夫なのかね？

「ええ、スーパースペシャルデラックススイーツプレート大人バージョンです。どうぞ」

簡易祭壇にお皿を置き、手を合わせて目を閉じて小さくそう呟く。名前長っ。

これ以上ないくらいに丁寧に収めの手がケーキを順番に撫でていくのを黙って見ていた。

最後にこっちに向かって手を振ってから消えていく収めの手を見送って、シャムエル様の目の前に下げたお皿を置いた。

「はいどうぞ。ご希望のスーパースペシャルデラックススイーツプレート大人バージョンだよ」

「わあい、もう見ただけで最高。では遠慮なく、いっただっきま〜〜〜〜す！」

嬉々としてそう宣言すると、やっぱり顔からパウンドケーキマウンテンに突っ込んでいった。

笑った俺は、小皿にアイスクリームをすくって、残りをまとめて収納してから席に座った。

それから、自分のアイスクリームの上にたっぷりとブランデーを回しかけた。

「アイスを作った時からこれがやりたかったんだよ。ブランデーアイス。異世界でこれが食べられるなんて最高だよ」

糖分過多になるので滅多に食べなかったけど、某高級アイスクリームのカップのやつ、好きだったんだよな。バニラ味にブランデーをかけて食べたらさらに高級感増し増しになったんだよ。

懐かしい記憶に浸りつつ、俺は大喜びでスイーツを平らげる仲間達を眺めながらブランデーアイスを満喫したのだった。

第84話　豚の角煮

今朝も従魔達総出のモーニングコールに起こされた俺は、苦笑いしながら身支度を整えた。

テントの垂れ幕を巻きあげていると、起きていたハスフェル達が手伝ってくれた。

大急ぎで顔を洗ってきてサクラに綺麗にしてもらう。

「ごめんよ。じゃあ出すから好きに取ってくれよな」

いつものサンドイッチ各種を机の上に取り出して並べる。

「じゃあ、今日も俺は留守番でいいか？」

「俺達は、今日は向こうの山側へ行ってみるよ。ヤミーが、あの山側にかなり大きなハイランドチキンの亜種の巣があると教えてくれたんでな。頑張って集めてくるよ」

「おう、そりゃあ楽しみだな」

どうやらエンカウント率の低いジェムモンスターを狙うよりも、この辺りに相当いる野生の肉の食える動物を狩る方にシフトチェンジしたらしい。

まあ、珍しい肉はどこへ行っても喜ばれるからな。頑張って集めてもらおう。

自分の分とシャムエル様の分のタマゴサンド、それから野菜サンドと鶏ハムとレタスのサンドイッチを取り、マイカップにオーレを、グラスにはいつもの激うまジュースミックスを入れてから席に戻った。

「あ、じ、み！　あ、じ、み！　あ〜〜〜〜〜〜〜〜〜〜〜っじみ！　ジャジャン！」

割と軽めのステップの後、決めのポーズでお皿が差し出される。

「はいはい、今日も格好良いぞ」

笑ってお皿にタマゴサンドを丸ごとのせてやる。

「こっちは？」

「じゃあ、これだけくださいい」

野菜サンドと鶏ハムサンドを見せると、シャムエル様は手を伸ばして鶏ハムを一切れサンドイッチから引っ張り出した。

並んだ蕎麦ちょこに、オーレとジュースをそれぞれ入れてやり、もう一度自分用に追加して席に戻る。手を合わせてからそれぞれ食べ始めた。

「さて、それじゃあ今日は一日煮込み料理だな」

そう呟いた俺は、タマゴサンドに豪快にかぶり付くシャムエル様を見ながら野菜サンドを手に取った。


「それじゃあ行ってくるよ」

「夕食、楽しみにしていますね」

笑顔でそう言って手を振るハスフェル達とランドルさん達に手を振り返した俺は、彼らが森の中へ消えていくまで見送ってからテントへ戻った。

今日も留守番組は草食チームとスライム達、そしてセーブルだ。

「ベリー達もあいつらと一緒に行ったみたいだから、お土産が楽しみなような怖いような、だな」

机に座って尻尾のお手入れに余念がないシャムエル様にそう言って、後ろからその小さな頭を撫でてみる。

他意はなかった。そういえばシャムエル様の頭って撫でてみた事ないなあ。くらいの考えだ。

「ぴひゃ！」

しかし、俺が頭を撫でた直後に奇妙な声を上げて、シャムエル様が尻尾を抱えたままコロンと転がった。

「うおお。どうしたどうした」

そのまま机の上から落ちそうになって、慌てて拾ってやる。

「もう、いきなり触らないでよね。びっくりして崩壊しそうになったじゃない！」

俺の掌をバンバンと叩きながら、尻尾を振り回したシャムエル様が文句を言う。

「ごめんよ。そんなにびっくりするとは思わなかったよ。そんなに怒るなって」

両手を開いて頭の上に上げて降参のポーズを取ってとりあえず謝る。

「まあいいよ。今度から気をつけてね」

俺の掌から机に飛び降りたシャムエル様は、そう言ってまた尻尾のお手入れを始めた。

苦笑いしてため息を一つ吐いた俺は、足元に来てくれたサクラを机の上に抱き上げて道具と材料を出してもらおうとしてふと手を止めた。

「なあ、シャムエル様。ちょっと聞いて良いか？」

「何、どうしたの改まって？」

ふかふか尻尾に戻ったシャムエル様が、不思議そうに俺を振り返って見上げる。

「今言った、驚いて崩壊しそうになったって……何？」

「あはは、相変わらずよく聞こえる耳だねえ」

誤魔化すように笑ったシャムエル様が、そう言って頭を短い手で掻いた。あ、それ可愛いかも。

「えっと、初めて会った時に言ったんだけど、もしかしたら忘れているかな。私は、本来実態の無い存在だからね。やろうと思えば何にでもなれるんだよ。それで今は、物を食べたりケンに触ったりする為に、実体のある体を作り出しているんだ」

「ええ、そんな事出来るのか……って、まあそうか。創造神様だもんな。そんなのお手の物か」

「いやいや、全然簡単じゃないって。今みたいに、驚いて集中が切れると、下手をすると崩壊しちゃうんだ」

真顔でそう言われて、俺は目の前でシャムエル様が霧になって消えるところを想像した。

そんなのを見たら、正気でいられる自信がないぞ。

「ええと、もしかして一度崩壊したら……？」

もの凄く嫌な予感に恐る恐るそう尋ねる。

「まあ、ここはとっても面白いところだから、また新しい体を作って戻ってくるつもりだけど、すぐは無理かなあ。せっかく未《いま》だかつてないくらいに上手く出来た体なんだから、出来ればここにいる間はずっと使いたいんだ。だから大事にしてよね」

何故だかドヤ顔のシャムエル様を見て、壊れたおもちゃみたいにウンウン頷いたよ。うん、気をつけよう。

「あ、それってもしかして、以前シルヴァ達が死ぬのかって聞いた時の話と同じだったりする？」

確かあの時も、仮にまたあの体と似た体を作って来たとしても、以前と全く同じにはならないって。

「ああ、まあ正確にはちょっと違うんだけど、そう思ってくれるのが一番分かりやすいかな」

「了解、気をつけるよ」

「だけどまあ、ちゃんと分かっている時なら、またちょっとくらい撫でてもいいよ」

サクラの方を向いていた俺は、小さな声で言われたその言葉を危うく聞き逃すところだった。

「ええ、今のって？」

「べ、別に嫌ならいいよ」

そっぽを向くシャムエル様の後頭部を見て満面の笑みになった俺は、今度は断ってからゆっくりとその小さな頭を撫でてやったのだった。

「ええと、何を用意すればいいんだっけ？」

師匠のレシピ本を取り出して、まずは豚の角煮のレシピをじっくりと読み込む。

「ふむふむ、一度別に下ゆでするのか。それでその後に、味付けしたタレでもう一回煮込むのか。

あ、ゆで卵も一緒に煮ると美味しいって書いてある。これは是非作ろう」

段取りが分かったところで、材料と道具を出してもらって調理開始だ。

「上手くいったら角煮まんとか作りたいな。あれって生地はどうやって作るんだ？」

思い付いたはいいが、さすがに作った事が無いので分からない。

「こんな時こそ、師匠のレシピだよな」

期待しつつレシピを探す。

「あ、あった！　へえ、生地を発酵させるのか。ううん、さすがにこれはちょっと無理だな」

そう呟くと、サクラが触手を伸ばして俺を突っついた。

「ご主人、もしかしてこれが使えるんじゃない？　材料をたくさん買った時にパンのお店の人が言っていたよ。これで形を作って焼けばパンが出来るし、蒸しパンにもなるって」

そう言って取り出したのは、木箱に並んだ白くて丸い塊だった。

「説明書が添えてあるな。何々？　一次発酵済みの状態ですので、このままガス抜きをしてから希望のサイズに等分して二次発酵させて焼けばパンに、このままガス抜きして形成して具を包んで蒸せば、肉まんや角煮まん等が出来ます。おお、まさしくこれだよ。セレブ買い最高だな。よしよし、後で角煮まんも作ってみよう」

その木箱は一旦収納しておいてもらった。

目の前に取り出された角煮用の巨大な豚のバラ肉は、余裕で10キロはありそうだ。

一応、1キロ分くらいを角煮まんにして、残りを夕食にする予定だ。9キロあれば、二食分プラスアルファくらいはあるだろう……多分。

「サクラ、じゃあこれ全部切ってくれるか」

見本で3センチくらいの厚さに一切れ切り、あとはサクラに任せる。

まずは寸胴鍋にお湯を沸かして、豚肉の下ゆでをしていく。

「アクを取りながら軽くゆでたら、豚肉を取り出してこのお湯は捨てるのか。ふむふむ」

レシピを確認しながら金属製のザルにゆでた豚肉を取り出し、お湯は地面に捨てる。

こうしておけば、これもスライム達が先を争うようにして綺麗にしてくれるので、足元が濡れて悪くなる事もない。

「鍋にネギと生姜と水を入れてから豚肉を戻してまたゆでる。ここはゆで時間が長いんだな。じゃあサクラ、煮込み用のコンロを出しておいてくれるか」

そう言いながら、鍋を軽くかき混ぜる。

「一度沸くまでは強火で一気に加熱して、あとは弱火でじっくりゆでる。それでその後、一旦冷まして固まった脂を取り除く。成る程」

もう一度レシピを確認しつつ、作業を進める。

ゆで時間の有効活用で麦茶とコーヒーを大量に仕込み、二度目のゆで時間が終了になった。

「ええと、じゃあアルファ。これを冷まして欲しいんだけど、分かるか？」

「了解、じゃあ冷ましま〜す」

熱々の鍋をそのままパクッと飲み込んで、モニョモニョと動いている。

しばらく待っていると突然動きが止まった。

「ご主人大変だよ！　お鍋の中で何か固まった！」

お鍋を吐き出したアルファが、そう言って慌てている。

「おお、これでいいぞ。ご苦労さん。へえ、こんなに脂が出るんだ」

鍋を覗き込んで感心したようにそう呟く。

「それでいいの？」

失敗したと思って戸惑うアルファをそっと撫でてやる。

「これは豚肉から出た脂で、冷めると固まるんだ。これはいらないんだけど、スライムってこんなのも食うのか？」

その瞬間、スライム全員が伸び上がって答えた。

「食べま〜す！」

「じゃあ、取るからちょっと待ってくれ」

そう言って、大きなスプーンで脂をすくうと、ちょっとビビるくらいに取れた。

豚肉の脂は体に良いって聞くけど、さすがにこの塊は駄目だ。

「でもこの料理は、その脂を取ってから味付けするんだからな。よし、何だか良い事している気になってきたぞ」

集まった脂の塊はアクアゴールドに食べてもらった。仲良く公平に食べるには、これが一番良いらしいからな。

「ええと、脂を取り除いたゆで汁をそのまま使うのか。ここでようやく調味料の登場だな」

呟きながら豚肉とゆで汁の入った鍋に、お酒と醤油、砂糖とみりんをそれぞれ量って入れていく。

「サクラ、ゆで卵を三十個出して、殻を剝いてくれるか」

多いとは思うが、残ったら置いておけばいいもんな。俺は一個か二個あれば充分だから煮卵は二食分の予定だ。え、一個多い？　味見だ味見。

鍋を火にかけながらもう一度レシピを確認する。

「ゆで卵を入れるのはもうちょっと後でいいのか。でもまあ、味が染みた方がいいもんな」

って事で、一煮立ちしたところでゆで卵も投入。

「このまままた弱火でじっくり煮込むのか。じゃあ、その間に角煮まんの準備をするか」

レシピを確認すると、丸く平らにしたのを二つ折りにして蒸すやり方と、豚まんのように角煮を刻んで具にして丸く包んで蒸すやり方の二種類が載っている。

「そりゃあ二つ折りにして、分厚い角煮を挟むのが良いよな」

俺のイメージは、中華街で食べた豚の角煮まんだ。

取り出した一次発酵済みのパン生地を、空気を抜くようにしながら軽く揉んでやる。

テニスボールより小さいくらいを取り、大きさを揃えながら丸めてバットに並べていく。

ここで10分ほどおく。温度は書いてないけどこのままでいいのか？

その間に、蒸し器を用意する。これもセレブ買いで見つけたものだ。

下の鍋に水をたっぷり入れて火にかける。上の鍋は底に穴が開いていて、蒸気が上がる仕組みだ。

片付けていたらそろそろ時間になったので、バットからパン生地を取り出して調理用の薄紙の上に置く。

もう一枚の薄紙で挟んでから、めん棒で2センチくらいの厚みに伸ばす。これは伸びたらすぐに剝がす。若干分厚さに差があるが気にしない気にしない。

表面に油を塗ってから二つ折りにして、蒸し器に並べていく。

「時間が書いてないんだよな。まあ10分くらい蒸してみるか」

蓋をして中火にしてから、角煮の鍋を見にいく。

「おお、めっちゃ美味しそうになったぞ」

思わずそう言いたくなるくらいに、覗き込んだ鍋の中は、焦げ茶色の艶々の角煮と煮卵が見事に出来上がっていた。

🐾

「おお、いい感じに煮詰まったな。どれどれ、ちょっと味見してみるとしよう」

鍋の中を軽く混ぜてから、角煮を一切れ取り出してまな板の上でナイフで半分にする。

「おお、トロトロになっているよ。これは美味い！」

一切れ口に入れて満足そうにそう呟く。

「あ、じ、み！　あ、じ、み！　あ〜〜〜〜〜〜〜〜〜〜〜〜っじみ！　ジャジャン！　ほら、早く早く！」

軽くステップを踏んだ後、俺が何となくぼんやりとシャムエル様を見つめていると、いきなりシャムエル様は足踏みを始めた。

ダンダンと賑《にぎ》やかな足音が響く。

「はいどうぞ。これが本当の味見だな」

笑ってまた一切れ切ってやる。

「うわあ、これ美味しい、ふわふわのトロトロだね」

両手で角煮を受け取ってそのままいきなり齧ったシャムエル様は、ご機嫌でそう言って尻尾を振り回している。

「うん、我ながらなかなか上手く出来たよな。これは煮卵な。これも味見だから半分こだぞ」

鍋の底の方にあった玉子を取り出して、同じく半分に切って大きい方を渡してやる。

自分の分は、そのまま口に放りこむ。思ったほど味が付いていない。

「ううん、煮卵はもうちょっと時間をおいた方が味が染みそうだな。そうか、これも冷ましてもらえばいいのか」

こういう煮物は、冷める時に味が染み込むから、これはやるべきだろう。

って事で、隣で待ち構えていたエータに鍋ごと預けて半日程置いてもらう事にする。

「半日分だね。ちょっと時間がかかりま〜す」

モニョモニョと動きながら、仕事を頼まれたエータが張り切って働いている。

「ご主人、そろそろ時間だよ」

すっかりキッチンタイマー代わりになっている砂時計担当のゼータが、蒸し器の時間を教えてくれる。

「おう、ありがとうな。どれどれ」

慌てて蒸し器に駆け寄り、ゆっくりと蓋を開けて滴防止に被せていた布巾を外す。

「おお、めっちゃ綺麗に蒸し上がってる。ううん、これも味見したい！」

しかし、残念ながら角煮はエータが時間経過のために、鍋ごと飲み込んでいる最中だ。

「じゃあ、これは角煮が仕上がってからのお楽しみって事で、蒸し時間も分かったので残りも蒸していくとするか」

小分けして用意していたパン生地を、順番に同じように平べったくして表面に油を塗り、二つ折りにしてから蒸し器にかけていく。

蒸し上がった分はそのままサクラに預けておけば、いつでも蒸し立てのまま食べられるからな。

そこまでやって、昼食の時間をとうに過ぎているのに気が付いた。

「はあ、じゃあ一休みするか」

そう呟いて一旦机の上を片付け、作り置きで簡単に食事を済ませた。一人だとこんな感じだよな。

午後からは、一番出汁と二番出汁を大量に作って、色んな具材で大量の味噌汁を作る事にした。

ハスフェル達は、パンと一緒に味噌汁を食べたりもするからな。

「じゃあ、この鍋はワカメと豆腐の味噌汁。こっちはジャガイモとナス。あとは具沢山の豚汁にするか。キノコも色々あるから、キノコとワカメの味噌汁も良いなあ」

味噌汁の具を考えながら、ふと手が止まる。

昔、母さんがよく作ってくれた具沢山の味噌汁が大好きだった俺は、少ししか具の入ってないインスタントの味噌汁があまり好きではなかった。

学生時代のバイト先の定食屋とトンカツ屋では、残り物の味噌汁に余った食材を全部入れる賄い味噌汁が多くて、俺は密かに喜んでいたんだよな。

懐かしい事を思い出してちょっと笑った後に不意に少し寂しくなって、側にいたセーブルに抱きついて誤魔化した。

「急にどうしたんですか？　ご主人」

心配そうなセーブルの言葉に、苦笑いした俺はもう一回力一杯抱きついてから顔を上げた。

「何でもない。ちょっと抱きつきたくなっただけ」

照れ隠しに素っ気なくそう言うと、机に戻って味噌汁の具の準備を始めた。

何かあった時に、何も言わずにただ受け止めてくれる存在があるって……良いよな。

改めて従魔達に感謝したよ。


日が暮れるまでに味噌汁が大量に出来上がり、無事に時間経過も終わって角煮も完成した。

それ以外にもだし巻き卵とふわふわオムレツ、定番おからサラダやフライドポテトも大量に仕込みが完了した。

「お、帰ってきたな」

賑やかな足音と歓声に振り返ると、ちょうどハスフェル達が森の中から勢いよく駆け出して来たところだった。

どうやらまた駆けっこをしてきたみたいで、笑いながら誰が一番だと子供のように言い合っている。

「おかえり、優勝候補の俺抜きで何をやっているんだよ」

わざと煽《あお》るみたいにそう言ってやると、何故だか全員から笑われた。解せぬ！


「何だかいい匂いがするぞ。何を作ったんだ？」

シリウスから飛び降りたハスフェルが、興味津々でテントの中を覗き込んでいる。

机の上は片付けたところだったので、残念ながら何も出ていない。

だけどどうやら、テントの周りはお出汁と味噌汁のとても良い香りがしているみたいだ。

「豚の角煮と味噌汁を作ったんだ。それで今日は何を狩って来たんだ？」

「ああ、待ってくれ。説明するよ」

ハスフェルがそう言い、全員それぞれの従魔達から降りて俺のテントに入ってくる。何故か皆笑顔だ。

とりあえず冷えた麦茶を入れてやり、一息ついたところでハスフェルがさりげなく、自分のスライムをサクラにくっつけた。

『サクラに渡しておいたから、また街へ行ったら捌いてもらえ』

『了解、ありがとうな』

念話でそう伝えてくれたので、同じく念話で返しておく。

「今回の獲物は、ハイランドドチキンの亜種だよ。いやあ、俺も初めて見るほどの大きな営巣地でな。手当たり次第に狩って来たが、全く減った様子がなかったぞ」

そう言いながら、ギイ達と顔を見合わせて笑い合っている。ランドルさん達も苦笑いしているので、どうやら本当にとんでもない数の営巣地だったみたいだ。

「でも、ハイランドドチキンは美味しいいし、亜種なら一羽あたりの肉の量も多いからありがたいよ。これでしばらく鶏肉には不自由しないな」

笑ってそう言いながら、頭の中で何を作るか考える。

ここはやっぱり唐揚げだな。絶対作ろう。ガッツリでかいサイズのやつ。


「どうする？　もう食べるか？」

「よろしくお願いします！」

豚の角煮が入った寸胴鍋を見せてそう尋ねると、見事に全員の返事が重なった。

「よし、じゃあ温めるからもう少し待て」

俺の言葉に揃って打ちひしがれて机に突っ伏す一同。腹減り小僧か、お前らは。

少し考えて家庭用サイズの寸胴鍋を二つ取り出し、角煮と煮卵を別々の鍋にたっぷりと取り分けて煮汁も入れて火にかけ、焦がさないように注意しながら温めていく。

それから、別の鍋には作ったばかりのワカメと豆腐の味噌汁を適当に取り分けてこれも火にかけておく。まあ、こっちはほぼ温まった状態で保存してあるのですぐに温まったよ。ネギを散らしてすぐに火を止める。味噌汁を温める時は、煮立たせたら駄目なんだぞ。

「一応こんなのも作ってみたんだ。角煮を挟んで食べる角煮まんの皮。ご飯の上にのせたら角煮丼になるけどどうする？」

「両方お願いします！」

蒸した皮を見せてそう尋ねると、予想通りの答えが全員から返って来た。

「だよな。やっぱりそうなるよな」

笑って頷き、まずは煮卵を取り出して半分に切る。一応黄身が見えた方がテンション上がるかと思っただけなんだが、何故だか切った瞬間に拍手が起こった。

温まった味噌汁を各自取り分けている間に、机の上に師匠から貰った副菜を適当に並べておく。青菜の煮浸しやほうれん草のおひたしとか、ニンジンと大根の浅漬けやキャベツの塩もみ等。何しろメインが濃い味付けなので、やや薄めの味付けを中心に並べておく。

熱々のご飯の上に温まった角煮を切って煮汁ごとたっぷりと盛り付ける。上から小口切りのネギを散らせば完成だ。

「お待たせ。まずは角煮丼だよ」

また拍手が起こって、笑いながらそれぞれに渡していく。

次に蒸し上がった皮の間に、これも温まったトロトロの角煮をぎっしりと詰めていく。それから切った煮卵入りの角煮まんも作っておく。

「追加の角煮と煮卵、それから角煮まんが欲しい人はここからどうぞ」

そう言って角煮の入った寸胴鍋は一旦蓋をしておく。

自分の分の丼と角煮まんを用意しても、まだ温めた角煮はたくさん残っている。大きい方の寸胴鍋の中にも当然だけどまだまだ大量にあるよ。

そりゃあ全部で10キロ近く仕込んだんだから、一回で無くなってたまるか。

「豚の角煮丼と角煮まんだよ、ワカメと豆腐の味噌汁と、ニンジンと大根の浅漬け、それからほうれん草のおひたしです。少しですがどうぞ」

いつもの簡易祭壇に一通り並べていつものように手を合わせる。

優しく頭を撫でられる感触の後。目を開くと料理を順番に撫でた収めの手が消えて行くところだった。

「今日は冷静だったみたいだな。またスイーツを作ったら大騒ぎになりそうだ」

小さく笑ってそう呟くと、料理を自分の席へ移動させてようやく座った。

「では、いただきます」

どうやら待っていてくれたらしい彼らにもお礼を言って、それぞれ食べ始める。

「おお、この濃厚な味、煮卵もめちゃ美味しい。ううん、これは我ながら最高の出来だな」

一口食べて思わずそう呟く。

「食、べ、たい！　食、べ、たい！　食べたいよったら食べたいよ〜〜〜〜〜！」

お椀とお皿を両手に持ったシャムエル様が、歌いながらもの凄い勢いで回転している。あれで目を回さないいってすげえな。

感心して見ていると、掛け声と共にピタッと止まってキメのポーズだ。はいはい、ドヤ顔いただきました。

「おう、格好良いぞ。ええと両方食うよな？」

「もちろん！　あ、そっちのは、そのまま一個お願いします」

角煮まんを半分に切ってやろうとしたら、煮卵入りのを指差してそんな事を言われた。

おう、俺の煮卵入り角煮まんが〜〜！

キラキラした目で見つめられてしまい、諦めのため息を吐いた俺は、二個作ったうちの煮卵入りの方を丸ごと差し出されたお皿の上にのせてやった。

それから渡された普通サイズのお椀に、俺のお椀からご飯と角煮と半分の煮卵をたっぷりとスプーンですくって入れてやり、蕎麦ちょこには味噌汁と麦茶を、副菜も小皿に少しずつ並べてやる。

それを順番にシャムエル様の目の前に並べてやった。

「はいどうぞ」

「うわあ、美味しそう。それでは、いっただっきま〜〜〜〜〜す！」

そう叫ぶといつものように頭から角煮丼に突っ込んでいった。

「相変わらず豪快だなあ」

苦笑いしながらそう言った俺は、シャムエル様に丸ごと取られた煮卵入り角煮まんを先に作り直すために立ち上がった。

「はあ、美味しかった」

作り直した煮卵入り角煮まんは、自分で作って言うのもなんだが売り物にしてもいいレベルだったよ。

まあ、角煮まんのふかふかな皮の元は、パン屋さんの仕込みだから、全部俺の手柄って訳じゃあないけどな。

結局、夕食用に温めた分は大好評であっという間に完食した。角煮の欠片どころかタレも残らなかった。頑張って作った甲斐があったよ。

一応、かなり仕込んだからあと数回分はあるはず……多分。

食後はサングリアを少しだけ飲みながら、今日の狩りがどれだけ大騒ぎだったかの話を聞いた。

何しろハイランドチキンの亜種はデカい。元の世界のダチョウサイズなんだからさ。

当然、足も速いし奴らはなんと飛ぶらしい。

なのでハスフェル達は槍や弓で戦い、従魔達と一緒に営巣地の端から取り囲むみたいに展開しながら攻めていったんだって。

うわあ、あの従魔達とハスフェル達が広がって逃げ道塞ぎながら襲ってきたら……俺だったら確実に泣くな。でもって気絶して一巻の終わりになる未来しか見えねえよ。

あれ？　もしかしてここで一番危険なのって……ジェムモンスターじゃあなくて、こいつらか？

衝撃の事実に気が付いた俺は、全部まとめて明後日の方向に全力で投げ飛ばしておいた。

大丈夫だ、あれは俺の仲間だ。

二杯目のサングリアを飲みながら、俺は指を折ってお祭りまであと何日あるか数えて考えていた。

「まあ、あと数日は料理をしたいんだけど、そのあとはまた少し狩りに参加するか。一応腕が鈍らない程度には実戦を経験しておかないと、郊外では何があるか分からないからな」

そう呟いた俺は、サングリアの軽い酔いも手伝って欠伸をしてから大きく伸びをした。

「じゃあそろそろ休むよ。飲みたい奴は自分のテントか外で飲んでくれよな」

力の抜けた返事が聞こえて、それぞれ残りの酒を一口で飲んでグラスを片付け始める。

つまみのチーズと干し肉の残りは、そのままハスフェルが収納した。絶対、まだ飲むつもりだな。

「今日も美味かったよ。それじゃあまた明日な」

手を上げて立ち上がったハスフェルの言葉に、他のメンバーも順番に自分のテントへ戻って行った。

後で聞いたところによると、ハスフェル達三人は、外に椅子を並べて星見酒を楽しんだらしい。相変わらずよく飲むねえ。

「さて、それじゃあ今夜もよろしくお願いします！」

いつものスライムウォーターベッドの上にニニとマックスが並んで転がり、俺を待ってくれている。

笑った俺が、二匹の隙間に潜り込むと、いつものように背中側には巨大化したウサギコンビが素早く収まる。

フランマが、タロンとタッチの差で俺の腕の中に突っ込んで来て寝場所を確保する。

ヤミーとティグとマロンの新人トリオが、俺の顔の両横と頭の上の位置を確保し、ソレイユとフォールとタロンはベリーのところへ走って行った。

モモンガのアヴィは俺と一緒に寝ると危険なので、大体がニニかマックスの頭の上で寝ている。今日はニニの額の上で丸くなったみたいだ。

夜行性のエリーは、巨大化してテントの外に出て行った。今から虫取りをするんだって。

お空部隊は椅子の背中と止まり木用に買ったハンガーに分かれて留まっているし、テンペストとファインの狼コンビも、ベリーのところへ行ったみたいだ。

「私はここでもいいですか?」

遠慮がちな声と共に、大型犬サイズの大きさのセーブルが、俺の足元にくっつくようにしてニニとマックスの隙間に収まった。

「構わないけど、寝ていて俺が蹴ったりしないかな?」

足元は、寝返りを打った時に蹴飛ばさないか若干不安がある。

「大丈夫ですよ、ご主人の力なら、思いっきり蹴られても私には枝が当たった程度でしかありませんから、どうぞ心置きなく蹴っ飛ばしてください」

何故だかドヤ顔のセーブルにそう言われて、それはそれでなんかムカついた俺は、笑ってセーブルの背中を軽く蹴ってみた。

「硬っ。今、足が痺れたぞ。おい」

驚いて起き上がると、足元でくっついて丸くなっていたセーブルが顔を上げた。

「あれ、何かありましたか?」

素知らぬ顔でそんな事を言うので、俺は笑ってセーブルの背中に、両足を乗せてやった。

「ああ、いいですね。ご主人とくっついて寝るなんて何十年ぶりでしょう」

嬉しそうに目を細めてそう言ったセーブルは、本当に笑っているみたいに見えた。

「足、重くないか?」

「全然大丈夫ですよ。全然重くありませんから」

嬉しそうにそう言うと、また猫みたいに頭を腕の隙間に潜り込ませて丸くなった。

「おやすみ」

「おやすみなさい」

ベリーの声が聞こえた直後、机の上に残していた最後のランタンの火が落とされて、テントの中は真っ暗になった。

改めてふかふかなニニの腹毛に顔を埋めた。ああ、やっぱり癒されるよ。この柔らかい肌触り。

「祭りまで、あと何を作ろうかなあ……」

そう呟いた直後に気持ちよく眠りの国へ墜落していったので、そこから先の記憶は俺にはない。


翌朝、いつもの如くモーニングコールチーム総出で起こされた俺は、眠い目をこすりながら起き出して身支度を整えた。

「そう言えばファルコはモーニングコールチームに参加していないけど、どうしてだ？」

俺の言葉に、ファルコは留まっていたハンガーの上で大きく羽ばたいて見せた。

「私の嘴は、ご覧の通り先が鉤爪のように曲がって尖っているので、この嘴ではどう噛んでもご主人の柔らかな皮膚を傷つけてしまう危険があります。なのでモーニングコールは器用な皆にお願いしているんです」

オウムの大きなクチバシも結構危険だと思うけど、まあ肉食と草食の違いはあるのかもな。

「そっか、それならいいよ」

笑って、肩の定位置に飛んで来たファルコを撫でてやる。

それから、他の従魔達も順番に撫でたり揉んだりしてやる。朝の貴重なスキンシップタイムだもんな。

一通り撫で終わったところで顔を洗いに行く。

跳ね飛んできたサクラに綺麗にしてもらった後、スライム達を順番に水源の泉から流れる小川のくぼみに放り込んでやる。

「おはよう」

「おう、おはよう」

「おはよう、ほら戻るぞ」

ハスフェルとギイもテントから出てきたので水場の場所を譲って、小川にいるスライム達に声をかけてから俺はテントへ戻る。

スライム達が慌てたように川から跳ね飛んで上がり、俺の後を追いかけて来る。川には入れ替わりにハスフェルとギイのスライム達が次々に飛び込んでいくのが見えた。

戻る途中で、オンハルトの爺さんもテントから出てきて、俺とすれ違いざまハイタッチしていった。爺さんの後をスライム達がゾロゾロと追いかけていく。

「なんだかんだで、あいつらも譲ったスライムや従魔達を可愛がってくれているんだよな」

笑って小さくそう呟き、何となく背後を振り返る。

二人のテントから外に出てきて伸びをしているジャガー達に手を振って、俺は自分のテントに戻って朝食の準備をする。

まあ、いつものメニューを一通り出すだけだけどな。

「おはようございます」

「おはようございます。おお、コーヒーの良い香りだ」

ハスフェル達と一緒に、ランドルさん達もテントに入って来る。

「おはようございます。じゃあ食べようか」

いつものタマゴサンドを二切れと鶏ハムと野菜のたっぷり入ったサンドイッチを取る。少し考えて、ハムときゅうりのサンドイッチも二切れ取っておく。

ドリンクも準備してから席につき、手を合わせてからいただく。

「はい、タマゴサンドな。後はどうする？」

大きなお皿を差し出してステップを踏んでいるシャムエル様に、まずはタマゴサンドを丸々一切れ渡してやる。

「ちょっとずつ両方ください！」

「了解、ちょっと待ってくれよな」

取り出したナイフで、サンドイッチの具のたっぷり入った真ん中部分をそれぞれ少し切ってやる。

まあ、この程度だったら許容範囲だな。

蕎麦ちょこにはコーヒーといつもの激うまジュースを入れてやり、今度こそ俺は自分のタマゴサンドにかぶり付いた。

第85話　唐揚げ作りと謎の襲撃者達

「それじゃあな」

「おう、いってらっしゃい」

手を振るハスフェル達に手を振り返し、彼らが森の中へ消えて姿が見えなくなるまで見送ってから振り返った。

今日も、留守番はスライム達と草食チームとセーブルだ。

巨大なハリネズミのエリーが、テントの外をのそのそと歩いているのを見ながらテントに戻る。

今日のセーブルは、テントから少し離れた場所で日向《ひなた》ぼっこしているみたいだ。

「さて、何からするかね」

テントの中で一旦座った俺は、今日の段取りと作るメニューを考える。

せっかくハイランドチキンを沢山狩って来てくれたんだから、鶏肉料理をやってみたい。

「あ、じゃあ今夜は鍋にするか。鶏肉各種と野菜やキノコは適当にたっぷり入れて、豆腐とか餅もあるからそれも入れられる。締めは雑炊で決まり。味は、師匠から貰ったおいしいポン酢があるからそれでいいよな。よし、決まりだ」

まずは今日の夕食のメニューを先に決めておく。

「だったら、野菜と肉は先に切っておくか。サクラ、今から言う材料を出してくれるか」

一応、どこで誰が見ているか分からない見晴らしのいい草原なので、大量の物の出し入れをする時や金色合成して何か食べたりする時は、足元にある大きな木箱の中でやってもらっている。まあ、これなら誰かに見られても箱しか見えないから大丈夫だろう。

サクラが取り出してくれる材料を机の上に並べて、待機しているスライム達に切り方の説明をしていく。出来た分はそのままサクラに渡してもらえば準備は完了だ。早っ！

「じゃあ、このまま次の料理に取り掛かろう。ええと、ハイランドチキンとグラスランドチキンの胸肉を出してくれるか。どっちも一塊な。それから調味料一式と片栗粉も出してくれるか。あ、バットの大きい方ありったけと、ボウルの大きいのも出しておいてくれ」

「はあい、じゃあ胸肉はこれとこれだね」

そう言って、巨大な、俺の常識では有り得ないサイズの胸肉が取り出される。

次に作るのは、トンカツ屋の店長が冗談で作ったら大人気になり、しばらく持ち帰りもやっていた、ずばり、胸肉丸ごと一枚使った顔サイズの巨大唐揚げだ。

まずは巨大な胸肉を普通の胸肉サイズに大量に切り分けていく。包丁の先で胸肉の塊にぶつぶつと切り込みを入れ、めん棒でガンガン叩いてやる。

「出来る？」

サクラとアクアが興味津々で俺のやる事を見ていたので、ここまでやって聞いてみる。

「ええと、切った胸肉に適当に切り込みを入れてから、全体を軽く叩いて伸ばしていく」

そう言いながら、アクアとサクラがそれぞれ一枚ずつ胸肉の切り身を飲み込む。

しばらく二匹揃ってモゴモゴしていたが、ほぼ同時に綺麗に叩いて伸ばされた鶏肉を出してくれた。

「おお、完璧。じゃあこれもやっといてくれるか」

山盛りの胸肉を指差すと、一旦サクラが全部飲み込み、小箱の中へ飛び込んで行った。次々にスライム達が小箱に飛び込んで行く。

サクラとアクアにくっついてやり方を教わっているのを見ながら、机の上に並んだ調味料で大量のつけだれを用意して出汁昆布も入れておく。

「ご主人、全部出来たよ～！」

サクラの元気な声が聞こえたので、笑って積み上げてあった大きなバットを並べる。

「肉はここに分けて出してくれるか。それから、このつけだれを半日分経過で頼むよ」

つけだれに入れた出汁昆布の旨味が出るには一晩程度かかるので、スライムに頼んでそこはショートカットしてもらう。

真っ先に飛んで来たアルファがボウルごと飲み込み、伸びたり縮んだりし始める。

「出来たよ、はいどうぞ」

しばらく待っていて出来上がったつけだれは、いい感じに出汁昆布がふやけた状態になっていた。

ここで出汁昆布は仕事終了なので取り出しておく。

「じゃあこのタレに、鶏肉を漬けていくぞ」

叩いて伸ばしてもらった鶏肉をつけだれにくぐらせて、バットの上に並べていく。

全部の肉を味付けした後、残ったタレは肉の上に適当にかけて回る。

「ええと、これを一時間くらい漬けたいんだけど、お願いするよ」

バットごと渡して、手分けしてスライム達に時間のショートカットをしてもらう。

漬け込みが終われば、片栗粉をまぶして揚げていく。

これは中火でじっくり揚げるので、時々ひっくり返す程度でそれほど慌てて面倒見なくてもいいから大量にフライパンを並べて一気に揚げていった。

パチパチと賑やかな音がし始めたら一旦あげて、もう一回後で揚げる。二度揚げする事でさっくり感が増すんだって。

揚がったら、しっかり油を切ってサクラに預けていく。

昼過ぎまでかかって、大量に仕込んだ巨大唐揚げが終わった。

「凄い凄い！　こんなに大きな唐揚げ初めて見るよ。これはまだ食べないの？」

いきなり机の上に現れたシャムエル様が、すごく残念そうに出来上がった唐揚げを見てから俺を振り返る。

「シャムエル様はこっちをどうぞ。これが本当の味見だな」

笑って千切れた欠片を渡してやり、俺も小さな欠片を口に放り込んだ。

「うん、黒胡椒がきいて美味い。これは絶対テンション上がるよな」

積み上がった巨大な唐揚げを見て喜ぶあいつらを想像したら、なんだか嬉しくなる俺だった。

「さて、どうしようかなあ」

ちょっと遅めの昼食を食べ終えた俺は、残りのコーヒーを飲みながらそう呟いた。

今日の夕食は、鶏肉で鍋にしようと思って材料を切ってあったんだけど、あの巨大唐揚げが夕食のような気になっちゃったんだよ。あれでビール飲みたい。

「そうか、鍋も作って仕込んでおけばいいんだよな。それでハスフェル達が帰って来たら、どっちがいいか聞いてみればいい。よし、そうしよう」

残りのコーヒーを一気に飲み干した俺は、そう呟いて手早く食べた食器を片付けた。

まだ時間はあるので、まずはハイランドチキンの胸肉ともも肉のミンチで、大量の鳥そぼろを作る。

それが終われば、鶏ミンチでミンチカツを作った。

今回は、真ん中部分にスライスしたとろけるチーズを入れている。

サクサクの衣と、じっくり炒めた玉ねぎとバターを足しているので鶏肉の臭みは全くなくて、ふんわり仕上がって肉汁たっぷり。その間から溶けてあふれるチーズ。

定番トンカツと並んで、バイト先のトンカツ屋では女性陣に絶大な人気のメニューだった。まあ、ここにはむさ苦しいマッチョなおっさんしかいないけどな。

懐かしい事を思い出しつつ、ミンチカツをどんどん油で揚げていく。

仲良く手分けして手伝ってくれるスライム達のおかげで、手間のかかるこんなメニューも簡単に出来る。俺はもう、スライム達の手伝い無しには料理出来ないと思うぞ。

「いつもありがとうな」

「お手伝い、楽しいよ！」

「楽しいよ〜！」

「いっぱいお手伝い出来て嬉しいです！」

スライム達が次々に楽しい楽しいと嬉しそうに言ってくれ、思わず俺も笑顔になったよ。

ああ、うちのスライム達は全員揃ってなんて可愛いんだろう。

和みながら最後のカツを揚げ終え、手分けして片付け終わると、次は鶏鍋の準備だ。

鍋料理用の両手鍋に出汁昆布と水を入れて一煮立ちさせて昆布を取り出したら、まずはぶつ切りにした鶏もも肉を大量に投入。白菜の芯の部分と白ネギを入れ、沸いてきたら残りの野菜やキノコもどんどん入れていく。

沸いて来るまでの間に、残りの鶏ミンチで手早くつみれを作る。

鶏ミンチに刻んだネギと生姜のすりおろしを汁ごと入れ、ごま油と溶き卵、塩胡椒をして片栗粉を入れて混ぜるだけだ。

沸いて来た鍋に、スプーンですくってつみれを落とす。

そのまま少し煮込んだところで、豆腐と巾着餅を入れてもう一煮立ちさせれば完成だ。

「じゃあ冷めないように、これは鍋ごと預かってくれるか。追加の野菜はこれな」

残った具材はまとめて預け、また机の上を片付けたところで、いきなり寝ていたセーブルが起きて立ち上がった。

そのまま一気に巨大化して、俺のいるテントのすぐ側に一瞬で走って来た。それと少し遅れて、周りで適当に草を食べていたはずの草食チームまでが、瞬時に全員巨大化して俺のテントを取り囲むみたいにして配置についた。

どうやら誰か来たらしい。

「馬に乗った二人連れが、真っ直ぐこっちへ向かって来ます。念の為ご主人は私の背に乗ってください」

セーブルがそう言った瞬間、周りにいたスライム達が一斉に返事をして俺に飛びかかって来た。

そのままスライム達によってアリに運ばれる獲物よろしくセーブルの背中に一瞬で運ばれ、太いセーブルの首に跨がった状態で下半身をスライム達に固定された。

この高さになると、俺の目にも確かにこっちに向かって走ってくる馬に乗った二人連れが見えた。

一気に緊張した俺は、サクラが出してくれた剣帯を慌てて身につけながら近付いてくるその人影を黙って見つめていたのだった。

こんな辺境の危険な場所に、一体誰が来るって言うんだよ。


セーブルが次第に低い声で唸り始めた。

こちらに真っ直ぐに向かってくる馬に乗った二人組は、剣だけでなく一人は槍を、もう一人は弓矢を背中に装備している。

明らかに武装した二人組に、俺は正直言って相当ビビっていた。

そりゃあ、セーブルと草食とは言えうちの従魔達が一緒なんだから戦力的に負ける事はないだろう。だけど、俺はそもそも人間と戦うなんて絶対にごめんだ。たとえ相手が悪人であったとしても。

今のセーブルは最大クラスに巨大化しているので、俺が使っているテントよりも大きい。

この状態の巨大な熊が見えれば、ただの盗賊の襲撃なら間違いなく襲うのをやめて逃げるだろう。

それを願って、俺はじっとセーブルの上から黙って近付いてくる二人組を睨みつけていた。

しかし、二人組はテントのすぐ側まで来て中を覗き込み、それからわざとらしく俺に気付いた振りをして、驚いた声を上げてこっちを見上げた。

「へえ、従魔は聞いていた顔ぶれと違うな」

「だけどあの顔は間違いなく、言われた人物だな」

理由は無いが、声を聞いた瞬間に強い嫌悪感を覚えて俺は身震いした。

あんなに悪意しかない声なんて聞いた事がない。間違いなく目の前にいる二人組は敵だ。

俺の中で最大限の警告音が鳴り響くのが分かり、唾を飲み込んだ俺は硬いセーブルの毛を力一杯摑んだ。

頭の中では、必死になってハスフェル達を呼んでいた。

頼むから、頼むから早く戻って来てくれ！


「なあ、あんただろう？　前回の早駆け祭りの三周戦の勝者ってのは。確か魔獣使いのケンだったよな」

「ハウンドやリンクスをテイムしているって聞いたけど、何処にいるんだよ」

二人組は、馬に乗ったまま馬鹿にした口調で話しかけてくる。

俺が答えないで黙っていると、イラついたように二人とも口元を歪めて地面に唾を吐いた。

「悪いが、お前さんを殺すように依頼を受けてな」

「お前さんに恨みはないが、諦めて大人しく殺されてくれるか」

そう言った直後、いきなり俺に向かって持っていた槍を投げつけた。しかも早い！

しかし、セーブルが前脚で平然とその槍を叩き落とした。そのまま踏みつけて真っ二つに叩き折る。

「チッ」

舌打ちと同時に、もう一人の男が取り出したのは背中に背負っていた大きな弓だ。はっきり言って、それは人に向けて絶対射っては駄目なサイズだと思うぞ。

槍を投げた男は、腰に装備していた剣を抜いた。

しかし男が弓を取り出した瞬間、巨大化したラパンとコニーがその男に飛びかかって行った。

しかも攻撃したのは、男ではなく乗っていた馬の方だ。

いきなり背後から尻を蹴られて跳ね上がった馬は、背中に乗っていた男を振り落としてそのまま逃げて行った。

「待ちやがれ！」

慌てて起き上がり、逃げていく馬を見て男が叫ぶ。

「いや、蹴られて逃げたのに、待てと言われて待つ馬はいないと思うぞ」

思わず真顔で突っ込んだ俺は間違ってないよな？

「この野郎！」

もう一人の馬に乗っていた方の男が、いきなり剣を構えて突っ込んで来た。

しかし、またセーブルの前脚に軽く払われて、男が馬の上から吹っ飛ぶ。

当然、身軽になった馬はそのまま逃げていく。

「チッ、出直しだ！」

起き上がった男達が逃げようとするが、俺の従魔達が黙って見ている訳はなく、ラパンとコニーが逃げる男達の背中を力一杯蹴り付け、また吹っ飛ぶ男達。

その時、甲高い鳴き声と共に巨大化したファルコが急降下してきた。

どうやらお空部隊が先行して戻ってきてくれたらしい。

そのまま両足で二人の男達の背中をそれぞれ鷲掴《わしづか》みにして、一気に上空へ舞い上がる。

情けない男達の悲鳴が響く。その直後にお空部隊の鋭く鳴く声がして、ファルコの周りを飛び回り始めた。

『おい無事か！』

『何があった！』

『今そっちへ向かっている！　大丈夫か！』

慌てたようなハスフェル達の念話が聞こえて、俺は思いっきり大きなため息を吐いた。

「おう、従魔達が守ってくれたから無事だよ。頼むから早く戻って来てくれ」

普通に声に出して答えた俺も、実は相当パニクっていたみたいだ。

短い返事が聞こえた直後に、森の中から三人の乗った従魔達が飛び出して来た。

それを見たファルコが、ゆっくりと地上に降りてくる。

ハスフェル達と一緒にマックス達も転がるように飛び出してきて、俺を守るように即座に展開した。

ファルコが降り立ち、捕まえていた二人を離した直後に猫族軍団が一斉に男達に飛びかかり、それぞれ寸止めで噛み付く仕草をする。それを更に狼達が取り囲む。

マックスとニニは俺の左右に守るようにして身構えたままだ。

雪豹のヤミーと虎のティグに頭を噛まれる直前で止められ、男達の顔色は真っ青を通り越して真っ白になっている。

当然のように剣を抜いたハスフェルが男の首筋に剣を当てる。もう一人にはオンハルトの爺さんが剣を当てた。

「そ、そいつら……誰かに俺を殺すように言われたらしい」

言いたくはなかったが、これは聞いた以上は言っておくべきだろう。

「で、誰に頼まれた？」

ギイが満面の笑みで男達に問いかける。いや、仲間だけど……その笑み、マジで怖いって。

男達は真っ白な顔のままで黙っているのでどうしたのかと思ったら、どうやら目を開けたまま気絶したみたいだ。

「ケンさん、大丈夫ですか！」

少し遅れて戻って来た為に、離れて見ていたランドルさんとバッカスさんの乗ったダチョウのビスケットがセーブルのすぐ側にゆっくりと駆け寄ってきた。

「まあ、従魔達のおかげで何とか」

苦笑いしながらそう言うと、安堵のため息を吐いた二人はハスフェル達を見た。

「サイの亜種のジェムモンスターを倒したところで、いきなり三人が顔色を変えてその場を放り出して駆け出して行きましてね。当然、貴方の従魔達も一緒に。それで、慌ててジェムと素材を回収して後を追って戻ってきたんです。いやあ、無事で良かったです」

ランドルさんは大きなため息を吐いて襲撃犯を見た。

「あの二人は、ギルドから指名手配を受けている六人殺しの男達ですよ。元冒険者ですが、仲間だった二人を殺し、その直後に四人組の冒険者達も殺しています。相当腕が立つと書かれていましたが、さすがに貴方の従魔達には敵《かな》わなかったようですね」

その言葉に気が遠くなるのを感じたよ。本物の人殺しかよ。

ランドルさんの言葉が聞こえたらしいハスフェル達が、これまた大きなため息を吐いて振り返った。

「悪いが一旦街へ戻ろう。こいつらはこのままギルドへ突き出す、良いな」

揃って頷く俺達を見て、ギイが縄を取り出して気絶した男達を後ろ手にして手早く縛り上げた。

猿轡《さるぐつわ》までさせる徹底ぶりだ。

そろそろ日が傾き始める中、テントを撤収した俺達は街へ戻るためにそれぞれの従魔に飛び乗り無言で走り出したのだった。

「はあ、ハンプールの街までって、こんなに遠かったかなあ」

走るマックスの背の上で、俺はため息と共に思わずそうこぼした。

すっかり暮れてしまって真っ暗になった中を、俺達の乗った従魔達はランタンの明かりだけを頼りに走り続けていた。

ハスフェルとギイのところに、それぞれ一人ずつ捕まえた男達が乗せられている。

一応スライム達が確保しているらしいが、正直に言うと、その辺に放って行きたい気分だ。

だって、誰かに頼まれて俺の命を狙って来たって、面と向かって言われたんだぞ。しかも、いきなり攻撃されたし。

従魔達が守ってくれたおかげで俺はかすり傷一つ負ってはいないが、精神的な衝撃はそれとは別物だ。

基本、誰とでも仲良く出来て人と争う事をしない俺にとって、あの剝き出しの敵意と悪意は、はっきり言ってナイフで切りつけられるよりも痛かった。

何処かに、俺を殺したいくらいに憎んでる人がいると思うと、本気で怖いし悲しい。その人は、俺の何が気に入らなかったんだろう？

何度も同じ事を考えてしまい本気で嫌になってきたし、本能的な恐怖心なのだろうが、実は先ほどからずっと手が震えている。

我ながら情けないと思うが、もうこれは性分だから仕方ない。

しかも寒くなってきた上に腹まで減ってきた俺は、気分的にも体力的にも、もうこれ以上ないくらいに酷く落ち込んでいた。

なので、遥か先に街の光が見えた時には、街についた安堵感と、何処かの誰かの悪意が見えた気がしてちょっと目が潤んでいたし、このまま街へ戻って良いのか本気で怖くもなった。

恐らくハスフェル達は俺の様子がおかしい事に気付いていただろうけれど、あえて知らん振りをしてくれた。

今はその気遣いが嬉しかった。何を言われても、今の俺なら否定する言葉しか出てこなかっただろうからな。


その時、街道から少し離れた森の中から馬に乗った数名の男達が駆け寄って来るのが見えて、警戒心が最大になった俺達は、即座に立ち止まった。

当然のようにハスフェルとギイが俺の前に、俺の左右をランドルさんとオンハルトの爺さんがそれぞれの従魔に乗ったまま位置について守ってくれた。

「止まれ！　誰だ！」

ランタンをかざしたハスフェルの大声に、騎馬の一団の足が止まる。

「おお、ハスフェルか。良かった！　ケンさんは？」

「良かった。ケンさんだけじゃなくて全員無事のようだ」

前の二人がランタンを高くかざして俺達の顔を確認した後にそう叫び、騎馬の一団から拍手が起こった。

「ヒューゴ。ビス。お前らか。一体何事だ？」

どうやら先頭にいた二人は知り合いだったらしい。その呼びかけにヒューゴと呼ばれた大柄な髭《ひげ》の男性が進み出てきた。

手綱を左手だけで持ち、右手は顔の横で開いた状態でこっちに見せている。恐らく敵意が無い事を表しているのだろう。

「ああ、良いから手は下ろしてくれ。それよりさっきの言葉の意味は、もしかしてこいつらの事か？」

ハスフェルが縄で縛った男を指差す。苦笑いしたギイも、同じく乗せている男を指差した。

それに気付いた全員が、揃って目を見開いて絶句したのだ。

「おいおい、まさかとは思うが、そいつらって……」

「襲ってきたから返り討ちにした。殺してはいないぞ」

ハスフェルの言葉に、ヒューゴと名乗った男性が呻くような声を上げた。

「おお、さすがだな。そいつらは六人殺して指名手配中の男達なんだよ。しかもそれ以外にも余罪は増えている。捕まえてくれて感謝するよ」

それを聞いた俺達は、揃って大きなため息を吐いた。

「もう嫌だ。どうでもいいから早く街へ帰……っていいんだよな？」

我ながら恨みがましい声になったのは自覚していたが、もう本気で我慢出来なかったんだよ。

「ああ、もちろんだよ。ホテルハンプールの特別室を用意してあるから、祭りまではそこに滞在してくれってギルドマスターからの伝言だよ」

　それを聞いたハスフェルが、もうこれ以上ないくらいに大きなため息を吐く。おお、すげえ肺活量だな。おい。

「って事は、この騒ぎの大元は、例のあの馬鹿の弟子達か」

　苦い顔のヒューゴさんが頷く。

「分かった。こいつらは城門の警備兵に引き渡せばいいか？　それともギルドへ連れて行くべきか？」

　思いっきり嫌そうなハスフェルの質問に、ヒューゴさんも嫌そうな顔になる。

「城門の兵士に引き渡せば、あとはやってくれる。俺達がするのは捕まえるところまでだよ」

「ああ、それならすまないが、俺達は街道に入ると注目の的だからな。こいつらは任せていいか？」

　ハスフェルとギイが乗せている男達を嫌そうに指差すのを見て、無言で頷いたヒューゴさんとビスさんは、彼らを自分の馬に乗せてくれた。まあ、渡す時はかなり乱暴な扱いだったけど。

　顔を見合わせてもう一度大きなため息を吐いた俺達は、ヒューゴさん達と一緒に街道に入ってそのまま街へ向かったのだった。

　街道にいる人達からは、笑顔で声をかけられ、無下にも出来ずに俺はニコニコ愛想を振りまいていたのだった。

「ああ、良かった。皆無事だったね！」

大注目の中を進んでギルドに入った途端、カウンターの奥からエルさんがそう叫びながら駆け出して来た。

「エル。ケンを襲おうとした二人組は、とっ捕まえて城門の兵士達に引き渡すようにヒューゴ達に頼んできたぞ」

思いっきり嫌そうなハスフェルの言葉に、ギルドにいた冒険者達から驚きの声が上がった。

「ええ、ケンガル兄弟を捕まえたって？」

「すっげえ。あの狂戦士《バーサーカー》達をどうやって捕まえたんだよ？」

「狂戦士《バーサーカー》？」

どこかで聞いた覚えのある言葉に、思わず振り返って近くにいた冒険者達にそう尋ねる。

「そうさ。奴らはそりゃあとんでもなく凶暴な奴らでね。しかも、奴らはミスリルの剣を持っていた。そんなの、そこらの武器じゃあ太刀打ち出来るかよ」

「うっかり剣を合わせたら、そのまま剣ごと斬られちまうさ」

隣にいた冒険者まで一緒になって説明してくれる。

なるほど。そう言えばＲＰＧにそんな状態異常があったな。戦力はとんでもなく跳ね上がるけど、暴れたら力尽きるまで止まらないやつ。

納得して頷くと、エルさんに視線を戻す。

真顔になったエルさんは、地面にめり込みそうな勢いで深々と頭を下げた。

「本当に申し訳ない。あの馬鹿達が奴らと契約して君の襲撃を依頼したって知らされた時には、本気で血の気が引いたよ。とにかく君達が無事で良かった」

また、もの凄く大きなため息を吐いたハスフェルが、これまた思いっきり嫌そうに口を開いた。

「顔を上げてくれ。とにかく場所を変えよう。これ以上見せ物になる気はない」

「そうだね。気が利かなくて申し訳ない。場所を変えよう」

そう言って外に出て馬に乗ったエルさんの先導で、俺達はそのままホテルハンプールに移動した。

相変わらず大注目の中を歩きながら、俺はふと我に返って隣を歩くセーブルを見た。

「なあ、ホテルに着いたら真っ先に従魔登録の用紙を持ってきてもらうように頼むべきじゃあないか？　俺もランドルさんもさ」

結局、巻き込まれただけのランドルさん達も律儀に俺達に付き合ってくれているので、新しくテイムした子達の従魔登録が一切済んでいない。ランドルさんに至っては、街へ戻ったらすぐに行こうと話していた魔獣使いの紋章登録もまだ出来ていない。

チラッと横目でランドルさん達を見ると、苦笑いして首を振られた。

「私の事はご心配なく。紋章は逃げませんから。今は、貴方達の方が心配です」

嬉しいその言葉に、ちょっと目がうるっときてこっそり鼻をすすった。

「ですが、確かに言われてみれば、従魔登録だけはギルドで済ませてから来るべきでしたね」

ランドルさんのその言葉に、俺はなんとか笑う事が出来た。

相変わらずの大注目と大歓声の中、半ばやけくそで愛想笑いをしながら手を振って進んでいると、いつの間にか俺達一行はホテルハンプールに到着していた。

見覚えのあるスタッフさん達が出て来て、ホテルの入り口でマックスとニニを預かってくれた。

他の子達は、小さくなれば部屋に入っても大丈夫だと言われたので連れて行く。少し考えて、サクラだけはこっそり鞄の中に入ってもらう事にしたよ。

『念の為、ニニちゃん達にはフランマが付き添う事にします。ケンには私がついていますから安心してくださいね』

頭の中にベリーの優しい声が聞こえて、俺は心の底から安堵した。もしもまだ、俺や従魔達に何かしようとする奴らがいたとしても、フランマとベリーがいてくれれば大丈夫だよな。

『悪いけど、しばらくよろしく頼むよ』

『構いませんよ、これくらいお安い御用です』

念話でそう伝えると、笑った気配がして声が届いた後に気配が消えた。

そのまま支配人さんの案内で通されたのは、どう見てもＶＩＰルーム以外の何者でもない、超豪華なスイートルームだった。

何と、メインの部屋以外に幾つも部屋があり、ベッドルームだけでも四部屋もあった。

それから広いバルコニーが付いていて、従魔達のトイレや犬小屋みたいな大きな寝床スペースまで作られていたよ。

「こちらの部屋をお使いください。ではどうぞごゆっくり。何かご用がございましたら、そちらのベルを鳴らしてください」

机の上に置かれた銀細工の小さなベルを見て、ちょっと気が遠くなった。

根っからの庶民な俺には、絶対熟睡出来ないような環境だよ。

「とにかく座ろう。それで詳しい話が聞きたいです。でもその前に！」

広い部屋の真ん中に置かれたソファーに、なんとなく全員が集まる。ソファーの前には少し低い机も置かれている。

俺は黙って鞄からコーヒーを出してやった。

置かれていた華奢なカップにそれぞれコーヒーを入れて、無言のままソファーに座る。

「エルさん。俺とランドルさんは、今回の旅でまた新しく従魔達を複数テイムしているんです。先に従魔登録だけでもしてもらえませんか？」

驚いて目を見張ったエルさんに、俺とランドルさんはティグを始めとして、あの地でテイムした子達を順番に紹介した。途中からエルさんは巨大化した子達を見て、目を見開いたきり声も出せないくらいに驚いていた。

結局ギルドへ急遽《きゅうきょ》連絡を取ってもらい、従魔登録の用紙を持ってきてもらう事になったので、到着までの間に今回の騒動の詳しい話を聞いた。

と言ってももう予想通りの展開で、俺は本気で嫌になったよ。

「ギルドの追及で判明したんだが、例の馬鹿の弟分達はケンガル兄弟に依頼して、君に危害を加えて怪我をさせ、レースに参加出来ないようにするつもりだったらしい」

その言葉に、思わず俺は首を振った。

「いや、それでは話が違います。俺を襲ってきた二人組は、はっきり言いましたよ。俺を殺すように依頼を受けたって」

驚きに目を見張るエルさんに、俺は嫌そうに頷く。

「まあ、当然従魔達が守ってくれましたけれどね」

「ううん、それは……」

腕を組んで考え込んだエルさんは、ため息を吐いて俺を見た。

「了解だ。その辺りは軍部とも相談して、襲撃者からも話を聞いて総合的に判断しよう。実を言うと、問題の馬鹿二人はすでに逮捕されているんだ」

今度は俺達が目を見開く。

「クーヘンの店に盗みに入ろうとしたところを現行犯逮捕されたよ。馬鹿だとは思っていたけど本物の馬鹿だったみたいだねえ。クーヘンの店の警備は、ホテルハンプール並みかそれ以上だって言われているのに」

顔を見合わせて遠い目になった俺達は、もう何度目なのか数える気もないため息を吐いたのだった。

「馬鹿と馬鹿がつるんで事件を起こしたら、こういう展開になるのか」

大きなため息と共に俺が顔をしかめてそう言うと、それを聞いたエルさんは、遠慮なく吹き出していた。

「いや、まさにそんな感じだよね。笑い事じゃあないんだけど、もう笑わないと馬鹿馬鹿しくてやってられるか！　ってのが本音だよ。全く、この忙しい時に何て事をしてくれるんだろうね」

エルさんは、また大きなため息を吐いて俺達を見た。

「まあ、この件に関しては軍部に任せているからあまり私が口出しするのもなんだけど、一応ケンから聞いたその殺しの依頼を受けたって話は伝えておくよ。例の狂戦士《バーサーカー》二人も捕まった事だし、もう大丈夫だとは思うんだけれど、念の為、祭りまではここにいてもらえるとありがたいんだけどね」

「ええと、祭りまでってあと何日だっけ？」

「あと六日だね。せっかくだから、ここでゆっくりしていてくれればいいよ」

広すぎる豪華な部屋を見回し、俺は諦めのため息を吐いた。

もう今からまた郊外へ出るのも面倒だし、この際だから、普段とは違う豪華な生活を楽しむのもいいだろう。

「了解。じゃあもう祭りまでここでゆっくりさせてもらうよ」

俺がそう言うと、エルさんは安心したように何度も頷いていた。

「それより、腹が減って仕方がないんだけど、食事ってどうすればいい？」

一応部屋の奥には、かなり広いキッチンスペースがあり、三段になった水槽からは綺麗な水が流れているので、料理もし放題だ。

「食事は頼めば部屋まで持って来てくれるよ。レストランもあるけど、君達は行かない方がいいだろうね」

苦笑いしながらエルさんがそう言って、机の上に置いてあった木製のボードをギイに渡した。

「ルームサービスか。じゃあ適当に頼んでやるよ」

「それなら白ビールを頼むよ。せめて飲ませてくれ」

顔を覆った俺の言葉にハスフェルとギイは吹き出し、エルさんがもう一度謝ってくれた。

ハスフェル達がルームサービスを頼んでくれている間に、ギルドの職員さんが書類を持って来てくれたので、俺とランドルさんは従魔登録をする事にした。

「ええと、未登録なのはティグ以降だな」

指を折って従魔達の点呼をしながら、新しい子達を記入していく。

同じく真剣に書類を書いているランドルさんを見て、それからエルさんを振り返った。

「そう言えばランドルさんはどうするんだ？　彼らもここに泊まるの？」

「いや、彼らにも別の部屋を用意してあるからそっちに泊まってもらうよ。ここほどじゃあないけど、充分立派な部屋だよ」

「いえいえ、私はギルドの部屋で充分ですよ」

慌てたように顔を上げたランドルさんが、そう言って顔の前で手を振る。

「気にしないでいいって。祭りの七日前になると、祭りの花形である三周戦の参加者には安全の為に、ホテルに泊まってもらうんです」

「へえ、そんな事するんだ」

感心したような俺の言葉に、エルさんも笑っている。

「それぞれのレースは賭けの対象だから、主催者側としては参加者の安全には気を使うよ。特に三周戦は動く金額が桁違いだから、不正や八百長防止の意味もあって、参加者を外部と不用意に接触させないようにしているんだ」

「成る程。では遠慮なくここでダラダラさせてもらう事にしよう」

笑ったランドルさんも頷き、記入の終わった書類をもう一度確認してからスタッフさんに手渡した。

「じゃあ、ランドルさんの魔獣使いの紋章の登録は、祭りが終わってからかな？」

立ち会う気満々だったんだけど、さすがにここでは無理だろう。

しかし、それを聞いたエルさんは満面の笑みになった。

「それは早くしたいよね。食事が終わったらホテルの支配人に頼めば良いよ。紋章の登録ならここでも出来るからね」

その言葉に俺達の方が驚く。

「ええ、ホテルでそんな事までやっているんですか？」

驚く俺に、エルさんは笑って頷いた。

「ここのホテルには神殿の分所があるんだよ。必要な時だけ神殿から人が来てくれるんだ。だから魔獣使いの登録をしたいとホテルに伝えたら、神官が来てくれるよ。魔獣使いの紋章の場合は、少し時間がかかるらしいから、食事が終われば先に連絡して紋章の絵を渡しておくといい。明日には準備出来るだろうからね」

「じゃあ、まず紋章を決めないと！」

俺の言葉にランドルさんが口を開き掛けた時、ノックの音がしてワゴンを押したスタッフさん達が、ゾロゾロと部屋に入って来た。

「ではすぐにご用意いたしますので、もうしばらくお待ちください」

キッチンに陣取った二人のシェフが、手早く料理をお皿に並べ始めた。

次から次へと運ばれてくる大量のワゴンを見て俺はちょっと遠い目になったよ。

おいおい、一体どれだけ注文したんだよ。

第86話　ランドルさんの紋章と大宴会

「それじゃあ私達はギルドに戻るよ。何かあったらいつでも連絡を、すぐに飛んでくるからね」

エルさんだったら、本当に呼んだら空くらい飛んで来そうだなんて、若干失礼な感想を抱きつつ笑って頷いておく。

ハスフェル達と笑い合ったエルさんは、俺とランドルさんの従魔登録の書類を持ったスタッフさん達と一緒に、一旦ギルドへ戻って行った。

「大変お待たせ致しました。どうぞお召し上がりください」

執事風のやや年配の男性がそう言って、机に並べられた料理の数々を示した。

キッチンではまだ追加の料理の用意をしているのを見て、俺は思わずハスフェル達を横目で見た。

「どれだけ食うつもりだって。まあいいけどさ」

笑いながらそう言うと、ハスフェルは当然のように胸を張ってこう言った。

「そりゃあ、ここの支払いはギルド持ちだからな。せっかく楽しく狩りをしていたのを中断して帰って来たんだぞ。食事くらいは楽しませてもらわないと、やっていられるかって」

「全くだ。明日も大型種を狩れると思って楽しみにしていたのにな」

「ああ、思い出したら悔しくなって来たぞ。どうだ、早駆け祭りが終わったら、もう一度改めて行かないか？」

ハスフェルの愚痴にギイとオンハルトの爺さんが揃って同意して頷いているし、ランドルさんとバッカスさんも苦笑いしつつ頷いている。

「いやいや、何を物騒な事言ってるんだ。早駆け祭りが終わったら、俺はバイゼンへ行ってジェムと素材を売りまくって、冬の間にバイゼンで最高の装備を整えるんだからな！」

「ああ、そうだったな。じゃあこうしよう。祭りが終わったら予定通りにバイゼンへ向かおう。それで雪が解けて春になったら、新しい装備でカルーシュ山脈の奥地へ再出動しよう」

嬉々としたハスフェルの提案に、俺は遠い目になった。

でもまあ、新しい装備で戦ってみるのも悪くはない。

「まあ、それでいいんじゃあないか？」

苦笑いした俺がそう言うのを見て、三人が大喜びで手を叩いている。

「よし、じゃあその段取りで動くとするか」

嬉しそうなハスフェルの言葉に、俺は思いっきりため息を吐いて目の前に並んだ料理を見た。

何だかいいように丸め込まれた気もするが、でもヘラクレスオオカブトの剣が手に入ったら俺も強いジェムモンスターと戦ってみたい。

「せっかくの料理が冷める前にいただくとしよう」

それぞれの料理が大皿に盛られていて、お願いすればスタッフさんがお皿に取り分けてくれるらしい。なんだかセレブになった気分だ。

大喜びで色々とお皿に盛り付けてもらい、俺は念願の白ビールを貰った。しかも、俺の白ビールだけがキンキンに冷えていて、もうそれを見た俺のテンションは超上がったよ。

人に作ってもらった豪華な夕食と冷えたビール。いやあ最高だね！

そんな訳で、俺はお皿の横で待ち構えていたシャムエル様にも取り分けてやり、次々に用意される料理を思う存分飲み食いして、何度も早駆け祭りの成功と互いの健闘を祈って乾杯をした。

机に並んだ料理が一面クリアーされた頃には、もう充分に満腹になった俺は早々にギブアップして、魚の乾物を肴《さかな》にして白ビールをちびちびと楽しんでいた。

「それでランドルさん。自分の魔獣使いの紋章ってもう決めたんですか？」

興味津々の俺の言葉に笑顔になったランドルさんは、飲んでいたジョッキを置いて俺に向き直った。

「はい、実はその事でケンさんにお願いがあるのですが、聞いていただけますか？」

「俺に？　改まって何事ですか？」

俺も慌てて飲んでいたジョッキを置き、ランドルさんの話を改めて聞く体勢になる。

「ケンさんの紋章に使われているあのマークを、実は私も使わせていただけないかと思いまして」

その驚きのお願いに、目を見開く。

足元を見ると、呼ばれたと思ったのか視線の合った猫サイズのソレイユとフォール達が、先を争うようにして俺の膝の上に飛び上がって来た。そのあとから他の猫科の子達も走ってくる。

「こらこら、無理するなよ」

甘えるように鳴いた二匹はそのまま俺の肩まで駆け上がり、出遅れたタロンとティグとヤミーが空いた膝に駆け上がって来た。

「痛いから、爪は立てない！　俺の皮膚は薄くて弱いんだからさ」

最後のヤミーがずり落ちそうになって俺の膝にしがみついたものだから、慌てた俺はそう叫んでヤミーを救出した。

「ごめんなさいご主人。気をつけます」

しょんぼりとそう言ったヤミーが、抱き上げた俺の腕を優しく舐める。

「うん、大丈夫だからな」

笑って抱きしめてやり、ヤミーの胸元を改めて見る。


「マークって、これですか？」

肉球マークを指差すと、満面の笑みで頷かれた。

「クーヘンも、貴方から許可を貰ってあの紋章にしたと聞きました。ケンさんは私のテイマーとしての恩人です。実は勝手に貴方の事を、師匠と呼ばせていただいていました。どうかお許しいただけませんでしょうか」

笑った俺は、もう一度従魔達を見てから大きく頷いた。

「もちろんですよ。師匠なんて偉そうなものになったつもりはありませんが、俺だって勝手に師匠って呼んでいる人がいますからね。どうぞ使ってください」

その言葉にランドルさんは破顔した。

「お許しいただけますか。ありがとうございます！」

嬉しそうにそう言うと、足元に置いてあった鞄を取って中から折りたたんだ紙を取り出した。

「実は、紋章を考えてみたんです。それで、これがどうしても気に入ってしまって……その、勝手に使って申し訳ありません！」

そう言って見せてくれたのは、真ん中に肉球マークがあって、その周りを二重の円で囲んだ綺麗な紋章だった。ただ、残念な事に肉球マークの下に書いてあるKENって文字が、完全に間違っていて謎の楔形《くさびがた》文字みたいになっている。

「ああ、そこは俺の故郷の古い文字で俺の名前が書いてあるんですよ。だから、ランドルさんならそこの文字は変わりますね」

手を伸ばした俺は、間違った文字の部分を指差してそう言ってやる。

「ええ？　そうなんですか。それなら私なら何と書けばいいのでしょう？」

困ったように何も書かれていない紙を差し出されて受け取った俺は、少し考える。

「ええと、こうかな？」

そう呟いて、英文字でRANDALLと書いた。

「おお、何だか格好良いですね。ではそれも使わせていただいてもよろしいですか？」

真剣な顔で俺が書いた文字を見ていたランドルさんは、もう一枚紙を取り出し、肉球マークと輪っかを新しく描いた。意外に器用だな。

それから肉球マークの下に、サラサラと俺が書いた通りの書き順で綺麗に自分の名前を英文字で書いて見せたのだ。

「どうでしょうか。これで合っていますか？」

照れたようにそう言って、改めて書き直した自分の紋章を俺に見せる。

綴《つづ》りが間違っていないのを確認した俺は、笑顔で親指を立てて見せた。

「完璧です」

それを見て嬉しそうに笑ったランドルさんは、返した紙を両手で受け取って立ち上がった。

「では、これでお願いして来ます。明日、紋章を授けていただく際には、皆様に立ち会いをお願いしてもよろしいでしょうか？」

照れたようなランドルさんの言葉に、俺達は揃って親指を立てて答えた。

「もちろん。喜んでご一緒させていただきますよ！」

「ありがとうございます。では行って来ます！」

深々と一礼したランドルさんは、同じく立ち上がったバッカスさんと二人で足早に部屋を駆け出して行った。

「また弟子が増えたね」

「そうだな。なんだか恥ずかしいけど仲間が増えて俺も嬉しいよ」

嬉しそうなシャムエル様の言葉に、俺も照れたように笑って頷いたのだった。

結局その夜は、紋章の申請から戻ってきたランドルさんとバッカスさんも一緒になって遅くまで飲んで過ごした。

早駆け祭りが終わったら、バッカスさんはマーサさんの不動産屋を通じて、言っていた職人通りに近い場所にある店舗兼住宅を正式に買い取る契約をするつもりらしい。それが終われば、そのまま店の開店準備を始めるのだと聞き、俺達は揃って拍手したよ。

「せっかくだから、俺達に何かお手伝い出来る事ってありますか？」

「ありがとうございます。ですが大丈夫ですよ。あるとしても掃除くらいです。それに鍛冶屋と言っても、武器だけではなく研ぎや修理、それに料理用の包丁や鉈《なた》、ナイフや鋏《はさみ》など、一般の家庭向けの品も用意するつもりです。さすがにこれを全部一から一人で作る訳にはいきませんからね。その辺りは、ドワーフギルドを通じて仕入れもするつもりです」

「成る程。それは良い考えだ。冒険者向けの武器なんて、そう毎日何本も売れるものでもないから、日銭を稼ぐ方法があるのは良い事だ」

オンハルトの爺さんの言葉に、バッカスさんも嬉しそうに笑っている。

「武器職人の中には、包丁や鋏などの家庭向けのちょっとした道具を作るのを嫌がる奴もいますが、俺はそうは思いません。市井の人々の日々の暮らしの中にこそ、職人の作った良い道具が必要なんですよ」

「素晴らしい考えだな」

オンハルトの爺さんが嬉しそうに笑ってそう言うと、バッカスさんに手を伸ばした。

「其方《そなた》が持っておるその武器は、もしや自分で打ったものか？」

バッカスさんが普段装備しているのは、シミターと呼ばれる湾曲した切れ味鋭い業物だ。

「ええ、これは親父と最後に打ったもので、俺にとっても大切な一振りです」

バッカスさんが笑ってそう言うと、腰から鞘ごと剣を外してオンハルトの爺さんに渡した。

「拝見させていただこう」

両手で受け取ったそれを、オンハルトの爺さんは右手で柄の部分を握りゆっくりと抜いた。

見ていると背筋が寒くなるような、鋭利な刃が現れてギラリと光る。

「これは見事だ。バランスも良い。ふむ、久々に良いものを見せてもろうたわい」

手にしたシミターを軽く一振りしたオンハルトの爺さんは、感心したようにそう言うとシミターをそっと鞘に戻した。

「其方の進む道に幸いあれ。家を購入した暁には、新たに火を入れる炉に祝福を贈らせてもらおう」

それを聞いたバッカスさんは何故か目を輝かせる。

「あの、もしや……加護をお持ちなので？」

笑ったオンハルトの爺さんが黙って頷くと、目を輝かせたバッカスさんは返してもらったシミターを腰に戻して、差し出されたオンハルトの爺さんの手を両手で握りしめた。

「新たに火入れを行う際に加護持ちの方に祝福を頂けると、その炉は安定した火を起こせるようになるのだと聞きます。ありがとうございます。是非お願いします」

そう言って、楽しそうに二人で顔を寄せて、何やら専門的な話を始めてしまった。

その、いっそはしゃいでいると言っても良いくらいに喜ぶバッカスさんを見て、俺は不思議に思って、机の上で座ってショットグラスに入れたウイスキーを飲んでいるシャムエル様を振り返った。

「なあ、加護持ちって何？」

「今の話なら、鍛冶の神であるオンハルトの祝福を受けた者って意味だね。産まれる前や、時に夢を通じて祝福を贈るんだ。まあ、加護持ち自体珍しいけれどね」

おお、神様の加護や祝福って何だかＲＰＧっぽいぞ。

それを聞いて一緒になってテンションの上がった俺は、我に返って小さく吹き出した。

「いやいや、オンハルトの爺さんって、鍛冶の神様ご本人だろうが。それなら最強の祝福をくれそうだな」

小さく笑ってそう呟くと、持っていたグラスをシャムエル様の飲んでいたショットグラスと合わせて乾杯した。

「素晴らしき仲間達に乾杯！」


その後解散となりランドルさん達は用意された別の部屋へ、俺達は適当に分かれてそれぞれ好きなベッドルームで休む事にした。

その夜、ニニとマックスが外の厩舎にいて部屋にいない為、俺は久し振りに一人でベッドに入った。

だけど当然のように他の従魔達が小さいまま全員俺の周りに集まってきて、俺はいつぞやの船旅の時みたいにベッドに磔《はりつけ》になったまま寝る羽目になったのだった。

当然、翌朝には身体中カチカチになっていて、起きた瞬間にそれに気付いて悶絶したよ。やっぱり俺の安眠はニニとマックスが守ってくれているって実感したね。

ランドルさん達も呼んで一緒に部屋で朝食のルームサービスを頼んだ俺達は、美味しくいただいて少し休んでから、ホテルの中にある神殿の分所へ向かった。

ルームサービスを持ってきてくれたスタッフさんから、紋章を授ける準備が整っているとの連絡を受けたからだ。

「そういえばランドルさんって、魔獣使いの紋章を授ける方法って知っていますか？」

「いえ、神聖な儀式である事くらいで、どのような手順でするのかなど全く知りません。どんな風なんですか？」

興味津々のランドルさんに、思わず何と答えようか考える。

「そこは内緒ですから、お楽しみに。ああ、これだけは言っておきます」

何事かと足を止めたランドルさんをもう一度振り返って俺はにんまりと笑った。

「多分、一生忘れない儀式になりますよ。でも、何があっても絶対に大丈夫ですから」

俺の言葉に目を瞬くランドルさんを見て、俺はとうとう堪えきれずに吹き出した。

「絶対に大丈夫ですよ」

もう一度そう言ってやると、首を傾げつつもランドルさんも笑顔になるのだった。

「あの驚異の儀式を見たランドルさんの反応や如何《いか》に？　ううん、楽しみだなあ」

小さくそう呟いた俺は、笑って深呼吸をしてから素知らぬ振りで歩いたのだった。


そんな話をしつつ、神殿の分所がある地下一階まで降りて来た。

従魔達が嬉々としていつもの大きさに戻る。

猫族軍団は全員普通の猫サイズのままだし、草食チームも普段の小さいサイズのままだ。

だけど、狼達とヤミーは全員いつものサイズに戻った。

つまり、小型犬サイズになっていた狼達はいつもの大型犬サイズに。そしてセーブルはいつもの普通の熊サイズだ。

それを見て目を見開いたのは、祭壇の前で待ち構えていたちょっと立派な服を着た神官らしき人で、最後にランドルさんの横にいる猫サイズとは言え巨大な牙を持つサーベルタイガーのクグロフと、いつもの大きさになったために頭がはるか上になった、ダチョウのビスケットを見て呆然と口を開けたまま固まってしまった。

「あの、紋章の登録に参りました！」

ランドルさんが大きな声で神官に話しかける。

「あ、ああ。失礼いたしました。多くの従魔を連れた方だとは聞いていましたが、まさかこれほどだったとは。いやあ、これは素晴らしい」

我に返った神官は目を輝かせてそう言うと、大きな竜の御神体の飾られた祭壇に置いてあったトレーを手にした。

そこには見覚えのある、あの白くて細長い10センチ程の棒状の塊が置かれている。

昨日申し込んで作ってもらった、ランドルさんの紋章の入ったハンコだ。

「では、そちらの皆様は立ち会いという事でよろしいでしょうか?」

後ろに下がって並んでいたベンチに座った俺達を見て、神官がそう尋ねる。

「はい、そうです」

揃って返事をすると笑顔で頷かれた。

「では、そちらでお待ちください」

神妙な顔で深呼吸をしたランドルさんを見て、俺達は顔を見合わせて笑い合った。

さあ、いよいよ例の儀式が始まるぞ。ランドルさんはどんな反応を示すんだろうな。


「こほん。それでは、ただ今より魔獣使いの紋章を授けさせていただきます」

改まった神官の言葉に、従魔達を左右に従え用意された椅子に座ったランドルさんが小さく深呼吸をする。

「ううん、かなり緊張してるけど、大丈夫かなあ」

後ろに並んだ参拝者用のベンチに座っていた俺は、小さくそう呟くとハスフェル達を見た。彼らも心配そうにしている。

もう一度咳払いをした神官が、トレーにのせられていた10センチほどの棒状のハンコを手にする。

「どちらの手にしますか? 通常は右手にいたしますが」

「あ、はい。では、右手に、お願いします」

かなり緊張した様子で、つっかえながら答える。

「では、手袋を外して右手をこちらへ」

恐る恐る、手袋を外した右手を上向きにして神官の目の前に差し出す。

「では、刻ませていただきます」

笑顔でそう言った神官が、大きく息を吸って朗々とした声で宣言した。

「従魔を九匹テイムした、テイマーであるランドルをここに魔獣使いとして認め、神殿より彼の紋章を授けます」

決められた言葉を言い終えた神官は、差し出されたままだったランドルさんの右手を取った。そして、トレーから取り出したあの棒状のハンコをランドルさんの右掌に押し付けたのだ。

ぐいっと半分ぐらいまで埋まったところで、それまで呆然と自分の手にハンコが埋まって行くのを見ていたランドルさんが、突然我に返った。

「ひょえええええ〜〜〜〜！　ちょっ、何するんですか〜！」

情けない悲鳴のような声でランドルさんが叫ぶのと、意表を突かれた俺達が揃って吹き出すのはほぼ同時だった。

しかし、がっしりと右手を確保した神官の力は案外強くて、思いっきり腰が引けたランドルさんだったが、手を振り解いて逃げる事は出来なかったみたいだ。

そのまま力一杯押し付けられたハンコが、どんどんと右掌に埋まっていく。

「やめてやめてやめて〜〜！　何するんですかあ〜〜〜〜〜！」

そのあまりにも情けない悲鳴に、もう俺達は座っていた椅子から全員転がり落ちて大爆笑だ。

バッカスさんが一番大笑いしているんだから、俺達が遠慮する必要はないよな。

「ああ～～！　あああ～～～～～！　うああああああ～～!!　俺の、俺の手がぁ～～～～！」

「もう、勘弁してくれ……」

「俺達を笑い殺す気か……」

「駄目だ。腹が痛い……」

「ランドル、お前最高だぞ！」

笑いすぎて出た涙を拭いながら、なんとか起き上がって席に座る。

最後まで床に座り込んで大笑いしていたバッカスさんが、ようやく立ち上がってそう言いながらまた笑っている。

「や～め～て～～～～～！　無理無理無理無理～～～～～！」

また上がった悲鳴に笑いすぎて膝から崩れ落ちたバッカスさんを俺は何とか駆け寄って笑いながら支えて座らせてやった。

いつぞやの俺みたいな情けない悲鳴を上げたランドルさんだったが、唐突にその悲鳴が止む。

どうやら紋章の授与が終わったみたいだ。

「あれ～～～～……。あれ？　あれ？　あれ？　あれ～～～～～!?」

自分に右手を覗き込んだランドルさんが、あれ、あれ、を連発している。

まあ、その気持ちは分かる。あれは本当にマジで驚いたもんなあ。

「ええ？　これ、どうなっているんですか？　ああ、良かった。ちゃんと動く」

右手を握ったり開いたりして動くのを確認していたランドルさんは、ようやく顔を上げて俺達を

振り返った。

その顔は真っ赤になっていて、それを見た俺達はせっかく収まっていた笑いがぶり返してしまい、またしても揃って吹き出してその場は大爆笑になった。

そのままランドルさんも一緒になってしゃがみ込んで大笑いしていて、最後には神官様も一緒になって笑っていたよ。


「はあ、腹が痛い」

ようやく笑いが収まり立ち上がったランドルさんに、こちらも笑いを収めた神官が大きく咳払いをした。

「これにて紋章の授与は無事に終了いたしました。では、この場で従魔達に貴方の紋章を刻んでください」

「はい、分かりました。しかし本当に驚きましたよ……ケンさんが、何があっても絶対に大丈夫だって言ってくださったからなんとか我慢出来たんです」

照れたようにそう言うランドルさんに、俺は心の中で必死になって突っ込みたいのを我慢していた。

だって、あのさっきの悲鳴は、どれ一つを聞いても我慢出来たってレベルじゃないと思うぞ。

「それで、紋章の授与ってケンさんがやっていたみたいにするんですか？」

真顔になったランドルさんの質問に、俺もなんとか笑いを収めて真顔になって頷いた。

「そう。紋章を刻みたい場所を右手で押さえてやればいい。あ、紋章を刻むならテイムした順番にな」

「そうなんですね、ありがとうございます。では、お前からだな。何処につける？」

肩に乗っていたスライムのキャンディが、その言葉にポヨンと跳ねて床に飛び降りる。

「皆と、皆と同じ場所にお願いします！」

それを聞いたアクア達が、一斉にキャンディの周りに集まる。見事に肉球マークが勢揃いしたよ。

俺達全員分のスライム達が集まると、ソフトボールサイズとは言えかなり威圧感がある。ランドルさんはそれを見ても平気そうだが、神官は苦笑いして後ろに下がったよ。

「おお、言葉が解るぞ。分かった、じゃあここだな。これからもよろしくな。キャンディ」

嬉しそうにそう言ったランドルさんが、そっと手を伸ばしてキャンディの額を押さえた。

一瞬掌の押さえた部分が光り、手を離せばもうあの紋章が綺麗に刻まれていた。

「これは素晴らしい。じゃあ次はお前だな」

モモイロインコのマカロンも、皆と同じ胸元に紋章を刻んでもらい、ダチョウのビスケットは首の下部分、ちょうど正面から見える位置に。

ピンクジャンパーのクレープは額に、グリーングラスランドウルフのマフィンとサーベルタイガーのクグロフ、それからオーロラグレイウルフのシュークリームとエクレア、それからカラカルのモンブランまで、皆胸元にランドルさんの紋章を刻んだ。

「おめでとう。これで名実ともに立派な魔獣使いだな」

拍手した俺の言葉にハスフェル達も揃って拍手をする。

それを聞いたランドルさんは、これ以上ないくらいに嬉しそうな満面の笑みで何度も俺にお礼を言っては従魔達を代わる代わる抱きしめたり撫でたりしていた。

無事に、新たな魔獣使いが誕生したよ。

やっぱりここは、ご馳走と美味しい酒でお祝いするべきだよな？


「はあ、笑い過ぎて腹が減ってきたよ。部屋に戻ったら昼食だな」

「確かに。しかし笑い過ぎで腹が減るってのも、考えたら貴重な経験だな」

大真面目なオンハルトの爺さんの言葉に、俺達はまたしても堪えきれずに全員揃って大爆笑になったのだった。

「じゃあ、戻るか」

ひとしきり笑い合い何とか復活した俺達は、小さくなった従魔達を連れて部屋に戻ろうとした。

「あの、登録料はどうさせていただいたらよろしいでしょうか？」

ランドルさんが慌てたようにそう言って帰り支度をしていた神官を振り返り、ベルトの小物入れから巾着を取り出してそう質問する。

その神官はトレーに一緒に置かれていたメモのようなものを、ランドルさんに渡した。

「こちらが明細になります。ホテルを通してのご依頼でしたので、支払いはホテルの方にお願いします」

成る程。ホテル内にある分所だから、支払いもホテルを通すんだ。

「銀貨五枚。ええ、そんな金額でよろしいのですか？」

おお、クーヘンの時と同じだからホテルの仲介料無しだよ。

密かに感心していると、苦笑いした神官が小さく頷いた。

「お恥ずかしい事ですが、一時期紋章の授与が激減した事もあり、高額な登録料を請求した時期もあったのですがね。そのせいで余計に登録する方がおられなかったのではないかとその後問題になりまして、今は、実際にかかった経費分と手間賃程度をお支払いいただく形になっております。ですので、これでお願いします」

一礼したその神官は、そう言って俺達に廊下へ通じる扉を示した。もう帰っていいって事なんだろう。

「じゃあ戻ろうか」

俺の言葉に皆が頷き、改めて神官にお礼を言ってから廊下へ出た。

「戻ったら祝杯をあげないとな」

笑って俺がそう言うと、ランドルさんも満面の笑みで大きく頷き互いの拳をぶつけ合った。

そのまま歩いて部屋に戻る。

「はあ、到着！　登るのは結構疲れたな」

部屋に戻った従魔達は、日当たりの良いベランダへ出て好きに寛いでいる。

「それじゃあ俺達は食事にするか。ええとどうする？　またルームサービスで何か頼むか？　それとも何か出そうか？」

作り置きはかなりあるし別に手持ちで食べても良いかと思って言ったのだが、ハスフェル達は何を注文するかの相談を始めていた。

「任せるけど程々にな。祭り当日までホテルに缶詰なんだから、毎回あんなに食っていたら太るぞ」

笑った俺の言葉に、ハスフェル達は知らん顔でメニューボードを見ていた。


「俺、言ったよな。程々にしておけよって」

またしても大量に届いた料理の数々に、呆れた俺はそう言ってハスフェル達を振り返った。

「いや、それぞれ食いたいものを頼んだだけなんだけどなあ」

「だから、程々って言葉の意味をお前らは辞書で調べて来いって」

「そんな言葉、辞書に載ってたか？」

「さあ、覚えがないなあ？」

「俺も知らんな」

笑いながらハスフェルとギイがそんな事を言い、オンハルトの爺さんまで一緒になって大真面目にそんな事を言っている。

「もう、何でもいいから注文した以上残すなよ」

「当たり前だ。そんな失礼な事はしない」

何故かドヤ顔でそう言われて、俺はもう笑って自分の白ビールを手に取った。

「それじゃあ、色々あったけど無事に魔獣使いとなったランドルさんに、乾杯だ！」

「確かに色々あったな」

バッカスさんの言葉に、また全員揃って吹き出す。

「いや、お前そんな事言うけど、いきなり目の前であの塊が自分の掌の中にめり込んでいくのを見てみろ。悲鳴ぐらい上げるだろうが！」

開き直ったランドルさんの反撃に、またしても揃って大爆笑になった。

「へえ、クーヘンは気絶したんですか」

白ビールで、両手の数で数えきれないくらいに乾杯した頃、すっかり出来上がった俺達は、クーヘンが紋章を授与してもらった時の事を話して笑い合っていた。

「ケンさんの時はどうだったんですか？」

興味津々でそう聞かれて、俺は困ったように机の上で白ビールをがぶ飲みしているシャムエル様を見た。

「俺も何も知らずに紋章を授けてもらったからなあ。確か、驚きのあまり固まっていた記憶があるよ」

「へえ、そうなのか？」

ハスフェル達までが興味津々でそう尋ねてくるので笑って誤魔化しておいた。

『だって、俺はシャムエル様から直接授けてもらったからさ』

念話でそう伝えておくと、小さく笑った三人が黙って乾杯してくれたよ。

結局、その日は一日中だらだらと飲み続け、夕食にもまた大量の料理が運ばれて来てまた乾杯して大いに飲んだ。

その結果、完全に酔い潰れた俺達は、それぞれの従魔達と一緒にそのまま床で雑魚寝する事になったのだった。

はあ、もふもふな従魔達とくっついて寝るって、最高の幸せだね……。

番外編　セーブルとヤミーの昔語りと大好きな事

私の名前はセーブル。オーロラブラックグリズリーの男子です。まあ、男子って年でもありませんけれどね。どうぞよろしくお願いします。

基本的に、あまり前に出て積極的に話をするタイプではありませんが、いい機会ですから、ちょっとだけ私の昔話を聞いていただけますか？

おお、構いませんか、ありがとうございます。

そうですね。どこからお話しすればいいでしょうか……。

新しく仲間になった新参者の私。それを嫌がりもせずに受け入れてくれた、新しいご主人の従魔達は、私が話すのを急《せ》かせる事も文句を言う事もなく、黙って待ってくれています。

そのさりげない気遣いが嬉しくて、私は目を閉じて少し考えてからゆっくりと口を開きました。

ちょっと目が潤んでいたけど、これは仕方がないですよね？

語ったのは、もちろん私がここへ来るまでのいきさつです。

大好きなご主人の元で、仲間の従魔達と一緒に楽しく幸せに暮らしていたそんなある日、とてもとても悲しい出来事が起こりました。

大好きなご主人が、私達の元からいなくなってしまったんです。

今から考えれば、少し前からそれらしい予兆はあったんです。

ご主人はいつも元気いっぱいで、戦ったらとても強くて、よく寝てよく食べ、そしてとてもよく笑う人でした。いつもあの大きな手で私をたくさん撫でてくれました。

人の友人は多いようでしたが、何故かご主人は誰かとパーティーを組んだ事は一度もなく、私達従魔だけを連れて、あちこち旅をしながら一人で冒険者をされていました。こういう人の事をソロの冒険者って言うんだそうですね。

そんなご主人でしたが、少し前から何故か元気がなくなり、食事もあまり食べなくなりました。

夜だって、以前はどんな時でもぐっすり眠っていたのにあまり眠れなくなったようで、ちょっとの音にもすぐに起きるようになっていきました。

次第にご主人は痩せていき、起きていてもいつも座るか横になっているようになり、遂には一日のほとんどを眠って過ごすようになってしまったんです。

しかもその時に我々がいたのは街から遠く離れた郊外の深い森の中でしたから、そんなところでは誰かに助けを求める事すら出来ませんでした。

その時ご主人の側には、私以外には従魔仲間のスライムとジャンパー、翼を持つ子が二羽、それからグラスランドウルフがいました。

ああ……そう言えばもう、あの子達の名前を私は全部忘れてしまいましたね。

とても残念です。彼らの名前も忘れないように、頑張って一緒に覚えておけば良かった……。

私達は不安になりつつも、動けないご主人を狙って襲ってくる外敵から必死になってご主人を守り、どうか元気になってと願って寄り添い続けました。

それなのにご主人はどんどん弱っていくばかりで、元気になる気配すらありません。

そこで皆と相談して、私達がご主人を何とかして街まで連れて行く事にしたんです。

ぐったりと眠るご主人を私の背の上に従魔達総出で引っ張り上げ、落ちないようにスライムがホールドしてから運びました。

でも私が走り出すと、ご主人は途端に顔をしかめて痛いと声を上げました。なので、走るのはやめて、ゆっくりゆっくり揺らさないように歩いて森を抜けたんです。

一刻も早く街へ行きたかったんですが、仕方がありませんでした。

かなりの時間をかけてようやく人の造った街道に行きついて安心したのに、残念ながら街まではまだかなりの距離があるようでした。我らの脚で走ればすぐなのに。

しかも、何故か待っていても街道を人が全く通らないんです。

そうこうするうちに更にご主人は弱っていき、とうとう我らの呼びかけにも反応しなくなってしまいました。

街道横の草地で夜を過ごした翌朝、わずかに目を開いて見えた私に話しかけてくれたのを最後に、ご主人から生きている気配が消えてしまったんです。

悲しくて目の前が真っ暗になって、泣きながら皆で何度も何度もご主人を起こそうとしました。

でも、目を開いて私達を見てくれる事はなく、あの優しい声で私達を呼んでくれる事もありませんでした。

そんな時にようやく待ちかねた人達が通りかかり、ご主人の様子を見てくれました。

でも、黙って首を振ったその人達は、何とその場に穴を掘ってご主人をその穴に埋めてしまったんです。

死ぬと人間の体は土に返るのだと、それは以前聞いた事がありました。

でもまさかこんな風にするなんて思わなかったので、離れたところから見守っていた私達は本当に驚きました。

しかもご主人を埋めたその人間達は、私達を見て何か言うと、すぐに逃げるようにいなくなってしまいました。

その人間達は、誰も私達を連れて行ってはくれなかったんです。


大好きなご主人を失い、さらにそのままその場に放置されてしまった私達は、意味が分からなくてこれからどうしたらいいのかと途方に暮れてしまいました。

すると突然、スライムと鳥達が何か意味不明の事を言って何処かへ行ってしまい、それっきり戻ってきませんでした。

残っていたグラスランドウルフも、一晩経《た》つと同じようにふらりと何処かへ行ってしまい、これも二度と戻ってきませんでした。

置いていかれた私はようやく、これがご主人の支配からの解放なのだと気が付きました。

きっともうすぐ私もご主人の事を全部忘れて、ただのジェムモンスターに戻ってしまうのだと。

ご主人から刻んでもらった大切な胸元の紋章が消え始めているのに気付いた私は、胸がつぶれるような悲しみと共にそれを理解しました。

でも、でも私は最後に聞いたご主人の言葉を覚えていました。


「だいすき……ぜったい……わす……ないで……」


それはもう、風に吹かれれば消えてしまいそうなくらいの弱々しいかすかな声だったのだけれど、私の耳にはちゃんと聞こえました。

間違いなく、間違いなくご主人は私を見てそう言ったんです。

「大好きだから絶対に自分を忘れないで」

この言葉は、そういう意味だと私は受け取りました。

だから私は、人のいる街道沿いの場所から離れて真っ直ぐに森の奥深くへ向かいました。

それ以来、私はご主人の最後の願いを叶えるために、ずっとずっと、一人であちこちをさ迷い続けました。

そしてその途中に見覚えのある場所があると、ここではご主人とあんな事をした。ここではご主人と一緒にこんな事をして笑い合った。そう思い出せて嬉しくなりました。

また違う場所では、ここではご主人が狩りをして、私も一緒に戦った。その時のご主人がとても格好良かったと。あるいは、ここでご主人が転んで私がお助けしたら、とても喜んでくれた。そんな些細《ささい》な事まで思い出せて、もっと嬉しくなりました。

そうしてご主人との思い出を探す為のさすらいの旅を続け、たくさんの場所を見て、たくさんの出来事を思い出しました。

思い出す度にそれらを一つずつゆっくりと確認するように丁寧に細部まで思い出しては何度も思い返して、それを改めて覚え直していきました。

ご主人がいなくなってしまったあの日から、ずっと一人で寂しい思いを抱えて、それでもご主人との思い出と最後の言葉を大切に胸に抱いて、何度も何度もご主人の事を思い出しては、大丈夫だ、ちゃんと覚えている。まだ自分はご主人が大好きなままだと確認して、その度に安堵して生きてきました。

放浪していた間、私は出来るだけ人には近付かないようにしていました。

だって、人に攻撃されるのは相手がどんな人であれやっぱり怖いし悲しいです。

それに、ご主人を守る時以外は、むやみに人を傷つけてはいけないって、いつもご主人に厳しく言われていたからです。

え？　新しいご主人も同じ事を言っておられるんですか。それは素晴らしいですね。さすがは新しいご主人です。

そんな風に一人でさ迷い続けてどれくらいの時間が経ったのかなんて、正直言ってもう覚えていません。孤独な一人の時間は、考える事すら辛くなるくらいに、それはもう寂しくてとても寒かったんです。

以前のように誰かとくっついて一緒に眠りたいと、ずっとずっと思っていました。

私の仲間達は、どうしてあんなに簡単にご主人を忘れられたのだろう……。考えたら寂しくて堪らなくなり、彼らをちょっと恨みそうになる事もありました。でも、そんな事を考えてはいけないと思い直して、泣きながら一人で丸くなって眠りました。眠っていると、時々ご主人が夢の中に出て来てくれて、一緒に遊んだり私を撫でてくれたりもしました。目が覚めると、その度にちゃんとご主人の事を覚えていられて良かったと、何度も安堵のため息を吐きました。


そんな日々が続いたある時、私はある驚きの事実に気が付いたんです。

ご主人と一緒に過ごしていた時の自分と、今の自分が明らかに違っている事に。

月日が経つにつれ、私の体はどんどん際限なく大きく強くなっていたんです。

ご主人の元にいた時には全く変わらなかった体内にある私の核であるジェムが、歳月と共にマナを得てどんどん大きく育っていたんです。

気が付けば、私の体は野生の動物としても、ジェムモンスターとしても有り得ないくらいに大きく強くなっていました。

あの新しいご主人や皆と初めて会った山のふもとは、周囲にいる他のジェムモンスターや魔獣も私には適わないまでも皆相当に強かったので、あそこをしばらくの棲家《すみか》にすると決めたのです。

あそこなら、迂闊に人と会う可能性は限りなく低いですからね。

意識して気配を消せば、迂闊な野ネズミなどの小動物がすぐに集まってきたし、森へ入れば木の実や果実が沢山ありましたから、食事に不自由する事はありませんでした。

ああ、あの森は美味しいキノコもたくさんありましたよ。おやつ代わりの昆虫だって、気配を消せばすぐに捕まりましたね。

だから私は、食事をしたい時には気配を消して、逆にそれ以外の時には気配を一切消さずに威圧感を周囲に振りまいて過ごしました。

私の強い気配を怖がった他の生き物達が私のテリトリーに迂闊に近付いてくるような事は一切なく、まあおかげであそこにいる間はおおむね平和な日々を過ごす事が出来ました。

新しいご主人とその仲間達である貴方達が、あの地に来るまではね。

笑った私の最後の言葉に、黙って聞いてくれていたマックス達は何故か揃って顔を見合わせて、困ったように笑っていました。

まあそうですよね。さすがの私でもあの戦いは経験した事がないような激しい戦いでしたから。

皆本当に強かったです。

特に最初に戦った、あのとんでもなく強い術を使うケンタウロスのお方。あのお方は本当に強かったですね。

いやあ、もう私よりも強いものはこの世界にはいないと思っていたので、正直言って驚きました。

咄嗟に反撃した際、うっかり力加減を間違えて近くにあった木を勢い余ってへし折ってしまったんですよね。あれはちょっとやり過ぎましたね。

ええ？　あれを見た時のご主人はもの凄く怖がって、マックスの背の上で必死になってここから離れようと叫んでいたんですか？　しかも、絶対にヤバいのがいるからって叫んで？

私をテイムしてくれた時には、あんなに強くて勇敢だったご主人がそれ程までに怖がる姿なんて、それはちょっと貴重だろうから見てみたかったですね。ううん、残念です。

え？　きっとすぐにまた見る事が出来るから、楽しみにしておくといい。ですって？

へえ、そうなんですね。よく分かりませんが、ではその時を楽しみに待つ事にしましょう。

それにしても……確かにその通りかもしれませんが、ご主人に、ヤバいの、って言われたなんて、地味にショックですねえ。ちょっと泣いちゃいそうです。

これは、後でご主人には責任を取ってもらう為にも、私の気が済むまでいっぱいいっぱい撫でてもらわなければいけませんね。

これくらいのわがままなら、あの優しいご主人はきっと許してくれますよね？

本当はもっと甘えてみたいんですが、でも、こんな大きな図体の、しかも男子である私が人間のご主人に甘えたりくっついたりするのは変ですよね。

え？　絶対に喜ぶから遠慮せずにもっと甘えていい？　そうなんですか？

ううん、いきなり理由もなく甘えるのは、私にはちょっと難しそうですが……ええ、絶対に大丈夫だから遠慮なく甘えろ、ですか？

そうなんですね。皆様からそう言っていただけて何だか勇気が出ました。

それでは助言に従って、早速遠慮せずに甘えてみる事にしますね。

長い話を聞いていただき、ありがとうございました。改めてこれから、どうぞよろしくお願いしますね。

はい、じゃあ次は私だからお話しするのを交代ね。

ええと、改めてはじめまして。スノーレオパードのヤミー、鶏ハム大好きな女の子です。

ちなみに、鳥でもないのに他の皆と違って種族名に色の名前が付いていないみたいなんだけど、スノーっていうのが色の種類と同じ扱いになっているから、少ないけどこの世界にいるスノーレオパードは全部同じホワイトの色に分類されているんだって。

色の種類とか分類って、何の事だか私にはよく分からないんだけど、誰か知っていますか？　あ、やっぱり知らないよね。実を言うとこれはさっき、シャムエル様からこっそり聞いた情報でね。別に付け忘れた訳ではないから、気にしないでねって言われたの。

私は別に種族の名前なんて今まで気にした事がなかったんだけど、何故だかそこはすっごく強調されたから、皆にも言っておくわね。そういう事なんだってさ。

ええ？　名前と色の説明はいいけど、それ以外の余計な事は言わないでいいですって？　どうしてそんなに慌てているのかしら？

シャムエル様ったら変なの。


ええと、話を戻すわね。

このヤミーって名前は、以前の名前を憶えていなかった私に、新しいご主人がつけてくれた新しい名前です。かすかに覚えていた名前の一文字を使って付けてくれたの。

ご主人の優しさが詰まったこの名前。すぐに、大好きで大切な名前になったわ。

きっと皆も同じだよね。ご主人がつけてくれた自分の名前、大切で大好きだよね？

そうよね。ご主人がくれた誰のものとも違う私だけの名前なんだもんね。

それに聞いて！

すっごく不思議な事なんだけれどね、ご主人からヤミーって呼ばれる度に、寒くて寒くてたまらなかったはずの私の胸が、内側からぽかぽかとしてくるの。

まるで春のお天気の良い日に、草の上に寝転がってお日様に当たってお昼寝している時みたいに体の芯から暖かくなるの。不思議よね。

もしかしたらご主人って、あったかくなる系の術を使えたりするのかしら？　うん、きっとそうよね。

ええ？　違うの？　ご主人が使えるのは火ではなくて氷の術だけなの？　しかも最強の術の炎でも溶けないし、オーロラグリーンタイガーの亜種であるティグの咬む力に本気の勝負で勝つほどの硬い氷を作れるんですって?!

へえ……それは凄いわね。

あのティグの猫科最強の顎で本気になって噛まれたら、私の自慢の尻尾なんて一巻の終わりね。間違いなく噛みちぎられちゃうわ。

ちょっとティグ！　どうしてそんなに目を輝かせて私の尻尾を見るのよ。もちろん絶対にそんな事したら駄目なんだからね！

切り傷ならすぐに治るけど、さすがにちぎれちゃったらもうくっつかないんだからね！

え、冗談だ？　そんな事は絶対しないって……良かった。びっくりしたんだからね。もう！

そこ笑わないの！　皆だって、自分の尻尾は大切でしょう？　本当にもう、からかわないで！

え、なに？　へえ、ご主人ってふかふかで柔らかいものが大好きで、従魔の尻尾も好きなの？

それは良い事を聞いたわね。是非今度、私の自慢の尻尾でご主人をじゃらして遊んであげて、とろけさせてあげなくちゃあね。

ええ、それは難しいですって？

なになに、今の従魔達の中でご主人がお気に入りのもふもふ尻尾不動の上位三位までが、シャムエル様の尻尾と、幻獣であるカーバンクルのフランマの尻尾、それからニニちゃんの尻尾なんですって？

ううん、それは確かにどの尻尾も最高に気持ちの良さそうなもふもふっぷりねえ……尻尾で叩く強さと長さなら絶対に負けない自信があるんだけど、もふもふ具合と毛の長さと量で言えば、私の尻尾は完敗みたいね。悔しいけど、さすがにこれは負けを認めるわ。

ええと……あ、そうだ！　じゃあ私はこの雪の中でも全然寒くない、みっちりつまったもこもこなお腹の毛で対抗してみる事にするわね。

これなら割と互角の勝負が出来ると思うんだけど……え、一体何と戦うんだって？

そりゃあ誰がご主人を一番とろけさせるかの勝利をかけた戦いでしょう？　これは従魔として重要な戦いだと思うけど違う？　そうよね。やっぱりここは重要よね！

ああ、でも今ご主人が潜り込んで寝ているニニちゃんのお腹の毛には、冷静に考えたらこれも確実に負けるわね。

ええ～駄目じゃない、どこにも私が勝てそうな要素が無いわ！

そんなの駄目～～～！

わざとらしくそう叫んでぱったりと地面に倒れたふりをすると、皆揃って吹き出して大笑いになったわ。私もおかしくなって、皆と一緒になって笑ったわ。声を上げて笑ったのなんて何時《いつ》以来かしら。

そっか、すっかり忘れていたけど、こんな感じで楽しくやればいいのね。最高に素敵ね。

もう、前のご主人との事はほとんど覚えていないけれども、霧がかかったみたいな遠い記憶の向こうで、仲間達やご主人と、いつもいっぱい笑って楽しかったのは覚えているわ。

新しいご主人とも、もっと遠慮なく甘えたり笑い合える仲になれたらいいなあ……。


ここではじめましての報告会は終わって、ひとまず皆も休む事になったわ。

もちろん、周囲への警戒は続けているけれどね。

おやすみなさい。

眠る前に誰かにこう言える幸せを感じながら、小さくなった私は唯一空いているご主人の顔の横にくっついて眠る事にしたわ。

でも、なかなか穏やかな眠りは訪れてくれなくて、諦めのため息を吐いた私はそこからはずっと眠るご主人のお顔を見て過ごしたの。

へえ、ご主人って意外にまつげが長いのね。

時間が経ってもやっぱり眠れなくて、ニニちゃんのお腹に潜り込んでフランマに抱きついて熟睡しているご主人の顔をずっと見つめているんだけど、ご主人は、全く起きる気配すらなくスウスウと気持ちよさそうな寝息を立てて熟睡している。

「それにしても、本当にぐっすり寝ているのね。さっきみたいにすぐ横で私達がお話ししていても全然起きなくて驚いたけど、これだけじっと見つめているのに、さっきテイムしてくれた時と違って全然起きてくれないって、何だかちょっと悔しい」

思わずそう呟いて、こっそり前脚でご主人の頬を押してみる。

あら、ご主人の毛が無いつるつるの皮膚って、案外柔らかくて気持ちいいのね。これ、ふみふみしたら気持ちいいかも。

不意にそう思いついたので、なんだか嬉しくなった私は、ゆっくりと起き上がってご主人の顔の横に座り直した。

不意に起き上がった私に驚いたのか、周りで寝ていた仲間達が顔を上げて不思議そうに私を見ている。

気にせず、私はご主人の柔らかな頬をゆっくりと両方の前脚で揉み始めた。

もみもみ、もみもみ……ああ、気持ちいい……。

気が付くと、私は喉をゴロゴロと鳴らしながら夢中になってご主人の頬を小さな前脚でひたすら揉み続けていた。もちろん爪は絶対に出さないわよ。

「う、うん……誰だ？」

その時、不意にご主人がそう呟き、一瞬で私の前脚を右手で掴んでしまった。でも、それっきり起きる気配はない。

「ご主人、起きたの？」

顔を覗き込んで聞いてみたけど、スウスウと気持ちのいい寝息が聞こえるだけで返事はない。

「今のって、無意識の反応だったのね。確かに油断していたけど、それにしても早かったわ。凄い」

割と本気で感心してご主人を見たけど、やっぱり熟睡したまま起きる気配なし。

これ、郊外の危険地帯の真ん中にある野営地で、そんなに深く寝て大丈夫？　って言いたくなるくらいに熟睡しているわよね。

でもまあいいか。これはそれだけ私達の事を信頼してくれているって意味だもんね。

もちろんしっかりお守りしているから安心してね。

ご主人大好き〜〜〜！

何だか堪らなくなって、そう言った私はご主人の顔に力一杯頬擦りして顔をぐりぐりとこすりつけた。

だけど私の硬いおヒゲが痛かったみたいで、嫌そうな声を上げたご主人が寝返りを打って反対側を向いてしまった。悔しくなって反対側に移動した私は、ご主人のお顔に思いっきりくっついて寝転がってやったわ。

「朝はもっと面白いわよ。ご主人ったら本当に寝起きが悪くて、いつも全然起きないの」

「そのままにしておけば、昼くらいまで寝ていたりするからね」

「ええ？　寝起きが悪いって……それは生き物として大丈夫なの？」

驚いた私は、顔を上げて教えてくれたソレイユとフォールを見る。

「それが本当なの。だから私達が毎朝起こしてあげているのよ」

「すっごく楽しいし、その後遠慮なく甘えられるから大事な時間なのよ。貴方達もやってみればいいわ」

目を輝かせるソレイユとフォールの言葉に、顔を上げてこっちを見ていた他の従魔達も揃ってうんうんと頷いている。

ええ、そんなの私に出来るかしら。

そう思いつつ、同じく目を輝かせてこっちへ来たセーブル達と一緒に、皆がどんな風にしてご主人を起こしているかの詳しい説明を聞いたわ。ああ、それなら私達でも出来そうね。

もちろん、私達も参加する事にして、そこからは皆も加わってどの順番に入って起こすのがいいか一緒に考えたの。思いもよらない時間で、すっごく楽しかった。

はあ、安心したらなんだか眠くなってきたわね。今なら少しくらい眠れそう。

セーブルと顔を見合わせて笑顔で頷き合い、私はご主人の顔の横に、セーブルは少し考えて足元にくっついてそれぞれ丸くなった。

「それじゃあおやすみなさい」

改めておやすみなさいを言える幸せを噛みしめながら、明日の朝を楽しみに目を閉じた私だったわ。

明日が来るのが楽しみなんて久し振りの考えな事に気が付いて、なんだか嬉しくなったわ。

ご主人、私をテイムしてくれて本当にありがとうね。

今度こそ、何があっても絶対にご主人を守るんだからね！

あとがき

この度は「もふもふとむくむくと異世界漂流生活」をお読みいただき、誠にありがとうございます。作者のしまねこです。

いつもながら大変な作業続きでしたが、こうして無事に皆様の元へ、もふむくの第七巻をお届けする事が出来ました。

今回もなかなかの大幅改稿となっていますが、お楽しみいただけたでしょうか？

実を言うと、セーブルとの出会いのエピソードは、このお話を考え始めた当初からずっと書きたいと考えていたものなので、ああようやくここまで来たかと原稿を改めて読み返しながら、ちょっと感慨にふけってしまいました。

新たなメンバーが増えた愉快な仲間達を、どうぞよろしくお願いします！


それから、読者の皆様に嬉しい報告です！

なろうの活動報告やX（旧Twitter）にて報告させていただきましたが、大手電子書籍サイトのコミックシーモア様主催の「みんなが選ぶ電子コミック大賞２０２４」にて、この「もふもふとむくむくと異世界漂流生活」が、ラノベ部門を受賞いたしました！

応援、投票いただきました皆様、本当にありがとうございました！

受賞のお知らせを編集さんよりメールで頂いた時、マジでメールを二度見どころか三度見して、変な声が出たのは内緒です。

そして、一月に東京にて行われた授賞式に作者も参加させていただきました！

ちなみにぎりぎり出発直前まで、もふむく七巻の原稿の改稿作業をしていたので寝不足状態でへろへろなまま出発。しかも当日は大雪でした！

徐行運転で遅れ気味の新幹線の中で、のんびり爆睡していた作者でした。


翌日、立派な会場で行われた授賞式はとても豪華で華やかでした。

壇上にて受賞記念の盾とクリスタル製のトロフィーをいただいて、受賞の挨拶まで……。

はい。冗談抜きで、恥ずか死ねるって言葉をリアルに体験させていただきましたよ。

でも、この授賞式のおかげで、いつもお世話になっているアース・スターの編集の方々をはじめ、イラストを描いてくださっているれんた様や、コミカライズを担当してくださっているエイタツ様にも直接お会い出来て、色々とお話しもさせて頂けてとても楽しい時間を過ごさせていただきました。


カフェを始めて以降、買い出し以外はほぼ引きこもり状態だった事に加え、そもそも上京するのも十数年ぶりだったので、東京駅に着いた時には完全にお上りさん状態でした。

東京駅ってずっと工事中だったのに、いつの間にか工事が終わって綺麗になっていたんですね……知らなかったです。

でも、久し振りの東京なんだからと授賞式の後もう一泊して、翌日は山手線沿線の神社仏閣の御朱印巡りをして、お土産片手にご機嫌で帰宅しました。

そうしたら……好事魔多しって言葉をこれまた体験しました。

母が転んで、足が痛くて歩けないと言うので急遽地元の整形外科の病院へ。レントゲンの結果、左足大腿骨骨折が判明。総合病院へ直行、即入院と相成りました。

何だかもう、気分が上がったり下がったりジェットコースター状態でしたね。

結局そのまま母は手術となりましたが、そのころに緊張の糸が切れた作者が寝込み、突然の高熱。これはコロナか？　とマジで不安になったので、何とかいつもお世話になっている地元のかかりつけ医へ駆け込みました。

幸いコロナではなかったのですが、インフルA型確定。冗談抜きで高熱が続き一週間寝込みました。

しかも、寝込んでいる間にもともと弱い気管にきたらしく、気管支炎を併発。酷い咳で、側から猫が逃げていくほどでした。ああ、私の癒しが～～～！

何とか熱が下がった後も咳は続きなかなか体力が戻らず、この七巻後半の作業が遅れ気味になって色々とご迷惑をおかけしてしまいました。

いやマジで、インフルによる高熱のダメージを甘く見てはいけませんね。

半月近くかかって、何とか低空飛行ながら復活してきたところです。

でもあとがきを書いている現在、まだ咳は続いているし、ちょっと無理をして動くとすぐに息が切れるし、集中力が続かなくてなかなか思うように作業が進みません。

健康の有難みを実感する経験になりました。

特に、創作作業ってある意味体力勝負な部分が確実にあるので、日々の健康維持も仕事のうちなんだなあと、今回の事で思い知った作者でした。

まだまだコロナもインフルも流行っているみたいなので、皆様もどうぞお気をつけください。

最後になりましたが、いつもながら最高に可愛くて素敵なイラストを描いてくださるれんた様に、心からの感謝を捧げます！

セーブルが幸せそうな表紙のイラストを拝見して、嬉しい悲鳴を上げた作者です。

EARTH STAR NOVEL
ハム男
HAMUO
ILLUST.
藻
MO
ヘルモード
HELLMODE
～やり込み好きのゲーマーは廃設定の異世界で無双する～

騙されて領主となったディアス、
草しかない領地からの大躍進!

EARTH STAR NOVEL

もふもふとむくむくと異世界漂流生活 ⑦

発行 ―――― 2024年3月15日　初版第1刷発行

著者 ―――― しまねこ

イラストレーター ―――― れんた

装丁デザイン ―――― AFTERGLOW

地図デザイン ―――― おぐし篤

発行者 ―――― 幕内和博

編集 ―――― 佐藤大祐

発行所 ―――― 株式会社アース・スター エンターテイメント
〒141-0021　東京都品川区上大崎 3-1-1
目黒セントラルスクエア　7F
TEL：03-5561-7630
FAX：03-5561-7632

印刷・製本 ―――― 中央精版印刷株式会社

ISBN 978-4-8030-1925-4